本书受福建省社会科学规划项目资助，
项目名称"1915—1940年间中国和西班牙的文学交流"
（FJ2021C049）

比 较 文 学 与 跨 文 化 研 究 丛 书

1900—1940年间
中国和西班牙的
文学交流与互鉴

孙　敏◎著

厦门大学出版社
XIAMEN UNIVERSITY PRESS
国家一级出版社
全国百佳图书出版单位

图书在版编目（CIP）数据

1900－1940年间中国和西班牙的文学交流与互鉴 / 孙敏著. -- 厦门：厦门大学出版社，2023.7
（比较文学与跨文化研究丛书）
ISBN 978-7-5615-8990-8

Ⅰ．①1… Ⅱ．①孙… Ⅲ．①文学－文化交流－研究－中国、西班牙－1900－1940 Ⅳ．①I206.6②I551.065

中国版本图书馆CIP数据核字(2023)第093981号

出 版 人	郑文礼
责任编辑	王扬帆
美术编辑	李夏凌
技术编辑	许克华

出版发行 **厦门大学出版社**

社　　址	厦门市软件园二期望海路39号
邮政编码	361008
总　　机	0592-2181111　0592-2181406(传真)
营销中心	0592-2184458　0592-2181365
网　　址	http://www.xmupress.com
邮　　箱	xmup@xmupress.com
印　　刷	厦门市竞成印刷有限公司

开本	720 mm×1 020 mm　1/16
印张	12.25
插页	1
字数	236 千字
版次	2023 年 7 月第 1 版
印次	2023 年 7 月第 1 次印刷
定价	66.00 元

本书如有印装质量问题请直接寄承印厂调换

厦门大学出版社
微信二维码

厦门大学出版社
微博二维码

前　言

　　中国和西班牙的文化交流最早可以追溯到 16、17 世纪的西班牙来华传教士的活动，又如塞万提斯的名著《堂吉诃德》，书中杜撰了其作品传播到中国并作为西语教材的桥段。到了 20 世纪，以西班牙"白银世纪"为标志，五名作家①荣获诺贝尔文学奖，因此西班牙文学获得了周氏兄弟、茅盾、卞之琳、戴望舒、瞿秋白、徐霞村等一批文学大家的推崇与译介，从而形成一股西班牙文学热潮，对中国近代文学走向自觉产生了深远的影响。与此同时，中国形象、中国题材大量地出现在这一时期的西班牙文学创作中。或是基于作家的东方主义式想象，或是基于旅行者撰写的游记，中国古典文化为西班牙现代主义文学注入了创作的源泉。就这样，中国与西班牙的文学关系在面对世界范围内的现代主义思潮之际，构筑起了文明互鉴的交流与对话。

　　这样一场以 20 世纪上半叶为时间轴，以一批文学家为对象的文学对话，呈现出外国作品译介、人物往来、场域交流、文学互动等多样化的交流形式，使得两国文学巨匠锐意革新，助推了两国文学的繁荣，并最终造就了二者之间以文学交流为核心，彼此融合、吸收、互鉴的独特样态。这可以作为当下"一带一路"大背景下重塑中西文明对话的借鉴，无疑具有重大的理论意义与现实价值。

　　本书的研究对象为 20 世纪上半叶(1900—1940)中西两国作家、作品及思潮流派交流，包括作家作品与思潮理论在对方国的译介、作家阅读与创作的"想象"、相关联作家作品的对比分析等。有鉴于此，第一章着重梳理事实联系下的中西文学关系，第二章聚焦西班牙文学对中国文学的影响，第三章侧重中

---

　　①　他们是何塞·埃切加赖(José Echegaray，1904)、倍那文德(Jacinto Benavente，1922)、胡安·拉蒙·希梅内斯(Juan Ramón Jiménez，1956)、维森特·阿莱克桑德雷(Vicente Aleixandre，1977)、卡米洛·何塞·塞拉(Camilo José Cela，1989)。

国文学及文化对西班牙文学的影响,第四章则从文学思潮层面对几组中西作家作品进行对比研究。

相对于中国与英、美、法、德等传统西方大国文学关系的研究,国内外对中国和西班牙文学关系的研究起步较晚且研究成果较少,对两国现代文学交流的综合梳理和对作家作品的深入对比研究相对匮乏。目前的研究基本上侧重于人物交往的传播史研究,尤其是针对汪曾祺-阿索林、戴望舒-洛尔迦、鲁迅-塞万提斯、卞之琳-阿索林等几组中西作家的对比研究。

最新的研究进展集中体现在以下几个层面:

(1)对文学互动的研究。以赵振江和滕威的《中外文学交流史:中国-西班牙语国家卷》(2015)、赵振江的《中国西班牙文化交流史》(2020)为代表的研究从宏观上梳理了中国与西班牙语国家的文学交流情况。

(2)对文明互鉴的研究。西班牙学者马奈儿·奥也(Manel Ollé)的论文"Chinese Vicinity and Literary Exoticism"(2015)论证了中国古典诗歌对西班牙现代主义诗歌的影响,具有开创性意义。玛努埃尔·巴优(Manuel Bayo)的专著《西语文学世界里的中国》(*China en la literatura hispánica*,2013)是第一本梳理西班牙语文学中中国形象的著作,具有重要的资料价值。旅西华人陈国坚的著作《中国诗歌在西语世界中》(*La poesía china en el mundo hispánico*,2015)首次对中国诗歌在西班牙的翻译和传播概况进行了介绍。何塞·欧金尼奥·宝拉奥·马代奥(José Eugenio Borao Mateo)在其专著《西班牙和中国的对视:一个世纪的两国关系(1864—1973)》[*Las miradas entre España y China. Un siglo de relaciones entre los dos países (1864-1973)*,2017]中涉及两国文化交流中产生的文学作品。

(3)对文学翻译的研究。代表性成果有西班牙学者伊多娅·阿尔比亚加(Idoia Arbillaga)的《中国文学在西班牙的翻译》(*Literatura china traducida en España*,2003),中国学者程弋洋的《鉴外寄象:中国文学在西班牙的翻译与传播研究》(2021),侯建的《西语文学汉译史》[*Historia de la traducción de la literatura hispánica en China(1915-2020)*,2020]。此外,国内学者陈众议、赵振江、范晔、李翠蓉、古孟玄等都在翻译研究领域做出了重要的贡献。

诚然,上述研究成果为中国和西班牙文学交流的研究奠定了良好基础,具有开拓性贡献,但从目前来看,国内外还缺乏对中国和西班牙两国文学关系的认真系统的梳理。站在文学翻译与文明互鉴的立场,我们需要进一步深入挖据资料,理清历史脉络,构筑系统性研究,拓展彼此间的比较对话,并采用不同层次的研究视角,突破比较文学传统中的影响与平行研究的窠臼,重新调整文学研究的格局,以期最终确立更为丰富、更为深刻、更为辩证的文学观。

1.中西文学交流之历史前夕

纵观中西两国文学关系,我们可将之划分为三个阶段:探索期(16—17 世纪)、沉寂期(18—19 世纪)和繁荣期(20 世纪至今)。在这长达四个世纪的中西文学交流中,前三个世纪仅体现在单一方向的西班牙被中国文化所吸引,而中西两国真正意义上的双向文学交流则是从 20 世纪开始的。

尽管中西两国之间的文化交流源远流长,但两国的文学在漫长的历史长河中是孤立发展的。位于南欧的西班牙在 16、17 世纪通过美洲殖民扩张和与欧洲王室的政治联姻,将美洲、部分欧洲国家、菲律宾等地纳入其统治之下,成为横跨欧、亚、非、美的日不落大帝国。中国和西班牙的文学交流从 16 世纪开始日益增长,西班牙的大航海东部版图的扩张造就了两个大帝国的相遇。

众所周知,哥伦布航行的原本目的地是东方[①],却在阴差阳错中发现了美洲新大陆。早在中世纪,中国在西方便是富饶的象征,吸引了一批传教士和旅行家。12 世纪流传的西班牙旅行家本杰明(Benjamín de Tudela,约 1130—1175)的《本杰明行纪》(*Libro de viajes*,1543)[②]、13 世纪末的《马可·波罗游记》、15 世纪西班牙使臣克拉维约(Ruy González de Clavijo)的《奉使东方记》(*Embajada a Tamerlán*)等书中都留下了中国文化的印记,也激发了西方人的中国梦。

几个世纪的酝酿终于迎来了西班牙人与中国人的第一次相遇。1565 年,一批西班牙人在海军上将莱古斯比(Miguel López de Legazpi)[③]的带领下远征至菲律宾,开始了在菲律宾长达三个世纪的殖民统治。由于当时的菲律宾有许多中国商人,这成就了历史上第一次中国人和西班牙人的民族混居历史。菲律宾一度成为西班牙接近中国的跳板,马尼拉大帆船、阿卡普尔科大帆船航线连接了中国—菲律宾—西班牙的大三角海上贸易(16—19 世纪),并揭开了西方长达几个世纪的来华传教帷幕。

---

① 哥伦布在 1492 年的航行中带着西班牙大主教双王写给中国皇帝的信件,他的航行目的是寻找《马可·波罗游记》里面提到的富饶的中国和日本。

② 该书第一次出版于 1543 年,由一个匿名作家整理收集,并出版于君士坦丁堡,1575 年出现拉丁语版。

③ 中国文献中称"黎牙实比"。

西班牙传教士在此时期的东西文化交流中做出了巨大贡献,他们是欧洲最早的一批来华传教士,也是欧洲最早的汉学家,是中国与西班牙文化交流的先驱。由他们撰写的大量书信、报告和书籍在欧洲广泛流传,成为欧洲和中国文化的沟通桥梁和西方认识中国的窗口。1593 年,由西班牙多明我会传教士高母羡(Fray Juan Cobo,1547—1593)[1]翻译出版的中国范立本的《明心宝鉴》是欧洲第一部译成西方文字(西班牙语)的中国文学书。西班牙传教士米格尔·贝纳维德斯(Miguel de Benavides,1552—?)被认为是西方第一位汉学家,撰写了《基督教教义》(Doctrina cristiana en letra y lengua china)和《极简中文词汇》(Vocabulario chino muy fácil)。西班牙传教士马丁·德·拉达(Martín de Rada,1533—1578)[2]撰写了西方第一本关于中文的词汇书《中国的语法与词汇》(Vocabulario de la lengua china),对西方传教士学习汉语起到了重要作用。此外,作为第一批到达中国的传教士之一,他还著有《中国札记》(Relación de las cosas de China que propiamente se llama Taylin),是西方第一部经实际考察后落笔的有关中国的著述,里面记述了中国人的衣食住行、中国农业及农产品、宗教信仰、武器、城市风貌等。这本书为门多萨(Juan González de Mendoza,1545—1618)的《中华大帝国史》(Historia de las cosas más notables,ritos y costumbres del gran reino de la China,1585)[3]提供了参考。17 世纪末,另一位杰出的西班牙汉学家万济国(Francisco Varo,1627—1687)撰写了《华语官话语法》(Arte de la lengua mandarina,1682),被认为是第一本中文语法书。他还撰有《汉语官话辞典》

---

① 高母羡于 1587 年赴墨西哥传教,1588 年抵达菲律宾。高母羡翻译的《明心宝鉴》于 1953 年在马尼拉出版,西班牙文为 Espejo rico del claro corazón。

② 拉达出生于西班牙纳瓦拉的一户显赫家庭,在巴黎和萨拉曼卡接受教育。他曾在墨西哥传教多年;从 1565 年到 1578 年去世,他一直在菲律宾传教,其间在 1575 年去往中国传教,是西方第一位到达中国的传教士。他从中国带回大批图书,曾试图在菲律宾华人的帮助下将其中一些书翻译成西班牙语。

③ 菲利普二世曾派遣门多萨到北京,但是最终没有去成。他撰写的《中华大帝国史》在 17、18 世纪的欧洲广泛流传,多次再版并被翻译成多种欧洲语言。"仅在 16 世纪余下的区区十多年间,即先后被译成拉丁文、意大利文、英文、法文、德文、葡萄牙文以及荷兰文等多种文字,共发行 46 版,堪称盛况空前。事实上,该书是 16 世纪有关中国自然环境、历史、文化、风俗、礼仪、宗教信仰以及政治、经济等情况最全面、最详尽的一部著作。该书体现了 16 世纪欧洲人的中国观,同时也是《利玛窦中国札记》发表以前,在欧洲最有影响的一部专论中国的百科全书。"(张铠,2013:216)

（*Vocabulario de lengua mandarina*，1692）、《西班牙语与汉语官话双解语法》（*Gramática española mandarina*）和《通俗汉语官话辞典》（*Vocabulario de la lengua mandarina con estilo y vocablos con que se habla sin elegancia*）。

　　其他重要的西班牙传教士及著作包括：庞迪我（Diego de Pantoja，1571—1618）所著的汉语书《七克》《庞子遗诠》《天神魔鬼论》《人类原始论》《受难始末》《天主实义续篇》《辩揭》等，黎玉范（Juan Bautista de Morales，1597—1664）的《西汉词典》（*Diccionario chino español*），利安当（Antonio de Santa María Caballero，1602—1669）的《中国诸教派的关系》（*Relaciones entre las distintas órdenes religiosas de China*，1662）和《中国省的一些重要问题》（*Sobre algunos problemas importantes de la provincia China*，1668），以及其他关于儒家思想的著作，如《总结万物的开始和结束》（*Resumen del comienzo y el fin de todas las cosas*，1664）和著名的《天儒印》（*Confucianismo celestial*）。闵明我（Domingo Fernández Navarrete，1610—1689）的《大中华使命的古今争议》（*Controversias antiguas y modernas de la misión de la gran China*）和《中华帝国的历史、政治、伦理和宗教论文》（*Tratados históricos，políticos，ethicos y religiosos de la monarchia de China*，1676），被认为是 17 世纪西班牙汉学研究的高潮。

　　当西班牙帝国遇到中华帝国时，双方都处于强盛时期：西班牙处于菲利普二世统治（1556—1598）之下，是横跨欧、亚、非、美的世界性大帝国。中国，在明朝万历皇帝统治（1563—1620）下，国力强盛。政治、经济的辉煌之后，随之而来的是文化的辉煌，当然，在文学上也留下了印记。此时期的西班牙文学达到鼎盛时期，被誉为"黄金世纪文学"，而中国也出现了几部小说巨著。值得注意的是，几乎所有西班牙黄金时代的伟大作家都在其作品中提到了中国。彼时中国是财富的象征，通过陆上丝绸之路和海上丝绸之路输入西班牙的中国商品受到西班牙上流社会的钟爱。中国形象频频出现在彼时的西班牙文学中，如塞万提斯的长篇小说《堂吉诃德》、大剧作家洛佩·德·维加的戏剧作品、大诗人路易斯·德·贡戈拉的诗歌中都出现了中国形象。西班牙宫廷也对中国展示出浓厚的兴趣。在埃斯科里亚尔修道院①的图书馆中至今还保留着西班牙宫廷 16 世纪收藏的中国图书，这些书有 18 本在 16 世纪初印于中国，包括司马光的《资治通鉴》（1539 年印）、徐凤廷的印于 1531 年的针灸书、8

---

　　①　位于西班牙马德里西北约 50 公里处，由西班牙国王菲利普二世下令修建。

本印于 1548 年的《三国志》、两卷印于 1553 年的戏剧《风月锦囊》、两卷本的《类编历法通书大全》以及一些匿名作者的中文书①。戴望舒在《西班牙爱斯高里亚尔静院所藏中国小说、戏曲》一文中也提到了这座修道院中的中国典籍以及其珍贵性："静院所藏,尚有明嘉靖刊本《新刊耀目冠场擢奇风月锦囊正杂两科全集》,亦系天壤间孤本,所选传奇杂剧时曲甚富。"(1999b:336)

然而,尽管中国引起了西班牙文人们的极大兴趣,甚至出现了许多关于中国国家文化、政治、地理及语言等的一般知识性书籍以及重要的哲学著作的译作,但两国文学之间没有产生直接的相互影响。这些关于中国的主题或基于真实的历史事实,或仅仅是一些虚构的假想。

17 世纪以后,西班牙国力衰退,其国际地位逐渐被新兴资本主义帝国英国、荷兰和法国所取代。18、19 世纪西班牙经历了漫长的闭关自守,西班牙在中传教事业几乎销声匿迹,中西两国之间的直接文化交流也几乎中断。此时期中国文化对西班牙文化的影响主要来自媒介国法国,其原因在于法国的"中国风"(chinoiserie)热潮席卷了欧洲和拉丁美洲。中国制造的丝绸、漆器、瓷器、雨伞、扇子,中国的绘画及建筑风格等成为欧洲上层社会新的流行时尚。西班牙马德里皇宫和马德里阿兰胡埃斯王宫②的中国主题的会客室便是其影响的表征。服饰上,西班牙女人流行佩戴的马尼拉大披襟即来自中国广东地区。文学方面,中国形象也频频出现在 18 世纪的西班牙文学作品中。例如,作家托马斯·德·伊里亚特(Tomás de Iriarte,1750—1791)的《文学寓言》(1783)③,胡安·保罗·福纳(Juan Pablo Forner,1756—1797)的《语法学家·中国历史》(Los gramáticos. Historia chinesca,1782),以及胡安·阿罗拉斯(Juan Arolas,1805—1849)的许多诗歌中都涉及一些中国主题及意象。中国文学在这一世纪对西班牙文学最重要的影响体现在儒学译介的传播上。西班牙国家图书馆保存了 5 本出版于 1724 年的儒学典籍。耶稣传教士洛伦

---

① 西班牙历史学家和汉学家 Dolors Folch 在其文章 "Sinological Materials in Some Spanish Libraries"(《一些西班牙图书馆的汉学资料》,1995)中整理记载了西班牙皇室于 16 世纪收藏在埃斯科里亚尔修道院图书馆中的中国典籍。其中,部分中国戏剧作品已在中国失传。

② 这座皇宫里面的中国厅曾是王后的会客厅之一,整个大厅的墙壁和屋顶用表现中国风土人情的浮雕彩绘和瓷器做装饰,墙壁上挂着的 200 多幅画作是道光皇帝赠予伊莎贝尔二世的礼物。而宫中的瓷器室则更引人注目,整个房间的墙壁和拱形天顶由繁复精致的 18 世纪瓷器装饰而成,瓷器的图案有东方人物、龙、猴子、水果等东方意象。

③ 该书影响巨大,数次再版。

佐·赫瓦斯(Lorenzo Hervás)的《已知语言目录》(*Catálogo de las lenguas de las naciones conocidas*，1800—1805)和胡安·安德烈斯(Juan Andrés)的《所有文学的起源、进展和现状》(*Origen，progresos y estado actual de toda la literatura*，1806)等书都对在西传播中国语言和文化做出了突出贡献。

19世纪后半叶，中西两国建立起新的文化交流。这源于鸦片战争之后，中国被迫与英国签订《南京条约》，引发外国列强侵略剥夺之野心。中国逐渐丧失独立自主的地位，开始沦为半殖民地半封建社会。西班牙趁火打劫，与中国建立外交关系，派驻第一批驻华外交官，并在1864年与中国签订《和好贸易条约》。此后，两国第一次出现了文学意义上的人物往来交流。此时期进行文学交流的人物主要包括外交官群体和作家群体。他们留下了珍贵的旅西、旅中史料，也留下了不少文学作品。这些文化互动及人物往来对两国文学交流产生了积极的纽带作用。

19世纪末，中国文学尤其是古典诗词进入西班牙文人的视野，这得益于中国古典诗词在法国、英国等国的译介与传播；此时期在西班牙出现了不少从英文、法文转译到西班牙语的中国诗词。值得注意的是，在加泰罗尼亚地区出现的加泰罗尼亚语版的中国诗词多由加泰罗尼亚现代主义文学家亲自参与翻译而成。中国形象也广泛出现在此时期的西班牙现代主义文学家的作品中。

进入20世纪，中国内外交困，先进知识分子急于救亡图存，向西方借鉴文明，开始大规模译介外国文艺作品，试图通过介绍世界的先进思想来反抗本国的封建思想和观念，西班牙文学就是在这种语境下第一次进入中国读者的视野的。1917年，鲁迅将西班牙文学定义为"弱小民族国家"文学，积极将西班牙文学作品引介入国内。

2.世纪末危机之际的中西两国文学交流

此书研究的正是20世纪前期中国和西班牙的文学交流，这期间诞生了中西两国真正意义上的文学交流。所谓20世纪上半叶，是指1900年至1940年为止的一段时期。这一时期正是欧洲思想积极传播、输入中国和西班牙的一个时期，也是西班牙思想传入中国的一个时期，二者之间以文学交流为核心，构筑起了文明互鉴的独特模式。

在此时期内，西班牙社会危机重重。美洲殖民属地相继独立，摆脱宗主国的统治，尤其是1898年爆发的美西战争，更是使西班牙失去了最后两块殖民地——古巴和菲律宾。昔日辉煌的日不落大帝国落下帷幕，取而代之的是政治、经济危机。这一世纪末危机亦影响了文学世界，一批忧国忧民的热血青年积极探索振兴国家的途径，引进欧洲先进思想，清除西班牙中世纪残余。他们一方面吸收了以巴黎、伦敦等城市为文化坐标中心的欧洲主流文艺思潮——现代主义，另一方面重新审视经典，从本国传统文学中汲取创新源泉，使文坛充满活力。他们也被称为"九八一代"和"现代主义流派"。1931 年，西班牙第二共和国建立；1936—1939 年期间，西班牙经历了内战，社会现实主义登上文坛。这段激荡的历史时期正是西班牙文学史的第二高峰——"白银世纪"。

西班牙这一段时期的历史跟中国历史极为相似，两国都身处政治、经济、文化危机。同调相引下，两国文学交流史上第一次大规模的文学关联由此产生。此次文学交流对话方式多样，参与者重要，影响巨大。通过外国作品译介、人物往来、场域交流、文学互动等交流形式，两国文学巨匠锐意革新，创造了两国文学繁荣时期，并共同参与了现代主义这一世界文学思潮运动。

中国及中国古典诗歌作为现代主义中的"世界主义""异域风情"等元素，影响了一部分西班牙现代主义作家的创作。而这一时期中国文学的现代性深受西方影响，古典主义、浪漫主义、写实主义、现代主义等当时在欧洲盛行的文学潮流及相关作品被同时引介到中国，其中包括西班牙文学作品。从 1917 年鲁迅将其定位为"弱小民族国家"文学开始，越来越多的西班牙文学作品被中国作家所阅读。对西班牙文学作品的译介和接受在 30 年代随着西班牙内战的爆发而达到高潮。其中，除《堂吉诃德》这一经典的文学作品外，其他的译介作品都是西班牙同时代的作家作品。

目　录

第一章　中西文学与文化关系研究

第一节　中西两国人物往来中的文学交流

　　19 世纪以前的人们很少旅行,但是 19、20 世纪的工业和技术引发了世界巨变,交通工具的发展促进了人员流动。人们的视野大为开阔,游记文学在这个世纪大为盛行,记载真正的科学、历史、地理之旅,包含着丰富的信息。此时期的中西两国人物往来主要包括作家和外交官群体,如路易斯・瓦莱拉(Luis Valera)、布拉斯科・伊巴涅斯(Blasco Ibáñez)、皮奥・巴罗哈(Pío Baroja)、黄玛赛(Maccela de Juan),清朝外交官黎庶昌、洪勋、徐宗培、黄履和以及近代的戴望舒等,他们都留下了珍贵的旅西、旅中史料,也留下了不少文学作品。这些文化互动及人物往来对两国文学交流产生了积极的纽带作用,使中国对西方和西方对中国的认识都发生了深刻变化。

一、西班牙人在中国

　　此时期旅居中国的西班牙人主要有三种:一种是西班牙来华传教士。虽然 18 世纪因礼仪之争使传教事业遭到严重打击,传教士规模急剧下降,但是从 16 世纪开始,西班牙来华传教事业几乎从未中断过,传教士这一群体一直到 18 世纪末都是西方人在中国的唯一代表。第二种是西班牙驻华外交官。鸦片战争之后,中国被迫开放国门,与英国、美国、法国以及比利时等国签订了不平等条约。西班牙觉察到中国的变革,遂派遣官员赴华谋求利益。第三种是商人及普通人群体。中西外交关系的建立和贸易的往来增加了西班牙人来华居住的可能性。除了这三种群体,还有少量短暂停留的西班牙旅行者,其中不乏作家群体。这些西班牙外交官、传教士及其他旅居中国的西班牙人留下了诸多中国印象,这种跨文化记忆以文本的形式得以留存。在近代,传教士作为单一载体传播中国文化的局面有史以来第一次被打破,多视野的对中国的认识使外国人对中国产生了不同的认知,为研究中国和西班牙的文化交流史留下了珍贵的史料。

鸦片战争之后,传教事业有所复兴。此时期的西班牙来华传教士多来自多明我教会,主要在福建地区活动,包括福州、福安、延平、厦门、泉州、漳州,以及台湾等地区。其中比较知名的传教士有稣玛素(Salvador Massot y Gómez,1845—1911),他于 1869 年抵达中国,是《道德经》的译者;马守仁(Manuel Prat Pujoldevall,1873—1947),曾任厦门教会副主教,并指导修建了鼓浪屿的耶稣君王主教座堂;洪保禄(Ángel Bofarull)和郭德刚(Fernando Sáinz)从 1859 年开始在福建、台湾等地传教;海梅·马西普(Jaime Masip,1865—1953)是一位汉学家,著有《汉语语法书》(Gramática del idioma mandarín,1913)以及《在东方(中国、日本和印度支那)》[Por tierras del Extremo Oriente (China,Japón,Indochina)],里面收录了他的传教系列讲座。[①] 其他由传教士留下的中国考察或旅行体验的作品主要有以下几种:教士福斯蒂诺·维拉弗兰卡(Faustino Villafranca)在马尼拉出版的《从菲律宾到欧洲,途经西西里、那不勒斯、罗马、意大利、巴黎、伦敦和西班牙的旅行通讯:其中包括对中国广州等几个中转城市的描述,以及往返途中的事件》(Correspondencias de un viaje desde Filipinas a Europa por Sicilia,Nápoles,Roma,Italia,París,Londres y España:comprenden la descripción de varias poblaciones del tránsito,incluso Cantón en China,con los sucesos del viaje en la ida y vuelta,1870),奥古斯丁派信徒雷蒙德·洛萨诺·麦黑亚(Raimundo Lozano y Mejía)的《中国旅行,一些有用且有益的参考》(Viaje a China,con algunas observaciones útiles y provechosas para los que vayan a aquel imperio,1879),赛达拉(Sedarra)的《中国和日本信札,1891—1892 年》(Cartas de China y Japón,1891—1892,1892)等。

19 世纪后半叶,西班牙传教士除传统的撰写关于中国的著作外,还创办

---

① 此资料从《中西档案(1800—1950)》中获得。Ortells-Nicolau,X. "Itinerario:las misiones de China:dominicos de Filipinas",Archivo China-España,1800—1950. accessed October 10,2022,http://ace.uoc.edu/exhibits/show/misiones-china/dominicos-filipinas.

了专门宣传传教事业的杂志。其中一本是创立于 1865 年,在马尼拉出版发行的《中国—安南邮件》(Correo sino-annamita),专门收录有关多明我教会在福建、台湾和越南传教活动的内容。1873 年,方济各会创办了《方济各会杂志》。1881 年,圣奥古斯丁会创办了《圣奥古斯丁杂志》。

外交官也是 19 世纪末 20 世纪初书写中国的重要群体:"十九世纪末到二十世纪初,最先书写中国的旅行作家是领事和外交官群体。"(Bayo,2013:210)1842 年,中英签订《南京条约》,中国被迫向西方国家开放通商口岸,允许设立领事馆。1843 年,中英签订《虎门条约》,允许其他国家在通商口岸设立领事馆,并允许外国人居住。在此背景下,西班牙与中国建立了外交关系,并派遣了第一批驻华外交官,直到 1937 年,西班牙在华外交事业因西班牙内战而遭遇中断。从 1843 年到 1937 年,在这近百年的历史时期内,先后有数十位西班牙外交官赴任中国,这些外交官通过对中国近距离的接触,提供了对中国的直观感受。

第一位西班牙驻华公使是西班牙人西尼巴尔多·玛斯(Sinibaldo de Mas,1809—1868),他是中西两国交流史上最重要的人物之一。玛斯出生于巴塞罗那的一个中产阶级家庭,从小受到良好的教育,通晓多种语言,除了掌握几种主要的欧洲语言外,还会阿拉伯语(曾受西班牙政府派遣,游历于中东和亚洲 7 年)和中文。他还是画家、书法家、作家、冒险家。他于 1843 年抵达中国,先后在澳门(1852 年)、上海(1858 年)和厦门(1859 年)设立领事馆。从 1844 年至 1868 年,他先后在中国生活了 8 年之久,担任西班牙政府在中国的主要官方代表。他是第一个与清帝国谈判签订条约的人,中国和西班牙签订的第一个条约,即 1864 年的《和好贸易条约》就是在他的周旋下签订的①。他也是第一个在北京设立西班牙使馆的人。他兴趣爱好广泛,用不同的语言出版了古典悲剧、诗歌或拉丁语作品的译著,还著有论文、政治小册子,以及关于殖民世界的专著。他是《半岛杂志》(Revista Peninsular)的创刊者,与当时主要的伊比利亚主义者关系密切,如胡安·瓦莱拉(Juan Valera)②。由于当时翻译人员极其稀少,他深知语言带来的交流障碍,于是曾潜心学习汉语,并受汉字书写的启发,创

---

① 此条约的重要影响之一是允许中国移民到古巴工作。

② 胡安·瓦莱拉(Juan Valera,1824—1905),西班牙知名作家、外交官和政治家。他的儿子路易斯·瓦莱拉曾是驻华外交官。

造了一套世界通用书写系统①。他是西班牙知名的现代汉学家,写下了诸多与欧洲国家在中国进行殖民活动、中国政治生活的演变以及西方帝国在东亚的利益等有关的报告、文章以及多部以中国为主题的书。他用法语在巴黎出版了三部著作:《英格兰和天朝》(*L'Angleterre et le Céleste Empire*,1857),《英格兰、中国和印度》(*L'Angleterre, la Chine et l'Inde*,1858)以及《中国和基督教国家》(*La Chine et les puissances chrétiennes*,1861,2 vols)②,讲述了发生在中国的鸦片战争。例如,他在第二本书中介绍了中国的政治系统、儒家思想对中国的影响、中国和欧洲人的交往、第一次鸦片战争之后中国政府实行的应对政策、鸦片贸易、西方在中国的传教活动、太平天国运动等。他一方面对西方了解中国做出了重要贡献,另一方面,这种贡献又是相对的,要知道他利用这些他了解的中国知识在书中提供并分析了各种征服和瓜分中国从而攫取利益的策略,其本质还是帝国主义和国家利己主义思想。

语言不通是西班牙外交官在中国遇到的挑战之一。很多外交官想学习汉语,但无奈当时的汉语学习资料严重缺乏。何塞·德·阿吉拉尔(José de Aguilar)是第一位排除万难、认真学习中文的西班牙外交官。他于1848年抵达中国,此后在中国居住长达13年,任职于西班牙驻香港领事馆。他于1861年在马德里出版了《汉语翻译:学习官方汉语简单句及分析汇总》(*El intérprete chino: colección de frases sencillas y analizadas para aprender el idioma oficial de China*),见图1.1。此书共250页,虽然缺少语法讲解,却简单实用,再版多次,为日后被派遣到中国工作的西班牙外交官提供了极大的便利。

---

① 他在1844年出版了一本自己编辑的小册子专门介绍这套系统 *L'ideographie. Mémoire sur la possibilité et la facilité de former une escriture generale, au moyen de laquelle tous les peuples de la tevu puissent s'entendre mutuellement sans que les uns conaissent la langue des autres*, Macao, edición del autor, 1844. 促使他发明这套世界通用书写系统的原因在于他在中国遭遇的语言障碍。他在1844年10月8日的一封信中表达了当时遭遇的语言困难,一是当时几乎很难找到翻译人员,二是城市与城市之间的中文差异非常大,如广州的中文和上海的中文或者南京的中文是不一样的。

② 这本书的第三章在1927年被约翰·萨克斯(Joan Sacs)翻译成加泰罗尼亚语,题为 *La Xina*。

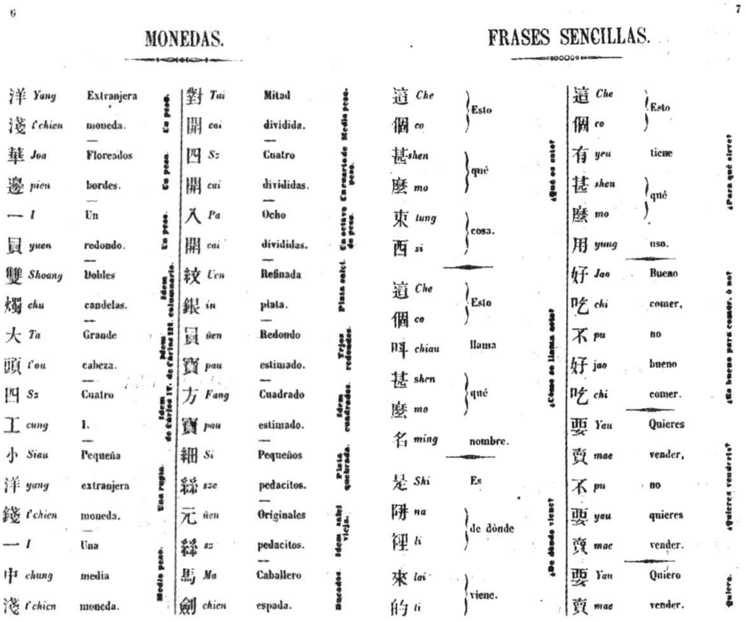
6

MONEDAS.

洋	Yang	Extranjera
淺	t'chien	moneda.
華	Joa	Floreados
邊	pien	bordes.
一	I	Un
員	yuen	redondo.
雙	Shoang	Dobles
燭	chu	candelas.
大	Ta	Grande
頭	t'ou	cabeza.
四	Sz	Cuatro
工	cung	I.
小	Siau	Pequeña
洋	yang	extranjera
錢	t'chien	moneda.
一	I	Una
中	chung	media
淺	t'chien	moneda.

對	Tui	Mitad
開	cai	dividida.
四	Sz	Cuatro
開	cai	divididas.
八	Pa	Ocho
開	cai	divididas.
紋	Uen	Refinada
銀	in	plata.
員	üen	Redondo
寶	pau	estimado.
方	Fang	Cuadrado
寶	pau	estimado.
細	Si	Pequeños
絲	sze	pedacitos.
元	üen	Originales
絲	sz	pedacitos.
馬	Ma	Caballero
劍	chien	espada.

7

FRASES SENCILLAS.

這	Che	Esto
個	co	
甚	shen	qué
麼	mo	
東	tung	cosa.
西	si	
這	Che	Esto
個	co	
叫	chiau	llama
甚	shen	qué
麼	mo	
名	ming	nombre.
是	Shi	Es
那	na	de dónde
裡	li	
來	lai	viene.
的	ti	

這	Che	Esto
個	co	
有	yeu	tiene
甚	shen	qué
麼	mo	
用	yung	uso.
好	Jao	Bueno
吃	chi	comer,
不	pu	no
好	jao	bueno
吃	chi	comer.
要	Yau	Quieres
賣	mae	vender,
不	pu	no
要	yau	quieres
賣	mae	vender.
要	Yau	Quiero
賣	mae	vender.

图 1.1 《汉语翻译:学习官方汉语简单句及分析汇总》(*El intérprete chino: colección de frases sencillas y analizadas para aprender el idioma ficial de China*)部分内容

在驻华外交官这个群体中,留下中国游记的西班牙外交官主要有:阿道尔夫·德·门达百利(Adolfo Mentaberry,1840—1887)、爱德华·托达·伊·古埃尔(Eduard Toda i Güell,1855—1941)、亨利·加斯帕(Enrique Gaspar,1842—1902)、路易斯·瓦莱拉(Luis Valera, 1870—1926)、阿德拉多·洛佩兹-阿里亚斯(Adelardo López-Arias, 1880—1951)、佩德罗·普拉特(Pedro Prat, 1892—1969)等。

与 18 世纪的游记文学有所不同的是,受 19 世纪浪漫主义文学的影响,19 世纪末 20 世纪初的游记文学更具主观性,强调游者的主观感受,传达了游记作者对中国社会、历史人文、地理、文化等的体验与思考。

阿道尔夫·德·门达百利(Adolfo de Mentaberry)①曾有过短暂的驻中国使馆外交生涯。他于 1869 年 7 月 15 日被任命为西班牙驻北京使馆的第一秘书,在同年 11 月 3 日抵达北京。他在中国停留的时间非常短暂,刚到北京上任就被告知,因经费不足,其职位将在同年 12 月 31 日被取消。此后他回到西班牙,出版了一系列的回忆录,包括《从马德里到君士坦丁堡》(*Viaje a Ori-*

① 他出生于 1840 年,1865 至 1867 年间在西班牙驻大马士革和西班牙驻伊斯坦布尔使馆任职。

ente de Madrid a Constantinopla, 1873)。他于 1876 年出版《中国之印象》
(*Impresiones de un viaje a la China*),记录了他从马德里出发到达北京一路
的所见所闻,里面既记录了个人感悟,还记录了一些对中国社会和历史的描写,
他尤其表达了对中国戏剧的喜爱。

爱德华·托达·伊·古埃尔(Eduard Toda i Güell,1855—1941)是近代
西班牙第一位汉学家。他从年轻时即被派驻到中国,1876 年任西班牙驻澳门
领事馆的副领事,1878 年任职于西班牙驻香港领事馆,1880 年至 1882 年任职
于西班牙驻上海领事馆。他曾多次发表与中国相关的文章,回国后多次发表
中国专题讲座。1887 年,他撰写并出版了《天朝生活》(*La vida en el Celeste Im-
perio*)一书,1893 年出版《中国历史》(*Historia de la China*)一书。

亨利·加斯帕(Enrique Gaspar,1842—1902)是外交官,同时也是作家,
擅长写戏剧和小说。他在 1878 年接替爱德华·托达·伊·古埃尔,在西班牙
驻澳门领事馆任职。从 1878 年抵达中国到 1885 年返回西班牙,他曾去过澳
门、香港和广州。旅居中国的这七年时间,他笔耕不辍,写下四部剧作品,还写
下了十四封有关于中国文化的信件,集结成《中国记》(*Viaje a China*);后来
他将这本书与他的另两部跟中国相关的作品集合成《时间机器、中国游记、轮
回》(*El Anacronópete. Viaje a China. Metempsicosis*),出版于 1887 年。在
《中国记》中,他根据自己的亲身经历记述了很多中国的风俗,像女人裹足、婚
嫁丧葬、戏剧、烟花、信仰、家庭、鸦片馆、寺庙、哥特式基督教堂、科举考试、军
事、政治制度、官场礼仪等。《时间机器》模仿儒勒·凡尔纳的科幻小说,主人
公通过一台时间机器在历史中穿越旅行,穿越到了公元 3 世纪的中国,体现了
作者对中国的他者想象。

胡安·曼努埃尔·佩雷拉(Juan Manuel Pereira,1823—1896)在 1871 年
至 1872 年间任驻华公使,写下了《东方国家》(*Los países del Extremo Orien-
te*,1883)一书,记录了他从马德里出发一路到中国的旅途经历,包括他赴北京
上任,接受恭亲王接待的一幕,以及当时皇帝及皇帝女儿的悲惨遭遇。书中内
容还涉及北京的天坛、孔庙、颐和园等古老建筑,北京的教堂,中国人的佛教信
仰,耶稣传教士事业和旧教堂,中国的戏剧、葬礼、瓷器、饮食、军事,皇帝的婚
礼、妃嫔、太监等的奇闻逸事。

路易斯·瓦莱拉(Luis Valera y Delavat,1870—1926)是西班牙著名作
家胡安·瓦莱拉之子,他本身也是西班牙现代主义文学作家的代表,1900 年
夏被派驻到中国。当时正值义和团运动,欧洲很多大使馆被摧毁。西班牙因
受美西战争的影响,国力大削,遂派路易斯·瓦莱拉任驻华使馆第一秘书,为

期一年,1901 年 5 月卸任。受东方文化的启发,他写下了《中国剪影》
(Sombras chinescas. Recuerdos de un viaje al Celeste Imperio,1902),洋洋
洒洒 500 页,生动地描绘了一个力图摆脱西方枷锁,处于风雨飘摇中、传统与
现代混乱交织的中国,尤其是记录了义和团运动之后的混乱场景。书中也不
乏对中国的风俗习惯、景色及美食的描写,以及北京使馆区外交官的生活的记
录。书中还大量引用了 16 到 19 世纪的欧洲汉学资料①。1901 年,他又出版
了《看见的和梦见的》(Visto y soñado,1903),书中收录了四个短篇故事,是他
结合在中国的所见所闻与小说创作,用自然主义、神幻叙事和异国情调元素编
织起来的文学创作。之后,他在 1910 年出版了一部简短小说——《隐秘的神
殿》(El templo de los deleites clandestinos),讲述了两个欧洲人游历新加坡
的中国鸦片馆的故事(当时中国鸦片馆的题材在西班牙文学中屡见不鲜)。

　　其他的旅中见闻还包括:西班牙司法部长路易斯·普鲁登西亚·阿尔瓦
雷斯·特杰罗(Luis Prudencia Álvarez Tejero)在马尼拉出版的《伟大中华帝
国的历史回顾》(Reseña histórica del gran imperio de China,1857),海军上
校麦尔乔尔·奥乐多涅斯·奥尔特加(Melchor Ordóñez y Ortega)的《一个
在印度—中国的外交使团:西班牙特别使节对安南帝国和暹罗王国之行的描
述》(Una misión diplomática en la Indo-China:descripción del viaje de la
legación especial de España al imperio de Annam y reino de Siam,1882)等。

　　19 世纪域外中国游记的大量出现,塑造了西班牙的中国他者形象,从而
也衍生出一些对中国的幻想文学。西班牙文人费尔南多·加里多(Fernando
Garrido Tortosa,1821—1883)在 1880 年用布努涅拉隐士(El Ermitaño de
las Penuñela)的假名出版了旅游小说《中国人达噶离考游历欧洲、西班牙、法
国、英国等蛮族》(Viajes del chino Dagar Li-kao por los países bárbaros de Euro-
pa,España,Francia,Inglaterra y otros)。他沿用伏尔泰和莱布尼茨的传统,

---

　　①　如 1621 年译成西班牙语的尼古拉斯·德·特里戈(Nicolás de Trigault)的《中国
王国的历史和耶稣会士在其中开展的基督教事业》(Historia del reino de la China y cris-
tiana empresa hecha en ella por la Compañía de Jesús),门多萨的《中华大帝国史》(Histo-
ria de las cosas más notables,ritos y costumbres del gran reino de la China,1585),雅
瑟·亨·史密丝(A.H. Smith)的《中国人的性格》(Chinese Characteristics,1894),胡斯
托·德·黎埃比格男爵(Justo de Liebig)的《现代农业快报》(Cartas sobre la agricultura
moderna,1845),哈克神父(Padre Huc)的《中国帝国》(L'Empire chinois,1857),埃米尔·
巴德(M.E. Bard)的《中国人在家里》(Les chinois chez eux,1899),切斯特·霍尔科姆
(Chester Holcombe)的《真正的中国人》(The Real Chinaman,1895),以及穆里斯·古洛
格(M. Paleologue)的《中国艺术》(L'Art chinois,1887)。

用孟德斯鸠《波斯人信札》的手法,假借中国人的视角去抨击社会。他故意隐瞒自己的真名,把自己当作一个叫布努涅拉隐士的东方人,杜撰他认识一个游历西方的中国人达噶离考,这位中国人委托他将其书写的欧洲游记翻译成西班牙语。中国人达噶离考的游记构成该书的主要内容。这本书的价值在于,它不是传教士、外交官或者其他游者根据亲身经历书写的见闻录或纪实文学,而是一本间接接触中国文化的产物,是对中国的遐想与杜撰。

其他在中国的西班牙人还有商人群体,主要集中在上海、汉口、厦门,尤其是上海(图 1.2)。据统计,1913 年上海有 258 名西班牙人,有 6 家注册的西班牙公司①。1915 年在上海的西班牙人有 185 人 (Borao Mateo,2017:131)。1927 年,大约有 30 位在上海居住的西班牙人,大多数从事进出口贸易,少数从事电影、建筑以及餐饮等行业②。

SHANGHAI (CHINA). EN EL MAJESTIC HOTEL.

EL COMANDANTE DEL CRUCERO "BLAS DE LEZO" (X) Y LA OFICIALIDAD DEL BUQUE AL TERMINAR EL BANQUETE CON QUE LES OBSEQUIÓ LA COLONIA ESPAÑOLA. (FOTO SANZETTI)

图 1.2 1927 年在上海的西班牙人

照片来源于"The Spanish community and the Blas de Lezo officials in Shanghai", *Archivo China España*,1800—1950,accessed July 18,2022,http://ace.uoc.edu/items/show/156.

---

① 信息来自"Listado de ciudadanos y empresas extranjeros en China,1913",*Archivo China España*,1800—1950 ,accessed July 18,2022,http://ace.uoc.edu/items/show/178.

② 信息来自"Noticia del envío del Blas de Lezo",*Archivo China España*,1800—1950,accessed July 18,2022,http://ace.uoc.edu/items/show/494.

西班牙格拉纳达人安东尼奥·拉莫斯·埃思百浩（Antonio Ramos Espejo，1878—1944）就是当时在上海取得巨大成功的电影人，他既是导演，又是制作人，曾经在上海开设 7 家电影院。他曾在菲律宾当过士兵，西班牙战败后选择留在菲律宾经商。1897 年至 1898 年间，他是第一个在菲律宾经营电影放映的西班牙人，但是没挣到多少钱。1903 年，他怀揣着发财梦来到了上海。当时的上海是一个崛起的大都会，有一个庞大的欧洲居民群体，有不少舞厅、茶厅，但唯独缺少电影院。1908 年，他在上海开设第一家电影院，在那里播放慈禧太后和光绪帝的纪录片，使得这家电影院声名鹊起。同年，他又开设了虹口影院（Hongkew Cinema），这也是中国第一家商业电影院。这一年，他还创办了拉莫斯娱乐公司（Ramos Amusement Corporation）。一年以后，开设了新中央大戏院（Victory Theater）。1914 年又开设奥林匹克影院（Olympic），播放美国电影，这家影院还设有一个舞台，时常会邀请一些知名的舞蹈家来表演。之后，他开设了卡地亚影院、中国影院和国际影院和恩派亚大戏院。（Cárdenes，2011）1923 年，西班牙作家伊巴涅斯到上海旅行，跟拉莫斯见过面。他的游记《一个小说家的环球之旅》写道：“另一位姓拉莫斯的人，是这个娱乐之都中最好的影院的老板。”值得一提的是，这位西班牙作家伊巴涅斯在到中国之前，已经被一部分中国作家（Blasco Ibáñez，2007）及读者所熟悉，因为他的好几部小说，如《血与沙》《启示录四骑士》（引进中国时被译作《儿女英雄》）等作品被好莱坞拍成电影，在上海上映。

中西两国人与人之间的交流往来，还促进了书籍交换。李欧梵（2017）在《上海摩登：一种新都市文化在中国（1930—1945）》中提到，20—30 年代，看电影是上海作家重要的休闲活动，其次就是逛书店。除了中文书店，还能找到西文书店，能以货到付款的方式预定。“在一些旧书店和旧书摊可以轻易找到西文旧书，主要是小说，其中不少是外国游客的航海读物，等他们到了上海后就贱卖掉了。”（李欧梵，2017：157）

二、中国人在西班牙

1861 年，清政府为办理洋务及外交事务等设立总理衙门，改变了中国无外交的局面。此后，随着清朝官员外派的增多，出现了近代第一批旅西的中国外交官。因当时总理衙门规定外出的使节需要撰写日记，他们留下了详细的旅西游历考。

中国第一支欧美外交使团成立于 1867 年，目的是出访欧美，了解西方各国的情况,以应对外国侵略。这支使团由美国人蒲安臣(Anson Burlingame)任团长,英国人柏卓安(E. de Champs)与法国人德善(John McLeavy Brown)任副团长,中国官员志刚和孙家谷等其他随从共三十人一同出行。从 1868 年 2 月出发到返回中国,历时两年零八个月,其间游历了美国、英国、法国、瑞典、丹麦、荷兰、普鲁士、意大利、德国、俄国、墨西哥、巴拿马、古巴等国家,其中于 1870 年 7 月 28 日抵达西班牙,途经几个西班牙城市[①],于 8 月 2 日抵达马德里。志刚的《初使泰西记》、孙家谷的《使西书略》、张德彝的《再述奇》记录了这一行程。西班牙时任王朝摄政者弗朗西斯科·塞拉诺·多明格斯(Francisco Serrano y Domínguez, 1810—1885)接见了他们,并有意与中国建立起更密切的关系。

1876 年,清政府在英国设立第一个驻外使馆,由晚清官员郭嵩焘(1818—1891)出任驻英公使。1877 年,清政府在法、俄、美、德、日、西班牙、秘鲁、古巴等国派驻了常驻、兼驻公使,中国第一次同海外国家建立起双向交往,加强了中外之间的联系和了解。同年,陈兰彬出使西班牙,他是西班牙第一位中国大使(也是美国和秘鲁的第一位中国大使),他率领 25 位外交官于 1878 年 8 月到达西班牙。

1879 年,中国在古巴的哈瓦那设立总领事馆,陈兰彬出任美国、西班牙、秘鲁三国大使。当时古巴是西班牙的殖民地。早在 1847 年,就有华人去往古巴。这些去古巴的人都是年富力强的青壮年,但是劳动时间长、劳动条件极其恶劣、没有人身自由等原因导致很多人死去。1874 年,陈兰彬被派往古巴调查古巴华工的情况。谭乾初《古巴杂记》中详细记录了这一事件。古巴保留了很多西班牙的风俗传统。例如,在谭乾初的《古巴杂记》中就记载了斗牛这一活动。关于斗牛的记载也出现在黎庶昌的《西洋杂志》、蔡钧的《出洋琐记》,以及洪勋的《游历西班牙闻见录》中。斗牛逐渐成为中国对西班牙的刻板印象,以致后来徐霞村翻译西班牙作家阿索林的短篇小说集时将其命名为《斗牛》,以吸引读者。

1887 年,清政府选取 12 位 30 岁到 45 岁的文人赴亚、欧、美洲共 21 个国家考察,行程为期 2 年。其中就有洪勋。西班牙之旅后,他写下了《游历西班牙闻见录》,书中介绍了西班牙的地理、政体,西班牙人民的性格(泼辣、热情)、说话方式(表情丰富)、行为习惯(睡午觉)、穿着、饮食,西班牙的斗牛、宗教、彩

---

① 伊伦、圣塞瓦斯蒂安、维多利亚、布尔戈斯(Irún, San Sebastián, Vitoria, Burgos)。

票、人口、殖民领地、主要城市、贸易、农业、畜牧、矿产、铁路、金融系统、教育等。

继洪勋之后，另一位留下西班牙见闻录的清朝外交官是崔国因，著有卷帙浩繁的《出使美日秘三国日记》。"日"指的就是西班牙，因为当时西班牙被称为"日斯巴尼亚"。相比洪勋对西班牙的记录，崔国因的旅西日志更全面、更真实。里面记载了对西班牙航海业、宗主国等有关领域的分析。

伍廷芳（1842—1922）在 1898 年至 1901 年间出使西班牙，曾带领十几位中国外交官致力于中国与西班牙之间的友好交往（其中一位就是年轻的外交官黄履和，时任使馆秘书）。伍廷芳还争取到在马尼拉设立中国领事馆的权利。在他之后，梁诚（1864—1917）于 1902 年出使西班牙；孙宝琦（1867—1931）也曾在 1902 年至 1905 年间兼任驻西班牙公使。外交官黄履和（1863—1926）对中西文化交流做出了巨大贡献。他通晓一些西班牙语，于 1898 年第一次来到马德里，协助办理夷务，担任清朝驻西班牙公使馆商务随员。黄履和先后在西班牙生活长达 15 年之久，其间，他在 1901 年同比利时贵族博罗特小姐（Juliette Broutá-Gilliard）结婚，并生下长女讷亭（1902 年生）和次女玛赛（1905 年生），后者即后来知名的汉学家（西语名叫 Marcela de Juan）。民国后，黄履和在 1910 至 1912 年间担任中国驻西班牙使馆代办使事。我们对他的了解多来自于他的女儿黄玛赛撰写的回忆录《昨天我生活的中国和今日依稀看见的中国》（*La China que viví y entreví*，1977）。他是近代第一位融入西班牙社会的中国外交官。据黄玛赛的书中记载，她父亲黄履和与西班牙数位文人墨客相交，著名作家皮奥·巴罗哈（Pío Baroja）、艾米莉亚·帕尔多·巴赞（Emilia Pardo Bazán），雕塑家马里亚诺·本卢尔（Mariano Benlluire），斗牛士富恩德斯·贝哈拉诺（Fuentes Bejarano）都是他们家的座上宾。西班牙九八一代的代表性作家皮奥·巴罗哈极有可能通过与黄履和的交往，了解了不少中国文化；受其启发，他在好几部游历冒险小说中创作了主人公游历中国的情节，如《严思宝》（*Yan-Si-Pao o La esvástica de oro*，1928）、《明星船长奇米斯塔》（*La estrella del capitán Chimista*，1930）等。

1913 年，黄履和偕同家人返回北京，受孙宝琦的举荐，任外交部金事。在北京期间，他与胡适、林语堂等文人交往密切。1918 年，他在家中接见了一位青年，这位青年就是日后的毛主席。黄履和回国后，并没有中断跟西班牙的关系，他不但在中国与友人分享在西班牙的见闻，还将西班牙罗曼尼伯爵（Conde de Romanones）的《军队和政治》（*El ejército y la política*，1920）一书译成汉语。1923 年，他接待了来华旅游的西班牙著名作家伊巴涅斯（Vicente

Blasco Ibáñez)[①]。

其女儿黄玛赛自 1913 年随同家人来到北京,到 1928 年才回西班牙定居,在北京生活达 15 年之久。这十几年的中国生活对她影响深远:她毕业于清华大学,学习了地道的中国文化,近距离接触和见证了中国的变革,参与了"五四运动"和新文化运动。她还结识了胡适、林语堂、辜鸿铭等文人,并曾在《新青年》杂志发表过文章。她极力主张女性解放,维护民主思想,拥护白话文和符合时代潮流的儒家思想。回西班牙定居后,她一直致力于传播中国文化及文学,是第一位将中国诗词直译成西班牙语的著名汉学家。

中国留学生也是在西班牙的一部分群体(图 1.3)。1872 年,清政府批准公派留学一事,派遣官费留学生到海外学习,开启了大规模接触西方、学习西方的进程。中国人逐渐有机会走出国门,到欧美、日本去学习、访问和工作。后来,许多有钱人家的子女也都选择出国深造。季羡林的《留德十年》、杨绛的《我们仨》、钱锺书的《围城》等书都曾记录过中国学生的留学生活。在德国、法国、英国的中国留学生居多,西班牙由于当时国力衰退,去那里留学的人并不多,更多的是去旅行的人。最具有代表性的旅行者是戴望舒。1932 年,戴望舒前往法国留学。1934 年,他从法国坐火车到西班牙旅行,其间,他寻访西班牙文学名人的故居遗迹,收获颇丰,写下了《我的旅伴——西班牙旅行记》[②],记录这段旅行经历。他还在西班牙购入了大量图书。他 1935 年从法国回国时,携带了几千册法文和西班牙文图书,其中西班牙图书有一千余册。他的《记玛德里的书市》一文记述,他在马德里的大部分闲暇时间都消磨在了书市的故纸堆里,"寒斋的阿耶拉全集,阿索林、乌拿莫诺、巴罗哈、瓦和英克朗(今作巴因-克兰)、米罗等现代作家的小说和散文集,洛尔加、阿尔贝谛、季兰、沙思纳思等当代诗人的诗集,珍贵的小杂志,都是从那里陆续购得的"(戴望舒,2005:162)。此外,对他而言,西班牙之行最大的收获便是认识了西班牙大诗

---

① 在黄玛赛写的回忆录《昨天我生活的中国和今日依稀看见的中国》(*La China que viví y entreví*, 1977)中,她写道,他们一家在北京的日子总体来说是快乐的。与他们家往来的有中欧组合夫妇及他们中欧混血的子女,大部分都是外交官群体,有古巴、法国、德国,尤其是西班牙外交官们,像西班牙侯爵 Dosfuentes(当时是西班牙驻中国大使)、西班牙外交官 Lacal y Marín 等,以及一些意大利朋友。他们还接待了来中国旅游或短暂停留的一些文人墨客,像 Joffre 元帅、西班牙作家伊巴涅斯、海军中尉 Windsor 以及 Cavendish 公爵(英国知名女作家 Drummond Hay 之子)等(Marcela de Juan, 2021, capítulo 1, sección 4, párr. 10)。

② 戴望舒的《西班牙旅行记(1—4)》在 1936 年陆续刊载在《新中华》第 4 卷第 1、2、5、6 期。

人洛尔迦。据施蛰存的回忆,戴望舒曾告诉他,自己之所以深深地爱上洛尔迦的作品,是因为他在西班牙的"广场上,小酒店里,村市上,到处都听得到美妙的歌曲,问问它们的作者,回答常常是:费特列戈,或者是:不知道。这样不知道作者是谁的谣曲也往往是洛尔迦的作品"(施蛰存,2016:117)。戴望舒是洛尔迦作品最重要的中译者,正是通过戴望舒的译介,洛尔迦才能对中国朦胧派诗人产生深远影响。

图 1.3　中国学生在西班牙

图片来源于"'Estudiantes chinos en España aprenden lucha antifascista', de Luisa Carnes", *Archivo China España*, 1800—1950, accessed July 18, 2022, http://ace. uoc.edu/items/show/44.

1933 年 5 月,巴金曾写过一篇文章——《西班牙的梦》,刊登于 1933 年 8 月 1 日的《东方杂志》第 30 卷第 15 号。文中讲述了一个从法国去西班牙"学革命"的中国人的故事,巴金称之为朋友 C。巴金的这个朋友 C 曾两次到达西班牙的巴塞罗那"学革命"。"从 C 的信函中流露出来,他在巴塞罗那有着丰富的活动,譬如在一封信里他讲述了他是如何去参加秘密集会的以及集会的具体情形;第二封信里他讲述了一次暴动的爆发及被压制的过程;第三封信里,他描写 C.N.T.的发展状况;第四封信里,他形容了那里白色恐怖之猛烈;第五封信里他叙述他怎样遇见侦探,和那侦探玩了什么把戏;第六封信里描写他不得不离开西班牙而回到法国的经过情形;第七封信里叙述他再到西班牙的经过。"(巴金,1989:125)可见当时在西班牙是有一些中国学生的面孔出现的。

中国商贩是另一个旅居西班牙的群体(图 1.4)。19 世纪下半叶,在马德里、巴塞罗那等大城市已经有了中国人的身影。部分人是从秘鲁移居到西班牙的。当时中国的扇子、瓷器、丝绸、马尼拉大披肩等物品都受到中产阶级的欢迎。在马德里、巴塞罗那的一些主要商业街道上都有中国人开的中国艺术品商店。西班牙作家加尔多斯出版于 1887 年的小说《两个女人的命运》(For-

图 1.4 巴塞罗那华人区的中国商贩

原载《街头产业》,西班牙《先锋报》(*La Vanguardia*),1931 年 1 月 21 日。图片来源于 "Vendedores ambulantes chinos en las Ramblas de Barcelona", *Archivo China España*, 1800—1950,accessed July 18,2022,http://ace.uoc.edu/items/show/128.

tunata y Jacinta)中,就描写了在马德里的中国商品贸易。加尔多斯笔下的中国人的形象是:中国人取好几个老婆,中国女人裹小脚、留长指甲等。书中描述中国商店里面的艺术品美轮美奂,里面的人物都对中国感到惊奇,认为中国是遥远而神秘的存在。西班牙作家戈麦斯·德拉塞尔纳(Gómez de la Serna)证实了加尔多斯笔下中国商店的真实存在。他在《肖像全集》(Retratos completos)一书中写道,他曾经去过位于马德里市中心马约尔广场 Sal 街出口处的那家叫"中国人"(Los chinos)的商店,此后这家商店虽然被手表珠宝店取代,但那里依然是充满幻想的地点,令他眼前浮现中国人留着长辫子在门口迎客的场景(Bayo,2013:125)。

第二节 翻译文学中的中西文学交流

文学翻译会对文艺思想、艺术形式、文学语言等方面产生影响。文学翻译促进了中西两国的文学交流,这种交流一旦产生,其力量是强大的。纵观这一段历史时期,中国作品在西班牙的译介以古典作品为主,尤其是中国的唐诗宋词。而西班牙在中国的译介则以其现代文学为主,体裁涵盖诗歌、小说和戏剧。正如 Miner (2002:186-187)所揭示的那样,东方诗歌和戏剧(主要是诗歌)影响了西方文学,但东方的叙事文学对西方文学影响不大。而西方的各种文学体裁都对东方文学产生了重要影响。

此段历史时期的中西译者大都是知名作家学者,译本对两国近代文学产生了深远的影响,且影响仍在继续。我们将着重研究以下译者的译作及传播:中国鲁迅、戴望舒、徐霞村、茅盾、卞之琳、瞿秋白、杜衡、林纾、陈家麟、周作人、孙昆全、张闻天、傅东华等。对应的是西班牙现代主义诗人阿贝尔·莱斯·麦斯德莱(Apel les Mestres)、何塞普·卡纳(Josep Carner)、玛丽亚·曼内特(Marià Manent)、弗朗西斯·帕塞里萨斯(Francesc Parcerisas)、黄玛赛等的译作。

一、中国文学在西班牙的译介

西班牙多明我会传教士高母羡(Fray Juan Cobo,约 1546-1592)1590 年翻译出版的范立本的《明心宝鉴》,被公认是第一部被翻译成西班牙语的中国文学著作,也是第一部被译成欧洲语言的中国文学著作。虽然这本书严格意义上来讲并非传统的纯文学作品,它比西班牙文学在中国的第一本译作早出现了三个多世纪。16、17 世纪的西班牙来华传教士是第一批欧洲来华传教士,也是欧洲最早的汉学家。虽然他们来华的目的主要是宣扬政治和宗教思想,但客观上促进了中西方的文化交流,完成了很多关于中国的政治、文化、语言、地理、历史等方面的著作,西班牙及西班牙语曾一度成为西方认识中国的窗口。但从 17 世纪开始,西班牙国力逐渐衰退,政治上内忧外患,经济上日渐萧条,再也无暇顾及它的东方事业,其国内的汉学发展也几乎停滞。此后至 20 世纪上半叶,西班牙对中国文化及文学的吸收都间接来源于其他欧洲国家。

由于此时期中国文学在西班牙的输入是间接的,所以传播到西班牙的中国文学受制于中国文学在其他欧洲国家的传播情况。相较于纯文学来说,西方普遍对中国哲学兴趣更浓厚。意大利传教士罗明坚(Michele Ruggleri,1543—1607)译的《大学》《孟子》(1653),葡萄牙传教士曾德昭(Alvaro Semedo,1585—1658)译的《易经》,意大利传教士殷铎泽(P. Prosper Intercetta)和伊格内修斯 · 阿 · 科斯塔(Ignacio a Costa)合译的《大学》(1662),殷铎泽同其他四人合译的《中国哲学家孔子》(1687),比利时传教士卫方济(P. Franciscus Noël,1651—1729)译的《中国典籍六种》(1711),法国传教士刘应(Claude de Visdelou,1656—1737)译的《礼记》《书经》,法国传教士白晋(Joachim Bouvet,1656—1730)翻译的中国典籍和撰写的《易经大意》《诗经研究》(1723),法国传教士傅圣泽(Jean Francoise Foucquet,1665—1741)译的《易经》(1711),法国传教士马约瑟(P. Joseph Marie de Prémare,1666—1735)译的《易经》《春秋》《老子》,法国传教士宋君荣(P. Antoius Goubil,1689—1759)译的《易经》《诗经》《礼记》,法国传教士韩国英(Pierre Martial Cibot,1727—1780)译的《礼记》《孝经》《洗冤录》以及其他译著奠定了欧洲汉学的基础,促进了中国古典文学及文化在欧洲诸国的传播,包括在西班牙的流通。

然而,纯文学的翻译却寥寥无几。18 世纪产生较大影响的纯文学作品当属中国元朝杂剧《赵氏孤儿》。该剧本最先由法国传教士马约瑟(P. Joseph Henri Marie de Prémare)于 1731 年翻译成法语,法语名为 *L'orphelin de la maison Tchao*,后被另一位法国传教士杜赫德(Jean-Baptiste du Halde)收录在他的《中华帝国全志》(*Description geographique, historique, chronologique, politique et physique de l'Empire de la Chine et de la Tartarie chinoise*, vol. Ⅲ)并于 1735 年在巴黎出版。该剧本不仅对法国文学产生重大

影响,且影响了其他欧洲国家的文学。后来,此法语译本又被转译成英语、德语、俄语、意大利语和其他语言。需要指出的是,这个最初的译本只是部分翻译,出于方便读者理解的目的,约瑟夫大大简化了原作并删除了歌曲部分。完整版本由法国汉学家斯坦尼斯拉斯·朱利安(儒莲,Stanislas Julien)[①]于 1834 年翻译。这部元杂剧在欧洲获得了意想不到的成功,出现了多个改编版本,在英国就流传有两个不同的版本,即威廉·哈切特(William Hatchett)的 1741 年版本和亚瑟·墨菲(Arthur Murphy)的 1756 年版本;在意大利,有彼得·梅塔斯塔西奥(Pietro Metastasio)的 1748 年版本;在德国则有匿名作者在 1774 年改编的德语版;歌德的改编版于 1748 年出版,伏尔泰的改编版于 1755 年出版;而西班牙语版则是由西班牙剧作家、诗人托马斯·德·伊里亚特(Tomás de Iriarte)按照伏尔泰的版本翻译成西班牙文,名为 *El huérfano de la China*(《中国孤儿》,1770)。

中国文学对此时期西方文学产生巨大影响的当属中国古典诗歌。法国女作家、诗人朱迪思·戈蒂耶(Judith Gautier, 1846—1917)对中国古典诗歌在欧洲的传播做出了巨大贡献。她从小学习汉语,师从清朝文人丁敦龄[②]。1867 年,她将翻译的 71 首诗结集为《白玉诗书》(*Le livre de jade*)出版。此书成为广受欢迎的法文汉诗文集,影响深远,至今仍再版不绝。这本书还被译成德语、英语、葡萄牙语、俄语和西班牙语(最新的西班牙语版是 Ardicia 出版社 2013 年版)等多种欧洲语言。虽然这些不同的欧洲语言译本大多是由不懂汉语的人完成的,但在那个时期它们一直是"获得中国诗歌的唯一途径"(Yu,2007:479)。

朱迪思·戈蒂耶的《白玉诗书》的成功主要归功于译者的语言天赋和良好的文学品味,于宝琳评价道:

> The enthusiastic reception of *Le livre de jade* can be attributed to

---

① 儒莲是法兰西学院汉学讲座第一任教授雷慕沙的得意门生,精通中文。他翻译了许多中国典籍,包括《孟子》《三字经》《灰阑纪》《赵氏孤儿记》《西厢记》《玉娇梨》《平山冷燕》《白蛇精记》《太上感应篇》《桑蚕辑要》《老子道德经》《景德镇陶录》《天工开物》等。

② 丁敦龄自幼读书,18 岁考上秀才。后跟随一位传教士定居澳门,因卷入太平天国运动而成为法国军队的俘虏。因他饱读诗书,被传教士、著名汉学家范尚人带到法国生活,协助他研究中国文化。但是这位传教士回到巴黎不到一年就去世了。走投无路的丁敦龄被克莱蒙·加诺收留,通过加诺的介绍,他认识了法国大文豪戈蒂耶。戈蒂耶对中国文化很感兴趣,于是聘他当助手和家庭教师,让两个女儿跟他学习汉语和中国文化。朱迪思·戈蒂耶就是戈蒂耶的一个女儿。

the contemporary fascination with the Orient in general and chinoiserie in particular—but only in part. Scholars have pointed out that this volume of translations was also appealing because it provided a concrete model of how *not* to write like a French Romantic poet. To the Parnassian and symbolist colleagues of Théophile Gautier, the exquisite imagery, subdued emotions, esteem for the poetic vocation, and lapidary quality of the Chinese poems as represented by Judith Gautier embodied to a remarkable degree their ideals of a finely wrought and dispassionate aesthetic that both elevated the work of art and salutarily countered an earlier, more declamatory style and the fetters of French meters. Gautier's introduction to *Le livre de jade* reveals her awareness of the important role poetry played in the Chinese civil service examination and in the moral and political lives of poets, but she selected and modified poems to attune them more closely to a Parnassian ideal of detachment that in fact had little traction in the Chinese poetic tradition.

(Yu, 2007:474)

从这个意义上说,中国诗歌从文学美学、题材、意识形态、思想等方面给西方文学提供了新的灵感来源,而翻译在文学交流中发挥着重要作用:正是由于朱迪思·戈蒂耶的译文非常符合文学潮流,因此中国诗歌更容易被接收。

朱迪思·戈蒂耶的《白玉诗书》是鲁文·达里奥和许多其他同期西班牙文人了解中国文学的主要资源,学习和吸收异国文化成为当时许多现代主义者的一个共同特征。鲁文·达里奥曾多次在他的作品中提到朱迪思·戈蒂耶,他从其翻译的诗集中认识了中国诗人李太白(李白),以及中国诗歌的主题——月亮、茶、龙、酒、秋天、爱情等,这些最终在他的作品中得以重现。

中国文学在欧洲的传播要归功于欧洲汉学的发展。1814 年,法兰西学院设立了第一个汉学教授职位,随后欧洲和北美的几所高等院校相继设立了汉语系或东亚研究系①。亨利·柯蒂埃(Henri Cordier)收集了 16 世纪以来中国文学研究的成果,并汇集在三卷本《中国图书馆与中华帝国有关的书目和词

---

① 例如,在中国工作生活 40 年之久的外交官托马斯·弗朗西斯·韦德(Thomas Francis Wade,1818—1895)是剑桥大学自 1888 年以来第一位汉学教授。1909 年,德国汉学家奥托·弗兰克(Otto Franke,1863—1946)在汉堡大学创立东亚语言与历史系。汉堡大学是德国第一所设立此系的大学,1914 年,该系更名为汉语言文化系。

典》(*Bibliotheca sinica o Dictionnaire bibliographique des ouvrages rélatifs à l'Empire chinois*,1878)中,并于 1895 年出版了更为详尽的补充版。

研究机构的建立无疑增加了研究东方文学的学者的数量。这些学者对中国文学的研究兴趣主要集中于古典时期,尤其关注中国的唐宋诗词,以下中国诗词译本备受他们的青睐:

- Léon d'Hervey-Saint-Denys：*Poésies de l'époque des Thang* (1862, Paris)
- Judith Gautier：*Le livre de Jade* (1867, Paris)
- John Francis Davis：*Poeseos Sinicae commentarii. The Poetry of the Chinese* (1870)
- James Legge of Aberdeen[①]：*The She King or The Book of Poetry* (1871)
- Herbert Giles：*Chinese Poetry in English Verse* (1898)
- Ernest Fenollosa, Erza Pound：*The Chinese Written Character as a Medium for Poetry* (1915)；*Cathay* (1915)
- Arthur Waley：*A Hundred and Seventy Chinese Poems* (1919, New York)
- Franz Toussaint：*La flûte de jade* (1920)

《唐诗》(*Poésies de l'époque des Thang*,1862,Paris)是汉学家德理文(Léon d'Hervey-Saint-Denys,1822—1892)[②]从中文直接译出的,书中包含了他对中国诗歌艺术的概括性介绍,约 100 页,占全书总篇幅的三分之一。他选译了约 30 位中国诗人,重点译介了李白和杜甫的诗歌。亚瑟·韦利(Arthur Waley)评价此书说,"这本书是一位伟大学者的著作,是可靠的——除了关于中国韵律的信息"(Waley,1919)。全书共翻译了 97 首诗,其中李白 24 首,杜甫 21 首,按年代顺序排列。值得一提的是,文中李白的一生被视为具有神话般的传奇性,他被塑造成一个波西米亚生活者,对酒充满热情,而酒又激发了他创作诗歌的灵感。李白的诗歌代表了中国精神的异国情调和神话价值,这在许多象征主义和现代主义的欧洲文学文本中都留下了印记,如鲁文·达里

---

① 他还翻译了儒家的五经：*The Chinese Classics*,被法国汉学家亨利·柯蒂埃(Henri Cordier)认为是 *Bibliotheca Sínica* 之中收集的最重要的书目。

② 德理文是儒莲的学生,于 1874 年接任法兰西学院汉学教席。除 1862 年出版的《唐诗》外,他还翻译了《离骚(章句)》(*Li Sao*,1970)。

奥(Rubén Darío)的诗中就提到了李白。德理文还在其文章中强调了李白诗歌的主题,即月亮、酒、宫殿、花园、秋天、流年等。该诗歌译本虽然没有再版过,却影响深远,曾被弗洛伊德引用。西班牙作家、《大中华帝国历史回顾》(1857)和《中国之旅印象》(1876)的作者阿尔瓦雷斯·特杰罗(Álvarez Tejero)也曾阅读过这个译本(Folch Fornesa,2013:26)。

约翰·弗朗西斯·戴维斯(John Francis Davis,1795—1890)[①]的《中国诗歌》(*Poeseos Sinicae Commentarii. The Poetry of the Chinese*,1870)对中国古典诗歌进行了研究,它包括两部分:第一部分介绍了中国诗歌的结构及规则,以及诗歌的节奏、韵律、节、语言等;第二部分从体裁上,论述了中国诗歌的精神、意象和情感的特点、分类以及在欧洲文学框架内可以给予的命名。

东方学者芬诺洛萨(Ernest Fenollosa)和庞德(Ezra Pound)的著作《作为诗的媒介的中国文字》(*The Chinese Written Character as a Medium for Poetry*,1915)和《国泰诗集》(*Cathay*,1915)对西方的现代主义产生了深刻的影响,尤其是在意象美学的技法上。庞德当时已经是一位著名诗人,他对已故东方学者芬诺洛萨未发表的作品进行整理并发表。《国泰诗集》中包含的诗歌是庞德根据芬诺洛萨早期的翻译作品再创作的。在《作为诗的媒介的中国文字》一书中,庞德认为通过诗歌的写作特征来解释中国思想,建立东西方诗歌传统的比较是可行的。这些将形式严谨的中国诗歌转化为自由诗的实验,以及对中国诗歌的结构与欧洲诗歌进行的比较,在某种程度上为许多现代主义作者提供了范例和灵感,有助于他们将东方元素融入他们的文学创作中。

对中国诗歌,尤其是唐诗的偏爱是20世纪欧美诗歌的一个显著特征。翻译使这种需求得到满足,西方作家因此接触到了一种新的、充满异国情调的文学艺术。尽管中国古典诗歌直译到西班牙的时间较晚,但上述法语和英语版本转译到西班牙语的作品早已出现,尤其是在加泰罗尼亚,中国诗歌获得了极大的反响,出现了以下许多翻译作品:

- *Catai* (1914),Francesc Parcerisas 转译
- *Popularitats* (1922),Josep María López-Picó 转译
- "Poetes de la Xina" en *La Publicitat* (1923),n°15.508. 作者 Josep María de Sagarra,概述了法国对中国诗歌的接受程度
- *Poesía Xinesa* (1925),Apel·les Mestres 由法语转译

---

① 戴维斯还是 1829 年《好逑传》的译者。歌德阅读过该译本。

　　• *L'aire daurat*（1928），Marià Manent 从 Arthur Waley 的英语版转译

　　• *Lluna i llanterna*（1935），Josep Carner 译

　　1922 年，加泰罗尼亚著名诗人何塞普·玛丽亚·洛佩斯-皮科（Josep María López-Picó，1886—1959）发表诗集 *Popularitats*（《人气》）。该诗集第一章"Orient，Occident"（《东方，西方》）里面收录了他翻译的几首中文诗。

　　1923 年，加泰罗尼亚诗人、剧作家约瑟夫·玛丽亚·德·萨加拉（Josep María de Sagarra，1894—1961）在《宣传报》（*La Publicitat*）发表《中国诗人》（"Poetes de la Xina"）一文，介绍了中国诗歌在法国的翻译情况，提及法国著名的汉学家德理文（Hervey Saint Denys）和乔治·苏利埃·德·莫兰特（George Soulié de Morant），其中特别提到了中国诗歌在法国的重要译本及其对法国象征派的影响，例如对德·里尔（Leconte de Lisle）和德·埃雷迪亚（José-Mariá de Heredia）的影响。这篇文章对加泰罗尼亚的诗人作家接受中国诗歌产生了指导性影响，因其代表了当时对世界主义和欧洲大都市，尤其是巴黎、伦敦的审美潮流（Ollé，2015：171）。

　　1925 年，加泰罗尼亚现代主义诗人阿佩尔·莱斯梅斯特（Apel·les Mestres）翻译出版的《中国诗歌》（*Poesía Xinesa*）是第一本全面介绍中国诗歌的书，该书参照了 19 世纪下半叶和 20 世纪初在法国流行的中国诗歌法译本。

　　1928 年，加泰罗尼亚诗人玛丽亚·曼恩特（Marià Manent，1898—1988）发表诗集《金色空气》（*L'aire daurat*），参照的是亚瑟·韦利（Arthur Waley）的译本。该书的序言中写道，"中国抒情诗在其自身特点的深处揭示了人类精神的基本统一。其包含的情感元素是诗歌创作的原材料"。1942 年，他出版翻译诗集《生命的色彩：中国诗歌选译》（*El color de la vida：interpretaciones de poesía china*），由英语和法语转译，共选译诗 36 首。他一生创作近 70 首诗，深受中国诗歌影响，在他的《金色空气》（*L'aire daurat*，1928）、《如一朵轻云》（*Com un núvol lleuger*，1967）和《古老的祖国》（*Vell país natal*，1986）这三本书中收录的中文诗数量达 150 首（Ollé，2015：171）。

　　1932 年，加泰罗尼亚诗人约瑟夫·卡纳（Josep Carner）在期刊《我们的土地》（*La nostra Terra*）发表题为"La passejada pels brodats de seda"（《穿梭丝绣》）的文章，这篇文章也是基于亚瑟·韦利的中文诗歌译本，之后被收录进他的《月亮和灯笼》（*Luna y linterna*，1935）一书。

　　阿佩尔·莱斯梅斯特和约瑟夫·卡纳等人是加泰罗尼亚现代主义文学的

代表性作家。就卡纳而言,他深受中国古典诗歌的启发,并将其融入自己的文学创作中。马奈儿·奥也(Manel Ollé)在他的文章《中国及文学异国情调》(*Chinese Vicinity and Literary Exotism*)的起始写道:

> 根据艾田泊(René Étiemble)的说法,没有"中国加泰罗尼亚",只有"法国中国风",许多加泰罗尼亚作家的作品都留有中国印记,这足以证明该国作家对中国文学绝非一般的好奇心。加泰罗尼亚当代文学的嗜中主义可以被理解为对普遍主义和现代性的渴望的一个表现。加泰罗尼亚文字中留有中国印记,是因为中国对 20 世纪加泰罗尼亚作家的影响属于普遍现象,并在某种程度上弥补了加泰罗尼亚中世纪作家在古典主义时期的部分局限性。

> (Ollé,2015:169)

需要指出的是,东方元素(chinoiserie)为加泰罗尼亚文学现代主义注入了重要的创新源泉。"中国成为加泰罗尼亚文学中的一个相关主题,因为作家所做的不仅仅是翻译或重新翻译作品,作家还充分融合了起源于亚洲的文本、体裁、主题和幻想"。(Ollé,2015:169)

在卡斯蒂利亚语(西班牙语)中,哥伦比亚现代主义诗人吉列尔莫·瓦伦西亚(Guillermo Valencia,1873—1943)是最早传播中国诗歌的诗人之一。1929 年,他翻译出版了《国泰东方诗集》(*Catay*),该诗集由近百首中国诗组成,尤其是李白的诗,达 26 首。瓦伦西亚的翻译参照的是弗朗茨·杜桑(Franz Toussaint)的散文形式的法文版《玉笛》(*La flute de jade*,1920)。这位哥伦比亚诗人不仅将它们翻译成西班牙文,还增加了节奏和韵律,将它们从散文变成诗歌。这项工作很可能受到欧内斯特·芬诺洛萨(Ernest Fenollosa)和庞德(Erza Pound)的影响,这是因为从标题上可以看出他采纳了这两位作家的技巧和建议。总之,从一定意义上说,这个译本实际上可算作是这位伟大的现代主义者的新创作。

1938 年,诗人卡洛斯·恩里克·特拉亚(Carlos Enrique Telaya)出版《瓷楼:中国诗歌汇编》(*El pabellón de porcelana: compilación de poesías chinas*),共选译 43 首中文诗。

1945 年,流亡墨西哥的西班牙女诗人埃内斯蒂娜·德昌波尔辛(Ernestina de Champourcín)将法语版的《玉笛》译成西班牙语(*La flauta de jade*)。

20 世纪 20 年代至 50 年代,在西班牙用西班牙文和加泰罗尼亚文出版的中国古典诗歌数量不多,且都是转译本,仅对加泰罗尼亚地区的部分现代主义诗人产生一定影响,未能对西班牙文学产生较大影响,甚至目前部分译作已经丢失。黄玛赛①则重新点燃了西班牙人对中国诗歌的兴趣。1948 年,她在《西方杂志》(*Revista de Occidente*)发表了《中国诗歌精华录》(*Breve antología de la poesía china*),这是西班牙第一本中国诗歌集的直译本,共选译 89 首汉诗,其中李白的诗有 19 首。1962 年,《西方杂志》出版了黄玛赛译的《中国诗歌第二集》(*Segunda antología de la poesía china*),共选译中国诗 192 首,其中李白的诗 33 首;除唐诗外,还收录了部分现代诗人,如闻一多、胡适、郭沫若等人的诗作,以及毛泽东的几首诗。1973 年,她的另一部译著《中国诗歌:从公元前 22 世纪到“文化大革命”》(*Poesía china del siglo* XXII *a.C a las canciones de la Revolución Cultural*)由 Alianza 出版社出版,此诗集涵盖了《诗经》,汉、唐、宋、明、清、民国时期及“文革”时期的部分诗歌。阿比利亚加称她是“第一个将中国诗歌选集翻译成我们语言的作家,也是第一个以绝对负责任和严谨的方式致力于中西翻译工作的作家”(Arbillaga, 2003:25)。赵振江说她“是一位认真负责的译者,其译作无疑是传播最广、影响最大的中国诗歌西班牙文译本”(2020:41)。

除翻译中国诗歌外,黄玛赛还翻译了几部中国短篇故事集,这些故事的时间跨度为公元 7 世纪至 20 世纪。1947 年,Espasa-Calpe 出版社出版了其译作《中国短篇故事集》(*Antología de cuentistas chinos*);1948 年,出版了其翻译的《中国古典故事集》(*Cuentos chinos de tradición antigua*);1954 年,该出版社又出版了其译作《东方喜剧故事集》(*Cuentos humorísticos orientales*,包括了日本、印度、中国和其他亚洲国家的故事作品)。时隔近 30 年后,该出版社又于 1983 年出版了其译作《古镜记和其他一些中国故事》(*El espejo antiguo y otros cuentos chinos*),书中收录了唐传奇中的几篇经典之作、宋朝的几篇短篇故事及《聊斋志异》中的部分故事。

1958 年,她撰写的《中国戏剧》一文,收录在了吉列尔莫·迪亚兹-普拉亚(Guillermo Díaz-Plaja)主编的《戏剧:舞台艺术的百科全书》(*El teatro:enciclopedia del arte escénico*)一书中。

---

① 即清朝驻西班牙外交官黄履和的女儿。为了纪念黄玛赛对中国文学在西班牙译介方面做出的巨大贡献,巴塞罗那自治大学翻译学院设立“黄玛赛中文翻译奖”(Premio de traducción del chino Marcela de Juan)。

二、西班牙文学在中国的译介

西班牙文学在中国的译介相较于中国文学在西班牙的译介晚了约三个世纪。晚清甲午战争之后,中国急于向西方学习,革新本国文化,翻译文学得到了蓬勃发展。进入 20 世纪,尤其是"五四运动"后至 1930 年,外国文学的翻译工作日渐受到重视,当时几乎所有的新文学家都致力于文学翻译,出现了专门的文学社团和文艺刊物以及翻译介绍外国文学的队伍。西班牙同其他欧洲文学被大量译介到中国。

1917 年周瘦鹃在其《欧美名家短篇小说丛刊》中收录的佛尔苔著的《碧水双鸳》,曾被认为是最早的西班牙文学作品中文译本。但其实早在 1905 年,马一浮就翻译了塞万提斯的《堂吉诃德》(译为《稽先生传》),比 1922 年林纾和陈家麟译的《堂吉诃德》(译为《魔侠传》)早了 17 年;1915 年商务印书馆就出版了《西班牙宫闱琐语》,比周瘦鹃的西班牙作品译介也要早两年。可见,早在 20 世纪初,西班牙文学作品已进入中国读者的视野。

值得一提的是,《西班牙宫闱琐语》的作者是西班牙公主欧拉莉亚·德·波旁(Eulalia de Borbón,1864—1958),是西班牙女王伊莎贝尔二世的小女儿。该书用英语写就,原书名为 *Memoirs of a Princess of the Blood Royal*,出版于 1913 至 1914 年间,是欧拉莉亚公主的个人自传,记述的是她作为王室成员在西班牙和欧洲宫廷的生活经历,描述她从小如何渴求自由和希望摆脱孤单,并最终逃离宫廷束缚实现儿时梦想的故事。这本书先是在月刊杂志 *The Strand Magazine*(1891—1950)上连载,在英国和美国发行,后集结成书,在英美西等国都先后出版过。中译本首先在 1914 年的《小说月报》第五卷第一号、二号、三号、四号、五号连载[①],之后于 1915 年由商务印书馆出版。

西班牙文学当时在中国的输入具有共时性,除塞万提斯的《堂吉诃德》以外,其他都是同时代的现代西班牙文学作品,尤其是西班牙"九八一代"作家的作品,主要有伊巴涅斯(Blasco Ibáñez,1867—1928)、倍那文德(Jacinto Benavente,1866—1954)、加尔多斯(Benito Galdós,1843—1920)、加西亚·洛尔迦(García Lorca,1898—1936)、希梅内斯(Juan Ramón Jiménez,1881—1958)、皮奥·巴罗哈(Pío Baroja,1872—1956)、阿索林(Azorín,1874—1967)、阿拉思(Leopoldo Alas or Clarín,1852—1901)、阿耶拉

---

① 这本在《小说月报》连载的自传小说由彭生、铁樵、卢丹和谧萧几位译者共同完成。

（Ramón Pérez de Ayala，1880—1962）、乌纳穆诺（Miguel de Unamuno，1864—1936）等作家的作品。西班牙文学之所以能在中国引起译介热潮，是因为在此段历史时期，西班牙的命运同当时中国的命运同调相引，在中国引起了极大的共鸣，被定义为"被损害民族"。1898 年美西战争失败，激起了西班牙一批忧国忧民的文学青年拯救民族的热情，他们成为了西班牙"九八一代"和"二七一代"的重要成员。之后，西班牙在 1931 年经历了第二共和国时期，1936 年至 1939 年间经历了内战，许多作家拿起笔杆，参与了捍卫共和国、反抗法西斯的斗争。1921 年，茅盾在《小说月报》（第 12 卷第 10 号）开辟《被损害的民族文学》专栏，其《引言》中写道："凡被损害的民族的求正义求公道的呼声是真的正义的公道。在榨床里榨过留下来的人性方是真正可宝贵的人性，不带强者色彩的人性。他们中被损害而向下的灵魂感动我们，因为我们自己亦悲伤我们同是不合理的传统思想与制度的牺牲者；他们中被损害而仍旧向上的灵魂更感动我们，因为由此我们更确信人性的砂砾里有精金，更确信前途的黑暗背后就是光明！"

最先在国内引介西班牙文学的是周氏兄弟。鲁迅主张"拿来主义""多读外国书"，他身行力践，一生译著达 400 部，其中就包括一些西班牙文学作品。1917 年，鲁迅将西班牙文学纳入弱小民族国家文学的范畴，即被损害民族文学，对其进行重点译介，尤其是反映社会问题的现实主义文学。他最初与周作人在《域外小说集》中译介被压迫民族的文学，并得到了沈雁冰（茅盾）、王鲁彦等人的大力支持，他们以《小说月报》为阵地，扩大了翻译力量。1921 年，《小说月报》期刊开辟"被损害民族的文学号"。在那段历史时期，介绍被压迫民族文学的重要性甚至超过介绍英、美、法、德文学，虽然介绍后四种文学的作品也是很需要的（陈玉刚，1989：123）。

当时从事过西班牙文学翻译的主要有：鲁迅、周作人、戴望舒、徐霞村、瞿秋白、茅盾（沈德鸿）、李青崖、卞之琳、杜衡、孙昆全、张闻天等。从翻译作品的文学体裁来看，涵盖了诗歌、戏剧、小说等。由于当时国内缺乏对西班牙语的认识，这些译作都是从日语、英语、法语等转译而来的。

鲁迅、周作人和茅盾三人是最早译介西班牙语作品的作家，他们的思想价值观引领和影响了该时期西班牙文学在中国的译介方向：一是以译介反映社会问题的现实主义文学为主；二是以介绍短篇小说为主，因其篇幅简短，更有利于在杂志上发表。20 年代初起，西班牙文学的译介主要通过《小说月报》《新青年》《语丝》等杂志传播。30 年代，《现代》《译文》等杂志则成为主要传播阵地。

被译介的西班牙作家主要有：

皮奥·巴罗哈(Pío Baroja, 1872—1956)，他是西班牙"九八一代"的代表性人物。最早将其介绍到中国的是茅盾。1923 年，《小说月报》第 14 卷第 4号《海外文坛消息》专栏中，沈雁冰(茅盾)撰写了《西班牙文坛近况》，介绍了巴罗哈："但是你若去问西班牙人，问他们自己对于本国文学的意见，问他们最多读哪一位作家，那么他们的回答一定是要使你吃惊。因为他们的答案不是伊本纳兹，不是倍那文德，却是巴洛伽(Pío Baroja)——一个在中国未曾听说过的人名。"1923 年，沈雁冰(茅盾)在《小说月报》第 14 卷第 5 号发表《西班牙现代小说家巴洛伽》一文，专门介绍巴罗哈。文中介绍了西班牙的"九八一代"新运动和巴罗哈的生平及创作情况。所谓"九八一代"是指西班牙文坛上一批忧国忧民的青年知识分子，他们在 1898 年美西战争中西班牙战败，并失去了古巴和菲律宾这两块最后的殖民地后，打着"近代主义"口号，开展了与国内传统思想为敌的运动。"九八一代"的主要人物包括批评家乌那莫奴(Unamuno，今作乌纳穆诺)、思想家阿酥令(Azorín，今作阿索林)和小说家巴洛伽(Baroja，今作巴罗哈)。文中称巴洛伽为"西班牙的尼采主义者"和"曹拉主义"①者，对西班牙自然派文学贡献巨大，但他又是一个"偶像破坏者，由于他的努力，西班牙旧派的传统主义的防线方始完全溃裂了"。茅盾从历史角度分析了西班牙"九八运动"的起源，认为西班牙在经历了 17 世纪的辉煌后，18 世纪开始逐渐没落，但传统主义仍根深蒂固；1898 年的美西战争导致其海外殖民地丧失殆尽，这使其青年知识分子如梦初醒，开始主动接受欧洲近代思想，揭开了"近代主义"与传统主义对抗之序幕。"九八一代"的知识分子认为西班牙民族没落的根本原因在于本位主义，怀念过去的光荣，排斥外来学术思想，为此，他们研究尼采、易卜生等著名作家的作品，游历英国、法国、德国等欧洲国家，将新理想带回西班牙。"巴洛伽(Pío Baroja y Nessi)是这运动中的一个重要人物，他是反对传统主义最烈的人，他把法兰西的自然主义文学介绍到西班牙，他又把俄国文学家及美德林的思想与艺术吹入西班牙小说界。"(茅盾，2001a：662)巴洛伽主张尼采的虚无主义，"个人主义和求生的意志混合起来，乃造成了巴洛伽的思想"(茅盾，2001a：662)。他笔下的人物是鲜活的人物，是社会中的原型，他们的生活有的是愚蠢凶恶的，有的是堕落的。"总之，巴洛伽适合属于我们时代的人，他的精神是铁的精神，或许稍嫌辛辣一些。在艺术上他是介于托尔斯泰式的'人生派'及王尔德式的'艺术派'之间的。在西班牙近

---

① 指的是"左拉主义"。

代文坛,因为他是新运动的先驱,所以重要。在世界现代文坛,因为他是现代思潮的有力的一支,所以重要。在我们中国(或者这只是我一个人的看法),因为他的强烈的求生的意志,他的艺术观,他的对于传统主义的反抗,都可以唤醒我们青年,叫我们不要贪麻醉,吸吗啡,叫我们不要藉文艺为慰安而自杀民族的活力,所以重要! 我希望正在高唱'不要艺术观,不要目的,不要主义,不要艺术社会化,不要睁眼看现实人生,不要想起政治的腐败来扰乱他飘飘欲仙的与自然为伍的诗人的心'的中国文坛姑且注意一下巴洛伽及其同时代诸人!"(茅盾,2001a:662)

鲁迅对巴罗哈情有独钟,是巴罗哈在中国的第一位译介者。从 1928 年起,鲁迅开始译介巴罗哈的《阴郁的生活》(*Vidas sombrías*,鲁迅译本叫《山民牧唱》)。这本出版于 1900 年的短篇小说集是巴罗哈踏入文坛的第一本书。鲁迅参照日译本(笠井镇夫译)先后翻译了书中的《跋司珂族的人们》(1928 年《奔流》第 1 卷第 1 期),《放浪者伊利沙辟台》(1929 年收录在《近代世界短篇小说集》之二《在沙漠上》上,海朝花社出版),《往诊之夜》,自传体随笔《面包店时代》(1929 年《朝花》第 14 期),《山中笛韵》(1934 年《文学》第 2 卷第 3 期),《〈山民牧唱〉序》《会友》(1934 年《译文》第 1 卷第 2、3 期),《少年别》(1935 年《译文》第 1 卷第 6 期),《促狭鬼莱歌羞台奇》(1935 年《新小说》第 1 卷第 3 期)。除《钟的显灵》一篇未译,鲁迅将巴罗哈的这本书全部译出。这些短篇于 1938 年第一次完整收录在《鲁迅全集》中,人民文学出版社在 1973 年至 2013 年间至少再版了 7 次。《山民牧唱》一书由人民文学出版社于 1953 年出版。

倍那文德(Jacinto Benavente, 1866—1954)是西班牙戏剧家,1922 年诺贝尔文学奖得主,一生创作戏剧近 200 部,尤以写社会讽刺剧见长。1923 年,《小说月报》第 14 卷第 2 号刊登了茅盾翻译的《太子的旅行》,署名冬芬。同期,他还撰写了《倍那文德的作风》,对倍那文德的生平和主要作品进行介绍。1923 年,《小说月报》第 14 卷第 7 号、8 号、12 号刊连载了张闻天译的倍那文德的三幕剧《热情之花》(*La Malquerida*),该译本是按照恩特希尔(John Garrett Underhill)的英译本转译而来的。张闻天的翻译以译介倍那文德戏剧影响最大,他在《小说月报》第 14 卷第 7 号第一次连载《热情之花》(第一幕)时,在《译者序言》中提到"一切艺术家因为感觉的锐敏,所以凡是社会上的缺点他总最先觉到。倍那文德也是不在这个例外的。他对于西班牙社会上种种旧道德与旧习惯的攻击非常厉害。他以为过去的价值只在能应付现在与未来。过去的本身的崇拜,结果不过阻碍生命的向前发展罢了。他这一种发展生命为第一的精神,在他的尖利的讽刺剧中间都可以看出来"(张闻天,1923:1)。"讲到他的艺术,他是一个极端的心里的写实主义者,我们读他的戏剧第一件注意到的,就是他不着重在动作的描写。他着重的是在进行中的思想与情感。他不是从外至内而是从内至外的戏曲家。他把蕴藏在人生内心中的东西翻出来给大家看。他从没有描写过登场人物的性格与相貌,但是我们读下去会觉得那个人的个性活现在我们的前面。""此外他还有一种特点就是含蓄。有许多重要的意义,他都隐着不肯直接说出来。所以读他的作品的人非细心不可。他对于心里的描写本来异常精细,非有精细的心的人原是不能领会的。他对于女性的描写更有独到处。""他是一个写实主义者,他只把社会的人生的真相如实地写下来。他从没有预先拿到了一种成见去造戏剧,也从没有想到他的创造是在为着什么'人生'。""他和其他艺术家一样,也是人生的解释者,人生意义的找求者。"(张闻天,1923:1)

鲁迅正是因为读了张闻天翻译的倍那文德作品,才在 1924 年翻译了日本厨川白村的《西班牙剧坛的将星》一文。他在《〈西班牙剧坛的将星〉译者附记》中写道:"因为记得《小说月报》第十四卷载有培那文德的《热情之花》,所以从《走向十字街头》①译出这一篇,以供读者的参考。一九二四年十月三十一日,译者识。"(鲁迅,2006:135)。厨川白村在文中提到西班牙 17 世纪戏剧的辉煌,戏剧在西班牙一直占据着不可动摇的地位。近代的遏契喀黎(Echegaray)受易卜生的影响,但是是罗曼主义的最后闪光。而近代最伟大的戏曲家要数倍那文德(Benavente),文中详细介绍了他的戏剧作品及影响,还提到了当时的新秀戏剧作家。文中最后一部分介绍了倍那文德的《玛耳开达》和《寡妇之夫》这两篇杰作。

1925 年,商务印书馆将张闻天译的倍那文德的《热情之花》和《伪善者》两个剧本与茅盾译的《太子的旅行》合编成《倍那文德戏曲集》出版。这本书作为"文学研究会丛书"中的一本再版多次。

伊巴涅斯(Vicente Blasco Ibáñez,1867—1928)是西班牙自然主义和现实主义小说家,受法国自然主义作家左拉的影响,其作品具有浓厚的地域色彩,主要描写瓦伦西亚人民的风俗习惯、底层农民及劳工的贫苦以及社会的黑暗。当时在中国,最被熟知的西班牙作家是伊巴涅斯,最早将其介绍到中国的是茅盾,他在 1921 年《小说月报》第 12 卷第 3 期发表了《西班牙写实文学的代表者伊本纳兹》,文中介绍了伊巴涅斯的写作风格和主要作品,并对翻译伊巴涅斯作品的译者提出了建议。翻译过伊巴涅斯的中文译者有:胡愈之、戴望舒、李

---

① 这本书由厨川白村著,绿蕉、大杰 1928 年译,启智书局出版。

青崖、孙昆全、叶灵凤、杜衡、郎人苇、伯石（朱遵柱）、从予（樊从予）、倪文宙、吴力等。1920 年，胡愈之参照英译本翻译了伊巴涅斯的作品《海上》（*En el Mar*），发表于商务印书馆出版的《东方杂志》第 17 卷第 24 号。周作人则先后翻译了伊巴涅斯的多篇短篇小说：1921 年，参照 Issac Goldberg 的英译本 *Luna Benamor*（John W. Luce & Company，1919），翻译《颠狗病》，发表于《新青年》第 9 卷第 5 期；1922 年，翻译《意外的利益》，收录于 1922 年商务印书馆出版的"现代小说译丛（第一集）"；1924 年，翻译《牧园之王》，署名冯六，发表于《小说世界》第 5 卷第 1 期；1928 年，又翻译《海上》，收录于上海现代书局出版的短篇翻译小说集《星火》（此书分别在 1933 年和 1936 年由上海复兴书局重印）。1928 年，叶灵凤翻译了伊巴涅斯的短篇小说《塞比安的夜》，载于《现代小说》1928 年第 1 卷第 2 期。1928 年，戴望舒先后翻译了伊巴涅斯的短篇小说《蛊妇的女儿》（载《未名》1928 年第 1 卷第 2 期）、《愁春》（载《文学旬刊》1928 年 1 月第 300 期），同年又根据法语版的伊巴涅斯的《西班牙的爱与死的故事》选译了 12 篇短篇故事，连同杜衡译的两篇短篇小说《良夜幽情曲》和《夏娃的四个儿子》，分为《良夜幽情曲》和《醉男醉女》，由上海光华书局出版，之后该书多次再版。李青崖则是在阅读了周作人译的伊巴涅斯的《意外的利益》的序言后，于 1929 年根据法语译本翻译出版了伊巴涅斯的《启示录的四骑士》，该书分别在 1935 年、1936 年、1939 年再版。1944 年孙昆全翻译出版伊巴涅斯的《茅屋》[①]。1946 年，胡云参照英译本 *The Cabin*，译《茅舍》（《茅屋》），由商务印书馆出版，1947 年再版。1956 年，上海新文艺出版社将戴望舒译的《良夜幽情曲》（上集）和《醉男醉女》（下集）整合成《伊巴涅斯短篇小说选》出版。1958 年，上海新文艺出版社出版吕漠野译的《血与沙》。1962 年，人民文学出版社出版庄重译的伊巴涅斯小说《茅屋》。改革开放以后，伊巴涅斯共有近十部作品在中国出版，最近的译作是天地出版社于 2018 年出版的小钩沉系列中的戴望舒译的《醉男醉女》。

阿索林（Azorín，原名 José Martínez Ruiz，1874—1967）是与皮奥·巴罗哈齐名的西班牙"九八一代"代表性作家。最先在中国译介阿索林作品的是徐霞村和戴望舒。1929 年徐霞村翻译的《斗牛》[②]由上海春潮书局出版发行，里

---

　　①　在 1928 年由上海光华书局出版的《良夜幽情曲》的译本题记中，戴望舒说伊巴涅斯的《小屋》由孙昆全译出。

　　②　此译本为合集，还收录了乌纳莫的《十足的男子》、比贡的《威胁》、达理欧的《箱子》。1932 年，该书再版，更名为《近代西班牙小说选》，由北平立达书局出版。1934 年，更名为《西班牙小说选》，由北平人文书店再版。

面收录了阿索林的短文《斗牛》。徐霞村对西班牙文学的兴趣多来自对西班牙
"九八一代"作家的共鸣,他在《小说月报》1929 年 20 卷第 7 期《现代的世界文
学号》专栏发表《二十年来的西班牙文学》,里面写道:"西班牙的'九八运动'有
许多地方和中国最近的新文化运动是相似的。殖民地的丧失使西班牙的人民
开始从自傲的梦中觉醒。他们看见了他们的内部的空虚;他们看见了他们的
国际地位的低落;他们看见了他们的无知的落后。"他在文中第一个介绍了阿
索林,称阿索林是"'九八运动'的作家里第一个应该说到的"(徐霞村,1929:
1111)。这篇文章被收录在徐霞村著的《现代南欧文学概观》,1930 年由上海
神州国光社出版(徐霞村,1929:1111)。这本书还收录了徐霞村写的《一位绝
世的散文家:阿作林》,重点介绍阿索林。1929 年,徐霞村翻译了阿索林的短
文《一个"伊达哥"》,发表在《小说月报》20 卷第 11 期。在《小说月报》23 卷第
12 期,刊登了徐霞村的译作——短篇小说《十六世纪的西班牙》。1929 年《新
文艺》期刊先后刊发了戴望舒译的阿索林的《修伞匠》和《卖饼人》等短篇小说,
并带有共时评论。1930 年上海神州国光社将戴望舒和徐霞村翻译的阿索林
短篇小说,集结成册并命名为《塞万提斯的未婚妻》出版,在中国文学界引起了
很大共鸣,对戴望舒、徐霞村、周作人、唐弢、师陀、傅雷、卞之琳、何其芳、李广
田、冯至、沈从文、林徽因、李健吾、金克木、方敬、南星、曾卓、唐湜和汪曾祺等
都产生了重要影响。"阿左林小品在中国的传播与接受,无疑是中国现代文学
史和比较文学界备受关注的课题"(桑农,2013:3)。汪曾祺说"阿索林是我终
生膜拜的作家"。卞之琳为了能读阿索林的西班牙语原文书而自学西班牙语。
1932 年,卞之琳以笔名季陵在《牧野》杂志第 6 期发表他翻译的阿索林短篇小
说《传教士》;1936 年又出版了《西窗集》,书中收录他翻译的阿索林短文 11
篇,包括《阿左林是古怪的》《晚了》《早催人》《奥蕾丽亚的眼睛》等,由商务印书
馆出版;1943 年,卞之琳出版《阿左林小集》,内含 27 篇译文,是在原《西窗集》
中阿索林译文的基础上扩充而成的,由重庆国民图书出版社出版。可见这位
西班牙作家在中国受欢迎的程度有多高。施蛰存在 1932 年《现代》杂志第 1
卷第 1 期的《〈现代〉编辑座谈》中特别指出戴望舒对阿索林的散文有特殊的偏
爱与研究。在该杂志第 1 期、第 2 期刊载了戴望舒译的《西班牙的一小时》中
的《西班牙的一小时·叙辞》《老人》《宫廷中人》《虔信》《知道秘密的人》《驳杂》
《阿维拉》《僧人》《风格》《西班牙的写实主义》。阿索林这本书的其他短文被戴
望舒陆陆续续翻译发表在《文艺期刊》第 3 卷第 5 至 6 期(包括《山和牧人》《戏
剧》《旅人》《深闭着的宫》)、《华北日报·每日文艺》(包括《良心学》《信念论》
《喀达鲁涅》)中。戴望舒(2013:195)对阿索林的评价是:"(他同其他"九八一

代"作家)为新世纪的西班牙开浚了一条新的河流。他的作风是清淡简洁而新鲜的"。1936 年戴望舒译短篇小说《沙里奥》，发表于戴望舒选译的《西班牙短篇小说选(下)》，由商务印书馆出版。1938 年戴望舒翻译《好推事》，发表于《纯文艺》(3 月 15 日刊)。1943 年戴望舒译短篇《一座城》，发表于《风雨谈》第 4 期。他的短篇译作《小城中的伟人》，发表于《古今》第 27/28 期。1944 年 3 月至 1945 年 1 月，戴望舒又译介了阿索林的《几个人物的侧影》，先后在《华侨日报·文艺周刊》《大众周报》刊载。

　　西班牙文学在中国的译介于 30 年代达到高潮。施蛰存和戴望舒都是此时期重要的推动者。戴望舒在 1932 年《现代》杂志创刊号发表西班牙作家**阿耶拉**(Ramón Pérez de Ayala，1880—1962)的小说《黎蒙家的没落》，第一次将阿耶拉介绍给中国读者。时任《现代》杂志主编施蛰存评阿耶拉为"西班牙当代的出众的小说家，同时也是诗人，批评家，散文家，是那种接着被称为'九十八年代'的乌纳木诺，阿索林，巴罗哈，伐列英克朋等一群人的新系代中的不可一世的人物"。戴望舒在其《西班牙近代小说概观》(载《矛盾》1934 年第 2 卷第 5 期)一文中，介绍了阿耶拉，说他善于写透入人性的心理写实主义小说。1935 年，上海良友图书馆出版了赵家璧的《今日欧美小说之动向》，重点介绍西班牙作家巴罗哈和阿耶拉。

　　乌纳穆诺(Miguel de Unamuno，1864—1936)也在 30 年代左右被译介到中国。他是"九八一代"的另一位代表性人物，是诗人、小说家、剧作家、哲学家。1929 年，徐霞村译介的《斗牛》(上海春潮书局)一书中，就有乌纳穆诺的一篇短篇小说《十足的男子》。戴望舒也翻译过这篇小说，它被收录于 1936 年出版的戴望舒翻译作品集——《西班牙短篇小说集》(商务印书馆)中。戴望舒翻译的乌纳穆诺的另一篇短篇小说《沉默的窟》于 1932 年 12 月在《青年界》第 2 卷第 5 期发表。1934 年，《矛盾》杂志第 3、4 期合刊中，刊登了金满城译的乌纳穆诺的散文《南部利亚侯爵》，还刊登了金满城写的译介文章《西班牙散文作家俞那米罗》[①]。1935 年，张万涛译乌纳穆诺短篇小说《恋》，收录于小说翻译集《日射病》(上海中华书局)。1936 年，为纪念乌纳穆诺逝世，庄重从乌纳穆诺的短篇小说集《死的镜子》中选译《寂寞》《官费》《华安·曼梭》《一个体面的更正》四篇短篇小说，分别刊登在《译文》1936 年第 3、4、6 期和 1937 年第 2 期上，后集结成《寂寞》一书，由上海文化生活出版社于 1948 年出版。1936 年，戴望舒译乌纳穆诺的《一个恋爱故事》，连载于 1936 年《绸缪月刊》第 2 卷第 5

① 俞那米罗即乌纳穆诺。

至 8 期。1947 年,戴望舒译乌纳穆诺的《龙勃里亚侯爵》,刊登在《文艺春秋》杂志。

洛尔迦(Federico García Lorca,1898—1936)是西班牙"二七一代"著名诗人、剧作家和散文家。1933 年,戴望舒去西班牙旅行时最大的收获就是见识了洛尔迦的诗歌。此后,他开始译介洛尔迦。1935 年,他在《文饭小品》第 1 期刊登他自己翻译的洛尔迦诗篇《海水谣》《谣曲》《定情》《安达路西亚之歌》《岸上的二水手·寄华金·阿密戈》《幼小的死神之歌》《呜咽》7 首诗。在得知洛尔迦于 1936 年在西班牙内战中被弗朗哥党徒秘密枪杀后,戴望舒决定更系统、更全面地将洛尔迦的诗歌译介到中国,他是洛尔迦在中国最重要的译者。但受战事影响,戴的译介工作到 1950 年去世时尚未完成。施蛰存将这些遗稿整理出来,共 32 首,编成《洛尔迦诗抄》,于 1956 年由作家出版社出版。戴望舒译的洛尔迦的诗歌对中国朦胧派诗人北岛、方含(孙康)、芒克、顾城等人都产生了深远影响。

抗战时期,戴望舒与诗人艾青合办诗刊《顶点》,并在 1939 年第 1 期刊登译作《西班牙抗战谣曲选》,受到极大重视。在此谣曲选中,他翻译了西班牙阿尔培谛的《保卫马德里,保卫加达鲁涅》、阿莱克桑德雷的《无名的军民》《就义者》、洛格罗纽的《橄榄树林》、贝德雷德的《山间的寒冷》、柏拉哈的《流亡之群》、鲁格的《摩尔逃兵》、维牙的《当代的男子》。1939 年刊登阿尔陀拉季雷的《霍赛·高隆》(《星岛日报·星座》第 237 期)、泊拉陀思的《流亡人谣》(《星岛日报·星座》第 297 期),这些作者都是西班牙当代的著名诗人,其中阿莱克桑德雷(Vicente Aleixandre)还是 1977 年的诺贝尔文学奖得主。

塞万提斯(Miguel de Cervantes,1547—1616)的《堂吉诃德》是当时屈指可数的被译介到中国的西班牙古典作品。最先翻译《堂吉诃德》的是马一浮(译为《稽先生传》,1905 年出版)。其次是 1922 年林纾和陈家麟的译本《魔侠传》。最先介绍《堂吉诃德》的是周氏兄弟。周作人在 1918 年出版的《欧洲文学史》中评价了此书。1922 年,周作人撰文介绍《堂吉诃德》,引入屠格涅夫的观点,将《堂吉诃德》和《莎士比亚》相比较。鲁迅收藏了《堂吉诃德》的好几种日译本。30 年代迎来了《堂吉诃德》的第一个译介高潮,出现了贺玉波译本(1931 年由开明书店出版)、蒋瑞青译本(1933 年由世界书局出版)、温志达译本(1937 年由启明书局出版)和傅东华译本(1939 年由商务印书馆出版)等多种译本。这几个译本当中,当属傅东华译本最受欢迎,是第一本全译本。该译本忠于原文且文字优美。此外,茅盾和戴望舒都曾译介过《堂吉诃德》,却因为种种原因而未出版问世。

第三节　文学报刊中的中西文学交流

　　文学报刊是两国文学交流的一个重要形式。20 世纪初,中国和西班牙都兴起了创办报刊的热潮,城市中产阶级和文人群体大都养成了阅读报刊的习惯。报刊中的文章因其篇幅简短,更利于新潮事物和当下热点的迅速传播,因而社会影响力广泛。这一时期的很多文人作家同时也是记者、报刊撰稿人或主编,例如,西班牙作家阿索林曾为西班牙《国家报》(El País)、《进步报》(El progreso)、《地球报》(El globo)等报纸,以及《马德里喜剧》(Madrid cómico)、《新杂志》(Revista nueva)、《新生活》(Vida nueva)、《青年》(Juventud)、《西班牙之魂》(Alma española)等作为"九八一代"阵地的知名期刊撰稿或做过编辑;皮奥·巴罗哈曾在西班牙的《国家报》和《新杂志》等报刊做过编辑。中国作家更是如此,鲁迅、施蛰存、茅盾等都曾做过杂志主编。

　　报刊是西班牙文学最初在中国传播和译介的主要媒介方式,也在中国文学在西班牙的传播中发挥了重要作用。本节将梳理两国期刊、报纸等印刷媒体中关于对方文学的介绍、译介与评论,中国报刊主要包括《小说月报》《现代》《文艺月刊》《东方杂志》等,西班牙报刊主要包括《西方杂志》(Revista de Occidente)、《黑与白增刊》(La publicitat suplementos de blanco y negro)、《棱镜》(Prisma)、《阿贝赛》(ABC)等。

一、西班牙期刊中的中国文学

《马德里先驱报》(*Heraldo de Madrid*)

　　《马德里先驱报》,1890 年 10 月 29 日至 1939 年 3 月 27 日在马德里发行,影响力巨大,售卖范围覆盖西班牙全境。创刊初期,该报秉持自由主义宗旨,后在西班牙第二共和国期间转向左派。

　　1912 年 2 月 5 日,该报刊发了对时任中国驻西班牙外交官黄履和的采访——《中华民国:与黄履和对话》("China republicana. Hablando con Liju Juan")。访谈中,黄履和讲述了西班牙人很感兴趣的中国一夫多妻的婚姻制度。

《宣传报》(*La Publicitat*)

《宣传报》(图 1.5),1922 年 10 月 1 日创刊于巴塞罗那,1939 年 1 月 23 日停刊,是一份加泰罗尼亚语报。查尔斯·索尔德维拉(Carles Soldevila)、安东尼·罗维拉·依·维吉利(Antoni Rovira i Virgili)、庞培·法布拉(Pompeu Fabra)以及约瑟夫·维森斯·埠依诃(Josep Vicenç Foix)等作家都曾参与过该报的编辑工作;约瑟夫·玛丽亚·德·萨加拉(Josep María de Sagarra)、约瑟夫·卡纳(Josep Carner)曾做过其国外通讯记者,负责将国外的流行趋势介绍到西班牙。

图 1.5 《宣传报》(*La Publicitat*)

1923 年 9 月 16 日,加泰罗尼亚诗人、剧作家约瑟夫·玛丽亚·德·萨加拉(Josep María de Sagarra,1894—1961)在《宣传报》头版发表"POETES DE

LA XINA"(《中国诗人》)一文,介绍了中国诗歌在法国的翻译情况,其中,特别提到中国诗歌对法国象征主义作家德·里尔(Leconte de Lisle)和德·埃雷迪亚(José-Mariá de Heredia)的影响;对德理文(Hervey Saint Denys)、乔治·苏利埃·德·莫兰特(George Soulié de Morant)、亚瑟·韦利(Arthur Waley)和朱迪思·戈蒂耶[Judith Gautier,翻译了《白玉诗书》(*El livre de jade*)]大加赞扬,称他们的译文优美绝伦;他还提到中文诗词的不可译性,引用乔治·苏利埃·德·莫兰特的观点,认为中国诗词是表意文字,这增加了翻译难度;文中还提到了中国唐宋诗词等,并引用了李白的一首诗。

《西方杂志》(*Revista de Occidente*)

西班牙期刊《西方杂志》由西班牙近代著名思想家何塞·奥尔特加·加塞特(José Ortega y Gasset)于 1923 年创办,该杂志致力于在欧洲和西语美洲传播西班牙的文艺和科学知识,至今已逾百年,是西班牙存在最久的杂志。创刊早期,主要译介和传播伯特兰·罗素和埃德蒙·胡塞尔等当代哲学家的文章。塞尔纳(Ramón Gómez de la Serna)、埃斯皮纳(Antonio Espina)、阿耶拉(Francisco Ayala)等知名作家都曾为其撰写文章。

1923 年,何塞·奥尔特加·加塞特在《西方杂志》第三号发表《伯特兰·罗素:中国问题》("Bertrand Russell-El problema de China")一文,批评了罗素的和平主义观点。

《阿贝赛》(*ABC*)

西班牙报纸《阿贝赛》创办于 1903 年,许多西班牙知名作家,如巴桑(Emilia Pardo Bazán)、巴因-克兰(Valle-Inclán)、阿索林等都为其撰写过文章。《阿贝赛》刊登了诸多关于黄玛赛传播中国文化及文学的活动的文章。

黄玛赛经常在西班牙报刊发表中国文学译文及文化相关内容,对中国文学在西班牙的译介与传播做出了巨大贡献。她于 1905 年出生于哈瓦那,同年随父母移居马德里,1913 年同家人搬迁到北京,一直到 1928 年才从中国回到马德里定居。此后,她一直供职于西班牙外交部,任官方翻译,直到 1955 年退休。她经常往来于马德里、巴黎、里斯本、布鲁塞尔、阿姆斯特丹及瑞士的一些城市,做中国文学及文化的讲座(包括讲解中国的戏剧、音乐、诗歌、绘画等),一生致力于传播中国文化。

有关黄玛赛的报道如下:

1929 年 12 月 15 日,《阿贝赛》第 32 页的文章中,黄玛赛介绍了中国女人

图 1.6　黄玛赛和记者文森特·桑切斯·奥咖涅（Vicente Sánchez Ocaña）

和其他一些关于中国的情况。

1930 年 5 月 30 日,《阿贝赛》第 96 页报道中国国民党政府提名她在马德里大使馆就职。

1930 年 12 月 16 日,《阿贝赛》第 33 页报道了黄玛赛的讲座信息。

1930 年 12 月 30 日,《阿贝赛》报道黄玛赛在现代艺术博物馆开第二次讲座讲授中国艺术事宜。文中介绍她是一个美丽、优雅、年轻、满腹才华、充满魅力的艺术家。

1935 年 4 月 5 日,《阿贝赛》第 22 页报道黄玛赛跟朋友们品茶。

1941 年 11 月 29 日,《阿贝赛》第 9 页报道黄玛赛参与外交部活动。

1945 年 5 月 23 日,《阿贝赛》第 15 页报道了黄玛赛 5 月 22 日在马德里法兰西学院做的一场"中国戏剧艺术:经典戏剧"的讲座。

1946 年 3 月 24 日,《阿贝赛》第 45 页报道了黄玛赛 3 月 25 日在寄宿学校 Colegio Mayor de Santa Teresa de Jesús 做的讲座。

1946 年 5 月 27 日,《阿贝赛》第 16 页报道黄玛赛对中国诗歌戏剧的介绍。

1947 年 3 月 6 日,《阿贝赛》第 16 页报道了黄玛赛的讲座。

1956 年 5 月 21 日,《阿贝赛》报道了黄玛赛出席在罗马举办的第二届国际译者联盟(FIT)大会事宜。

1962 年 8 月 25 日,《阿贝赛》报道黄玛赛受西班牙外交部委任筹建 1963 年第二届欧洲委员会。

1971 年 4 月 18 日,《阿贝赛》报道黄玛赛接受电台 Buenas tardes 节目采访,介绍中国女性情况。

1976 年 10 月 23 日,《阿贝赛》报道黄玛赛接受电视台 Telerevista 邀请,在节目上介绍中国。

此外,关于黄玛赛讲座的信息还在其他诸多报刊报道过,如:报纸《时代》(*La Época*) 1929 年 12 月 13 日第 2 页,报纸《公正报》(*El imparcial*) 1929 年 12 月 17 日第 2 页,《自由报》(*La libertad*) 1929 年 12 月 14 日;《时代》(*La Época*)报刊 1930 年 12 月 20 日第 4 页,《西班牙女性》(*Mujeres Españolas*) 1930 年 12 月 28 日,《节奏(插图音乐杂志)》[*Ritmo (Revista musical ilustrada)*] 1949 年 5 月 1 日第 15 页。

实际上,自 1945 年起,黄玛赛每年出席的活动几乎都被《阿贝赛》、《黑与白增刊》、《先锋报》(*La Vanguardia*)等报刊报道(Ojeda Marin, 2020)。

她还撰写过多篇文章,对中国戏剧、舞蹈、绘画等艺术形式进行介绍,包括:《中国舞蹈》("Coreografía china", *Ateneo*, 28 de febrero de 1953, 7-8)、《中国绘画》("La pintura china", *Pintura china contemporánea*, Madrid, Dirección General de Bellas Artes, 1970, 5-8)、《中国现代戏剧》("El teatro chino moderno", *Revista de la universidad complutense*, 114, 1978, 263-282)等,其中《中国戏剧》一文收录于 Díaz-Plaja 于 1958 年主编的《戏剧:舞台艺术的百科全书》(*El teatro: enciclopedia del arte escénico*)一书。

1981 年,黄玛赛在瑞士去世,西班牙《国家报》(*El País*,1981 年 9 月 23 日)刊登了讣告,讣告中写道:"她的死是优雅而谨慎的,好像她就是想这样消失以免打扰她的朋友们,在远离他们的地方,在夏天,这个她知道会跟他们离别的时节"(Ortega Spottorno, 1981)。

事实上,《阿贝赛》(*ABC*)报纸至今都未停止过对黄玛赛的报道。最新的一则关于她的新闻出现在 2021 年 5 月 3 日,是由费尔南多·拉富恩特(Fernando R. Lafuente)撰写的《黄玛赛:一个在中国的欧洲人,一个在欧洲的中国人》("Marcela de Juan, europea en China, china en Europa"),再一次记述她对中国和西班牙文化交流做出的突出贡献。

《插图》(*Estampa*)

西班牙《插图》杂志创刊于 1928 年 1 月 3 日,停刊于 1938 年,主要刊登带图片的内容,也刊登历史事件连载、短篇小说、文学论丛、访谈报道以及女性问题等。该杂志在西班牙第二共和国时期备受欢迎,发行量一度达到 20 万册。

时任记者黄玛赛从 1929 年起为该杂志撰写了多篇有关中国的文章,还多次接受该期刊的采访。

《插图》(*Estampa*)杂志 1929 年 12 月 3 日第 99 号刊登了黄玛赛的《为什么中国女人的脚是小脚》("Por qué tienen las chinas los pies pequeños")一文,文中说中国女人缠足已成为过去式,现在的中国年轻女人跳查尔斯顿舞和探戈舞,年轻男人则穿着欧式西服。

《插图》(*Estampa*)杂志 1930 年 12 月 27 日第 155 号刊登了黄玛赛的《北京,默默受苦的城市》("Pekín, la ciudad donde se sufre en silencio")一文,其中包含了黄玛赛的一些照片。

黄玛赛一直致力于维护中国的国际形象,经常针对当时在西班牙等欧洲地区普遍存在的一些关于中国的负面的刻板印象做辩驳,努力消除西方对中国的误解。1934 年,她出版了她的第一本书,名为《中国人生活的民间速写》(*Escenas populares de la vida china*)。

二、中国期刊中的西班牙文学

"五四运动"后,大量文学社团和文学刊物涌现,催生了一批从事文学创作和文学理论研究、刊物创办、外国文学翻译的文人。

《东方杂志》

《东方杂志》由商务印书馆创办于 1904 年,1948 年停刊,是中国近代史上最悠久的大型综合性杂志。

1920 年,在《东方杂志》第 17 卷第 24 号,胡愈之发表其翻译的伊巴涅斯的短篇小说《海上》(*En el mar*)。胡愈之介绍道,近代西班牙有两位大文学家,一位是 1904 年诺贝尔文学奖得主、戏剧家爱却盖莱(埃切加赖,José Echegaray),另一位是伊白涅兹(伊巴涅斯,Vicente Blasco Ibáñez),其小说具有地方色彩。

1922 年 5 月 25 日,《东方杂志》第 19 卷第 10 号,载王靖译的《光明的早晨》(西班牙 Quintero 兄弟①著)。

1923 年 2 月 25 日,《东方杂志》第 20 卷第 4 号,载胡愈之译的倍那文德的《怀中册里的秘密》(剧本)。

---

① 西班牙 Quintero 兄弟指的是 Serafín Álvarez Quintero (1871—1938) 和 Joaquín Álvarez Quintero (1893—1944),兄弟俩都是剧作家和诗人,都是西班牙皇家学院的成员。

1923 年 6 月 25 日,《东方杂志》第 20 卷第 12 号,载 Alas[①] 所著《加兑拉再见》(小说),行叔译。1923 年 7 月 10 日,《东方杂志》1923 年第 20 卷第 13 号,载西班牙作家 Picón[②] 著的《矛盾中的灵魂》(小说),行叔译。

1928 年,《东方杂志》第 25 卷第 3 号,载《伊本纳兹的文学见解和政论》,倪文宙著。

《小说月报》

《小说月报》创刊于 1910 年 8 月,在上海出版,月刊,由商务印书馆发行,1931 年 12 月停刊,共发行 22 卷。

1914 年第 5 卷第 1 至 5 号连载了西班牙公主欧拉莉亚·德·波旁(Eulalia de Borbón,1864—1958)的自传小说《西班牙宫闱琐语》。

1921 年起,茅盾担任《小说月报》主编,大力提倡翻译文学,推动翻译外国现实主义文学、介绍外国文学动态。1921 年,《小说月报》第 12 卷第 10 号发表《被损害民族的文学引言》,从此开始系统地翻译介绍被压迫民族国家的文学,其中就包括西班牙文学。"九八一代"作家如巴罗哈、阿索林、倍那文德、乌纳穆诺等都在此期刊中被介绍过。

《小说月报》的《海外专栏》中,茅盾发表了一系列介绍西班牙文学近况的文章和作家作品评论文章。

1921 年第 12 卷第 5 号,茅盾发表了《四八 西班牙诗选》,介绍托马斯·沃尔什(Thomas Walsh)选译的《西班牙诗歌选集》(*Hispanic Anthology of Poems*)一书。矛盾认为这是"一本系统的入门的西班牙诗之自修书","特地将西班牙诗之进化的路径极力显示出来"。

1921 年第 12 卷第 6 号,茅盾发表了《六二 西班牙的诗与散文》,介绍伊达弗奈儿小姐选译的英文版《西班牙诗与散文》(*Spanish Prose and Poetry, Old and New*)。这本书涵盖从古代西班牙诗人胡安·鲁伊斯到近代西班牙小说家伊本纳兹的作品。茅盾点评道:"书中所译西班牙的旧诗,比译的新诗

---

① Leopoldo Alas (1852—1901),笔名克拉林(Clarín),是西班牙著名的作家。代表作长篇小说《庭长夫人》(*La Regenta*,1884)被誉为西班牙写实主义小说的巅峰之作,是 19 世纪西班牙语最佳小说。

② 即西班牙作家 Jacinto Octavio Picón (1852—1923)。1923 年,茅盾在《小说月报》发表《西班牙现代作家巴洛伽》一文,并在文中介绍巴罗哈、皮康、阿左林、乌纳穆诺等作家作品,茅盾所指的皮康就是西班牙作家 Picón。徐霞村在 1929 年出版的西班牙短篇小说集《斗牛》中译有一篇比贡(即 Picón)的短篇小说《威胁》。

更好。不过所选伐勒拉①（Valera，1921）和阆波亚莫（Campoamor）的作品是节取长篇中的一段，这却不大好；选伊本纳兹②的作品节取了《葡萄果》中的一段，也不大好。此外尚有一个缺点，就是所选各文家的作品不一定是公认为代表的著作。"除了这些不足，茅盾认为这本书不失为一本可读的好书。在这一期中，茅盾还发表了《六五 西班牙文学家方布纳的作品》，介绍了生于委内瑞拉的侨美西班牙人方布纳（Rufino Blanco Fombona），认为其是同伊本纳兹一样出色的作家。其著作《金钱奴隶》（*The Man of Gold*）已有英译本，译者是 Isaac Goldberg，出版商是 Brentano。

1922 年 6 月 10 日第 13 卷第 6 号，茅盾发表《一二八 西班牙文坛近况》，他写道，曾在欧美文坛中比较有影响力的西班牙作家是伊巴涅斯，但是其热度逐渐减退。自女小说家巴桑（Emilia Pardo Bazán）③去世后，西班牙文坛更是寂寞了。虽然有几位评论家（如 Azorín, Unamuno, José Ortega y Gasset），但是他们在文学方面影响不深④。根据 E. Boyd 在纽约《晚报》评论栏的推荐，有两本书值得注意：女作家伊斯比那（Concha Espina）的短篇集（*Cuentos*）和米洛（Gabriel Miró）的《法罗的天使、磨坊和贝壳》（*El Ángel，el molino，el caracol del Faro*）。

1923 年第 14 卷第 4 号，茅盾撰写了《一六六 西班牙文坛近况》。里面提及西班牙近代文学中几位有名的作家，如伊本纳兹、倍那文德、巴罗哈、李却度·梁（Ricardo León）以及马太（Pedro Mata）。

1923 年第 14 卷第 7 号，茅盾发表了《一七八(A) 西班牙戏曲家 Sierra》一文，介绍了西班牙戏曲家雪拉（G. Martínez Sierra），认为他是象征派，是九八运动唤起来的青年，与倍那文德比肩。他的"剧本的构成元素是诗意，反嘲和美的字句。但是他所表现的人生却是实在的人生，人人都接触过的"。

1923 年第 14 卷第 10 号，茅盾发表了《一八二 西班牙近讯》，介绍了当时西班牙的部分新出版的文学作品，包括西班牙轰动一时的小说、女新闻记者巴伦息亚夫人（Mrs. Palencia）的作品——《播种者出去播种了》（*El sembrador sembró su semilla*），费尔南德斯·费洛雷斯（Fernandez-Florez）新出版的文

---

① 即西班牙作家胡安·瓦莱拉（Juan Valera）。

② 即伊巴涅斯。

③ 巴桑是 19 世纪下半叶至 20 世纪初西班牙最富盛名的的女作家，出生于拉科尼亚的一个贵族家庭。

④ 茅盾当时尚未发觉到阿索林（Azorín）文学作品的影响力。

集《旁听日记》（*Acotaciones de un oyente*），以及柴麦古斯（Eduardo Zamacois）再版的 12 部小说集《一辆客车的回忆》和他的另一部小说《另一个人》（*El otro*）。

除了在《小说月报》海外专栏中介绍西班牙文学近况，茅盾还发表了几篇介绍西班牙作家的文章。在 1921 年第 12 卷第 3 期，他发表《西班牙写实文学的代表者伊本纳兹》，写作初衷是当时英国等欧洲国家对西班牙文学的研究日益增多，而中国却很少有介绍西班牙文学的文章。在文章中他分析道，西班牙文学分为故国派（以巴桑为代表）和法国派（以伊巴涅斯为代表）；西班牙有三位重要的写实文学家：伊巴涅斯、霍肖亚（Juan de Ochoa）和潘莱达（José María de Pereda），其中，最有名的是伊本纳兹。伊巴涅斯是曹拉派，善于取自己的乡土材料用于创作，《伐伦辛亚杂记故事》（*Cuentos Valencianos*）、《风波》（*Flor de mayo*）、《茅屋》（*La barraca*）是他第一阶段的作品；《教堂的阴影》（*La catedral*）、《葡萄果》（*La bodega*）、《血与沙》（*Sangre y arena*）、人道主义战争小说《阿普卡列普的四个骑士》（*Los cuatro jinetes del apocalipsis*）、《我们的海》（*Mare Nostrum*）等则是其第二阶段作品；近作则有《妇女的仇敌》（*Los enemigos de las mujeres*）等。翻译伊巴涅斯的小说有两点需要注意：一是要把书中描写的景物之美译出来，二是要把他木炭画似的写真译出来。

1923 年 2 月 2 日第 14 卷第 2 号，茅盾发表《倍那文德的作风》。在这篇文章中，茅盾参照了 C.A.Turrell 的 *Contemporary Spanish Dramatists* 的序言，先总体介绍了一下西班牙的戏剧历史，认为其深受法国影响；接着介绍近代重要的戏剧家伊乞茄莱（José Echegaray）①、迪森泰（Joaquín Dicenta）、加尔多斯（Galdós），重点介绍了倍那文德的生平及作品，包括戏剧《在别人的家里》（*El nido ajeno*）、《你所认识的人》（*Gente conocida*）、《平凡》（*Lo cursi*）、《善的作恶者》（*Los malhechores del bien*）、《时代》（*Modas*）、《不吸烟者》（*No fumadores*）、《芒娜立莎的微笑》（*La sonrisa de la Gioconda*）、《乌齐洛的故事》（*La historia de Otelo*）、《创造的利益》（*Los intereses creados*）、《火龙》（*El dragón de fuego*）以及《女巫的安息日》（*La noche del sábado*）。

1923 年第 14 卷第 5 号，茅盾发表《西班牙现代作家巴洛伽》，介绍巴洛伽（今作巴罗哈）。茅盾是中国第一位介绍巴洛罗的作者，他说"巴洛伽是合于我们时代的人"，"在西班牙近代文坛，因为他是新运动的先驱，所以重要。在世

---

① 今译何塞·埃切加赖（José Echegaray），西班牙剧作家，1904 年诺贝尔文学奖得主。

界现代文坛,因为他是现代思潮的有力的一支,所以重要。在我们中国(或者这只是我一个人的看法),因为他的强烈的求生的意志,他的艺术观,他的对于传统主义的反抗,都可以唤醒我们青年,叫我们不要贪麻醉,吸吗啡,叫我们不要藉文艺为慰安而自杀民族的活力,所以重要"。茅盾呼吁中国文坛"姑且注意一下巴洛伽及其同时代诸人"。

茅盾对西班牙文学在中国的译介与传播做出了巨大贡献。除在《小说月报》之外,他还在《时事新报·文学旬刊》《文学周报》等杂志发表过关于西班牙文学的文章。1923 年 5 月 23 日《时事新报·文学旬刊》第 74 期刊发茅盾的《各国文学史》一文,文中提及他曾读过的西班牙文学史书籍——菲茨曼莱斯·凯利(Fitzmanrice Kelly)写的《西班牙文学》(*Spanish Literature*)。1923年 8 月 27 日《文学周报》第 85 期,刊发其《两个西班牙人》一文,对西班牙小说家伊巴涅斯和戏曲家倍那文德做了介绍。茅盾在文中将伊巴涅斯与塞万提斯相提并论,称伊巴涅斯"和塞范忒斯(塞万提斯)是前后相应和的民族的声音。三百年来,没有一个人能接受塞范忒斯的火把,至今方得了伊本纳兹;这一个西班牙人是真西班牙人"。而倍那文德值得注意是因为他是接替埃切加赖的戏剧家,是 1922 年诺贝尔文学奖得主,是位可爱的乐观的讽世家。

在《小说月报》译介和推广西班牙文学作品的除了茅盾,还有多位文学家和翻译家。

1923 年,《小说月报》第 14 卷第 7 号刊登了张闻天译的倍那文德的戏剧作品《热情之花》(*La Malquerida*),第 19 卷第 12 号刊登了赵家璧的《悲惨的西班牙人》,第 21 卷第 6 号刊登了赵景深的《现代西班牙文学》,第 21 卷第 9号刊登了赵景深的《西班牙作家塞尔纳》。

1928 年,《小说月报》第 19 卷第 5 号刊登了孙春霆的《伊巴涅斯评传》;20卷第 7 期《现代的世界文学号》专栏刊发了徐霞村的《二十年来的西班牙文学》,所谓"二十年来"指的是从 1899 年为开端到 20 世纪 20 年代期间的西班牙文学。

《译文》

1934 年,鲁迅和茅盾创办《译文》月刊,专门译介外国文学,从创办到停刊共三年,出版 29 期,刊登西班牙译作 22 篇。

1934 年《译文》第 1 卷第 2 期,刊登鲁迅翻译的巴罗哈的《〈山民牧唱〉序》;第 1 卷第 3 期,刊登鲁迅译的巴罗哈的短篇小说《会友》以及庄重译的乌纳穆诺的短篇小说《寂寞》;第 1 卷第 4 期、第 5 期刊登《西班牙书简》;第 1 卷第 6 期,刊登鲁迅译的巴罗哈短篇小说《少年别》。

1935 年《译文》第 2 卷第 3 期,刊登《吉诃德先生》。

1937 年 4 月《译文》第 3 卷 2 期开设《西班牙文学专号》,重点译介西班牙文学。该期刊登了《当今的西班牙文学》(苏联 F.凯林作,铁铉译)、《马德里—瓦伦西亚—巴塞罗那》(E. 索马柯依斯作,绮萍译)、诗歌《西班牙的歌谣(3首)》(J. 厄雷拉等作,孙用译)、《与乌那慕诺最后的晤谈》(法国《礼拜五》杂志记者作,绮萍译)、《乌那慕诺之死》(苏联 F.凯林作,绮萍译)、《一个体面的更正》(乌纳穆诺作,庄重译)、《巴罗哈访问记》(法国《公社》杂志记者作,克夫译)、《钟的奇迹》(巴罗哈作,雨田译)、《生灵涂炭的马德里》(W.P.卡乃作,姚克译)、《着魔的森林》(苏联 S.柯尔左夫作,天虹译)、《厄尔赫尔堡》(德国 R.里昂哈德作,姚思慕译)、《我见了西班牙》(英国 S.T.华纳作,唐弢译)、《最后的通信》(古巴 P.德·拉·托连忒作,孙用译)、《利安的陷落》(法国锡斯提文作,陈占元译)、《战争的西班牙》(意大利 N.夏洛蒙德作,湘渔译)、《西班牙文坛近况》。

《无轨列车》

刘呐鸥创办杂志《无轨列车》,主要介绍新俄(即苏联)文学、日本新感觉主义、欧洲现代派等"世界新兴艺术",其中第 8 期刊登了西班牙现代作家阿索林的《斗牛》。

《新文艺》

《新文艺》第 1 卷第 2 号,刊登了戴望舒翻译的阿索林的短篇小说《修伞匠》和《卖饼人》。

《现代》

1932 年,现代书局老板洪雪帆和张静庐聘任施蛰存为主编,创办新杂志——《现代》,施蛰存邀请戴望舒为主要撰稿人。正因为《现代》期刊,戴望舒喜欢上了西班牙文学,并在《现代》第 1 卷第 1、2 期上发表了阿索林的《西班牙的一小时》里的多篇短篇小说。

《文艺月刊》

戴望舒发表译文《阿索林散文抄》,包括《山和牧人》《戏剧》《旅人》《深闭着的宫》。

《矛盾》

1934 年 1 月,戴望舒在《矛盾》第 2 卷第 5 期发表《近代西班牙小说观》。

30 年代中期,《矛盾月刊》第 3 卷第 3、4 合期推出《弱小民族文学专号》,其中就有西班牙文学作品。

《文饭小品》

1935 年 2 月,《文饭小品》第 1 期,刊登戴望舒翻译的洛尔迦的诗篇《海水谣》《谣曲》《定情》《安达路西亚之歌》《岸上的二水手·寄华金·阿密戈》《幼小的死神之歌》《呜咽》。

《文丛》

1938 年《文丛》第 2 卷第 4 期,刊登巴金翻译的加洛·罗塞利的小说《佩德拉伯斯兵营》。

1939 年《文丛》第 2 卷第 5 期,刊登巴金翻译的加洛·罗塞利的散文《西班牙日记的片段》。

通过整理报刊中的中国和西班牙的文化交流情况,可以看出,此时期西班牙对中国文化表现出了极大的热情,尤其是作为这一阶段中西两国交流桥梁的黄玛赛女士在西班牙传播中国文学及文化的每一次社会活动都引起了极大重视,相关报道都见诸西班牙各大报刊中。由她翻译的中国诗歌在西班牙产生了广大而深远的影响。相较于中国文学在西班牙,西班牙文学在中国期刊中的传播种类更为丰富多样,包括诗歌、小说、戏剧等所有体裁,传播广度也远超中国文学在西班牙的传播。

第二章　塞万提斯的预言："西"学东渐

　　本章将以实在性关系为前提，探讨西班牙文学对中国文学的渗透以及本土创作的借鉴和改编。最先译入中国的长篇小说当属塞万提斯的《堂吉诃德》，它引发了一次堂吉诃德热潮。关于堂吉诃德精神的论战见诸周作人、鲁迅、瞿秋白、唐弢、张天翼等人的文章。鲁迅的《阿 Q 正传》及废名的《莫须有先生传》等中国文学作品里面都有模仿《堂吉诃德》的影子。

　　布拉斯科·伊巴涅斯（Vicente Blasco Ibáñez）是第二位被重点译介到中国的西班牙作家，他也是第一位旅行到中国、第一位被中国民众熟悉的西班牙近代作家，他的高知名度不仅得益于其多部作品被改编成电影并在上海上映，还得益于他作品的译者——周作人、戴望舒、瞿秋白、孙俍工、胡愈之等。其作品带有鲜明的民族特色，深刻反映了西班牙瓦伦西亚地区的民族风情，这与当时的中国文学同调相引，对力图摆脱民族压迫、建立民族主体意识的中国文学具有重要的启发意义，并成为中国本土作家的仿效对象。

　　阿索林（Azorín）是西班牙"九八一代"文学团体中最具代表性的作家，他的诸多作品以弘扬西班牙民族精神见长。同时他也是一位优秀的散文家，被徐霞村誉为"一位绝世的散文家"，被汪曾祺称为"终生膜拜的对象"。其高超的写作手法和审美视角得到了极大的关注，他至少影响了二十几位中国作家的作品创作。

　　加西亚·洛尔迦（Federico García Lorca）是 20 世纪知名度最高的西班牙诗人，也是对中国当代诗歌界影响最大的外国诗人之一。戴望舒不仅本人的创作受到洛尔迦的影响，他翻译的《洛尔迦诗抄》对北岛、顾城、孙康、芒克等朦胧派诗人的创作也产生了广泛的影响。作为当时最重要的西班牙文学译者，戴望舒还翻译了西班牙内战时期的抗战谣曲，与当时的中国国情同声相应、同气相求，因此在文坛引起重视。

第一节 "可笑的疯子"东移之堂吉诃德大论战

塞万提斯曾在《堂吉诃德》第二卷至莫雷斯伯爵的献词里面,杜撰了中国皇帝让他来做西班牙语文学院的院长,并使用他写的《堂吉诃德》一书做教材的桥段:

> ……眼下出了另一个堂吉诃德,这个冒牌货自称属《堂吉诃德》第二部,四处奔跑,惹人厌恶。因此,各地都催我快将堂吉诃德送去,以抵消这冒牌货产生的恶劣影响。最急切地盼着堂吉诃德的是中国的大皇帝。大约一个月前,他派专人给我送来了一封中文信,信中要我——说得更确切一些是请求我将堂吉诃德送去中国,因为他想建一所西班牙文书院,准备拿堂吉诃德这部传记作为教材。他在信中还要请我去当这个书院的院长呢。

> (塞万提斯,2002:373;屠孟超译)

塞万提斯的中国梦过了三个世纪,直到 20 世纪初才实现,可谓姗姗来迟。1922 年,林纾和陈家麟译的《魔侠传》被认为是《堂吉诃德》在中国的第一个译本。其实,最早将《堂吉诃德》译介到中国的是马一浮,他翻译的《稽先生传》早在 1905 年即问世,比林纾和陈家麟的版本早了 17 年。

最早在中国推介《堂吉诃德》的是周氏兄弟。周氏兄弟也是最早在中国推介西班牙文学的中国作家,他们对西班牙文学的热情最先源于与西班牙经典巨著——塞万提斯的《堂吉诃德》结下的不解之缘。大约在 1908 年,周氏兄弟在日本获得一本从德国邮寄来的"莱克朗氏万有文库"本的《堂吉诃德》德译本(姚锡佩,1989:325)。鲁迅除了这本德译本,还收藏了《堂吉诃德》的好几种译本:"在二三十年代陆续收集了日本岛村抱月、片上伸合译,大正四年(1915年)东京植竹书院再版的《堂吉诃德》精装本(二册),以及法国著名画家陀莱的插图单印本《机敏高贵的曼却人堂吉诃德生平事迹画集》(共一百二十幅,1925年德国慕尼黑约瑟夫·米勒出版社出版),并且同时收藏了塞万提斯另一部长篇小说《埃斯特拉马杜拉的嫉妒的卡里扎莱斯》,对于这位西方文学巨匠可谓一往情深"(钱理群,2015)。在鲁迅后来创作的好几部作品中都能看到《堂吉诃德》的影子,例如,在《阿 Q 正传》中,他用戏仿英雄体塑造了一个典型的小人物阿 Q。

周作人在《西班牙的古城》一文中写道:"我不知怎样对于西班牙颇有点儿感情。为什么缘故呢? 谁知道。同是在南欧的义大利,我便不十分喜欢。(……)有一个西万提斯和'吉诃德先生',这恐怕是使我对西班牙怀着好感的一个原因。这部十六世纪的小说,我还想偷闲来仔细读它一下子。"(周作人,2002a:117)

1918 年,周作人在《欧洲文学史》一书中的第 3 卷第 1 篇第 6 章《文艺复兴期拉丁民族之文学》中介绍了《堂吉诃德》,说"Don Quixote 本穷士,读武士故事,慕游侠之风,终至迷惘,决意仿行之。乃跨赢马,被甲持盾,率从卒 Sancho,巡历乡村,报人间不平事。斩风磨之妖,救村女之厄,无往而不失败。而 Don Quixote 不悟,以至于死,其事甚多滑稽之趣。是时武士小说大行于世,而纰缪不可究诘,后至由政府示禁始已。Cervantes 故以此书为刺,即示人以旧思想之难行于新时代也,唯其成果之大,乃出意外,凡一时之讽刺,至今或失色泽,而人生永久之问题,并寄于此,故其书亦永久如新,不以时地变其价值。书中所记,以平庸实在之背景,演勇壮虚幻之行事,不啻示空想与实生活之抵触,亦即人间向上精进之心,与现实俗世之冲突也。Don Quixote 后时而失败,其行事可笑。然古之英雄,先时而失败者,其精神固皆 Don Quixote 也,此可深长思者也"(周作人,2002b:133)。

1922 年,林纾和陈家麟的译本《魔侠传》由商务印书馆出版,是《堂吉诃德》上半部的译文。众所周知,林纾不懂外文,需要借助陈家麟的口译,这使得该译本质量大打折扣,相较原著,内容有删减也有随意增添。虽然基本译出了原著中的故事情节,但是这个译本并不成功,例如,译文中将多个叙事者改为一个全知全能的叙事者。即使有很多欠缺,这个译本仍然意义重大,商务印书馆于 1930 年和 1933 年再版了两次。

同年,周作人在《晨报副镌》中发表《魔侠传》一文介绍《堂吉诃德》,引入屠格涅夫的观点,将《堂吉诃德》和《哈姆雷特》纳入二元论,即堂吉诃德代表理想与信仰,而哈姆雷特代表怀疑与分析。周作人认为,"'五四'时期他是一个'理想派',信仰'世界主义','梦想过乌托邦'",钱理群评价道,"当中国的现代知识分子——周作人和他的同时代人,作为一个乌托邦的梦想家出现在 20 世纪初的中国历史舞台上时,他们就注定了要扮演现代堂吉诃德的角色。而中国现代知识分子与塞万提斯笔下的堂吉诃德,从一开始便在乌托邦理想这一根本点上,取得精神的共鸣与契合,这对于 20 世纪中国堂吉诃德的命运,以至某种程度上的未来中国的历史的发展,都有着深远的影响"(2015)。堂吉诃德就是被定义成一个理想主义者而被介绍到中国的,但是随着中国社会的发展,堂吉诃德精神逐渐被抛弃,在这一过程中,堂吉诃德的乌托邦式理想与个人主义在中国引发了一场大论战。

30 年代迎来了《堂吉诃德》的第一个译介高潮,出现了贺玉波译本(1931年由开明书店出版)、蒋瑞青译本(1933 年由世界书局出版)、温志达译本(1937 年由启明书局出版)、傅东华译本(1939 年由商务印书馆出版)和范全的改写本(1948 年)。这几个译本当中,当属傅东华译本最受欢迎,是第一本全译本,忠于原文且文字优美。据说戴望舒和茅盾也翻译过《堂吉诃德》,但是译稿都因为一些原因而丢失,实为可惜。

1932 年,鲁迅撰写了《中华民国的新"堂吉诃德"们》(《北斗》第 2 卷第 1期)一文,称上海的"青年援马团"为"中国的堂吉诃德",批判他们不切实际且缺乏坚决的斗争精神。鲁迅还被称为"堂鲁迅"。事实上,鲁迅认为堂吉诃德积极进取,惩恶扬善,抱打不平,这样的思想是高尚的,但是问题在于他的打法。1933 年,鲁迅同瞿秋白一起发表了《真假堂吉诃德》,文中抨击了中国一些虚伪的光说不做的假爱国人士,称西班牙的堂吉诃德是真堂吉诃德,而中国的是一些假堂吉诃德们:"真吉诃德的做傻相是由于自己愚蠢,而假吉诃德是故意做些傻相给别人看,想要剥削别人的愚蠢。"(鲁迅,2014b:59)瞿秋白还写过《吉诃德时代》(1931 年),呼唤中国的塞万提斯。1938 年,唐弢发表《吉诃德颂》,抨击上海滩的流氓。这些流氓跟堂吉诃德是迥然不同的,因为堂吉诃德是无可复议的正义的战士,是乖觉的人们的典型,"不仅出现在书本里,同时也活在每一个时代、每一个国家里,历史正是靠了'为大众去冒险'的精神而进展的。勇往直前,不屈不挠,这是吉诃德先生的特质,他挟着的是公理,打着的是不平,虽然不免于认错目标,铸成笑料,然而他的态度是严肃的"(唐弢,1955:122)。

对《堂吉诃德》的认识还来源于一些作品的改编。如卢那察尔斯基的戏剧《解放了的堂吉诃德》,曾被瞿秋白译成中文。鲁迅(2014a)在文集《集外集拾遗》中有一篇《〈解放了的堂吉诃德〉后记》,专门对此戏剧做了一番评论与解读:

原书以一九二二年印行,正是十月革命后六年,世界上盛行着反对者的种种谣诼,竭力企图中伤的时候,崇精神的,爱自由的,讲人道的,大抵不平于党人的专横,以为革命不但不能复兴人间,倒是得了地狱。这剧本

便是给与这些论者们的总答案。吉诃德即由许多非议十月革命的思想
家,文学家所合成的。其中自然有梅垒什珂斯基(Merezhkovsky),有托
尔斯泰派;也有罗曼罗兰、爱因斯坦因(Einstein)。我还疑心连高尔基也
在内,那时他正为种种人们奔走,使他们出国,帮他们安身,听说还至于因
此和当局者相冲突。

　　但这种的辩解和预测,人们是未必相信的,因为他们以为一党专政的
时候,总有为暴政辩解的文章,即使做得怎样巧妙而动人,也不过是一种
血迹上的掩饰。

（鲁迅,2014a:338)

　　1932 年,废名模仿《堂吉诃德》作《莫须有先生传》,可以说没有《堂吉诃
德》就没有废名的《莫须有先生传》。废名对塞万提斯的模仿首先体现在采用
传记的形式塑造了一个理想型的有点疯癫的主人公。再则,从小说修辞层面,
运用了诙谐幽默的语言和散乱的结构。

　　值得注意的是,《堂吉诃德》在中国引起的热潮与在西班牙的《堂吉诃德》
热具有共时性。1905 年,为纪念《堂吉诃德》一书出版 300 周年,西班牙涌现
出很多关于《堂吉诃德》的研究,《堂吉诃德》的地位在西班牙得以重振,其目的
是借此重振西班牙民族精神。对《堂吉诃德》比较重要的研究包括:拉米隆·
德·梅兹图 (Ramiro de Maeztu)的《吉诃德庆典之前》("Ante las fiestas del
Quijote", *Alma Española*, 6, 1903),乌纳穆诺的《堂吉诃德和桑丘传》(*Vida
de don Quijote y Sancho*, 1905),何塞·奥尔特加·加塞特(José Ortega y
Gasset)的《堂吉诃德的冥想》(*Meditaciones del Quijote*, 1914),阿麦利科·
卡斯特罗(Américo Castro)的《塞万提斯思想》(*El pensamiento de Cervantes*,
1925)。其中,乌纳穆诺的《塞万提斯思想》被周作人阅读过,周作人在《西班
牙的古城》中曾说"英国学者们做的《唐吉诃德传》与乌纳穆诺解说的《吉诃德
先生的生活》,我读了同样地感到兴趣与意义,虽然乌纳穆诺的解释有些都是
主观的,借了吉诃德先生来骂现代资本主义的一切罪恶,但我想整个的精神上
总是不错的。"(周作人,2013:197)。在相同的时期内,中国与西班牙各自对
《堂吉诃德》的研究与解读有什么异同是一个值得深入探讨的话题。近年来,
我国学者陈众议著述和编选了两部重量级的有关塞万提斯研究的书籍,一本
是《塞万提斯学术史研究》(2014),包含了从 17 世纪到近代各个历史时期中外
对《堂吉诃德》的解读。另一本是《塞万提斯研究文集》(2014),收录了西班牙
国内和国外许多名家对《堂吉诃德》的研究,包括 20 世纪梅嫩德斯·伊·佩拉

约、乌纳穆诺、阿麦利科·卡斯特罗、何塞·奥尔特加·加塞特、阿索林等一众
西班牙学术名流的研究。

第二节 布拉斯科·伊巴涅斯与中国的情和缘

　　西班牙作家伊巴涅斯是最早与中国结下不解之缘的现代作家之一,他与
中国的关联主要有两个维度:一是其作品在中国的译介与传播,他是为数不多
的最早被译介到中国的西班牙作家之一;二是他是近代第一位亲历中国的西
班牙作家,写下了游记《一个小说家的环球之旅》。

　　他的全名叫维森特·布拉斯科·伊巴涅斯(Vicente Blasco Ibáñez,
1867—1928),出生于瓦伦西亚一个小商人家庭,父亲开着一家小杂货店。他
从年轻时就积极参加政治活动和开始文学创作。16 岁时创办了一个周刊。
年轻时想成为水手,但无奈数学不好,最后虽然学习了法律,却从来没有从事
过该行业。他曾长期活跃于政治活动,因反对君主制、抨击教会势力、倡导共
和制、宣扬民族思想等多次被捕,后被迫流亡法国并在法国芒顿离世。他的作
品多以反映瓦伦西亚地区人民生活的小说为主。他受维克多·雨果和左拉影
响深厚,是一位自然主义、写实主义和共和主义作家。他虽然不是严格意义上
的西班牙"九八一代"作家,但是却具有"九八一代"忧国忧民的情怀,一生都站
在西班牙人民的一边,为人民发声,创作了许多振聋发聩、荡气回肠的作品。
他还是少数几位取得巨大商业成功的西班牙小说家,他的多部小说被译成各
种欧洲文字并畅销欧洲,好几部小说作品被好莱坞搬上荧屏,获得了很高的国
际声誉。他最重要的一些作品写于他活跃于政治活动期间。

　　他的作品主要包括长篇小说、中篇小说、短篇小说和游记,可分为四个阶
段。第一阶段(1894—1902)的写作风格主要是风俗主义范畴,描写瓦伦西亚
地区的风俗民情。主要包括长篇小说《米及单桅船》(*Arroz y tartana*,
1894)、《五月花》(*Flor de Mayo*,1895)、《茅屋》(*La barraca*,1898)、《橘树
间》(*Entre naranjos*,1900)、《芦苇和泥沼》(*Cañas y barro*,1902)及短篇小
说集《瓦伦西亚的故事》(*Cuentos valencianos*,1893)等。

　　第二阶段(1903—1905)的作品主要具有现实主义和自然主义风格,其写
作范围也扩大到了西班牙,且此阶段的作品具有强烈的社会意义,主要包括
《大教堂》(*La catedral*,1903)、《闯入者》(*El intruso*,1904)、《酿造厂》(*La*

bodega，1905)、《游民》(*La horda*，1906)等。

1907 年之后,他放弃政治生活,这时他的感情生活也发生了变化。他移情别恋,抛弃妻子,爱情主题在他这一阶段的创作中更加凸显。他第三阶段(1906—1909)的作品主要侧重人物的内心描写,包括《裸美人》(*La maja desnuda*，1906)、《血与沙》(*Sangre y arena*，1908)等作品。

一战期间,颠沛流离的生活、战争带来的震撼,使他提笔创作了一些战争题材和极具"世界主义"的历史小说。这构成了他第四阶段(1910—1928)的创作。主要作品有《四骑士启示录》(*Cuatro jinetes del Apocalipsis*，1916)、《我们的海》(*Mare Nostrum*，1918)、《亚尔古号的英雄们》(*Los Argonautas*，1914)、《在维纳斯的脚下》(*A los pies de Venus*，1926)和游记《一个小说家的世界之旅》(*La vuelta al mundo de un novelista*，1925)等。

茅盾是最积极介绍伊巴涅斯的中国作家之一。在《小说月报》1921 年 3 月 10 日第 12 卷第 3 号,茅盾发表了《西班牙写实文学的代表者伊本纳兹》一文,是第一篇详细介绍这位西班牙作者的文章。茅盾称伊巴涅斯是西班牙近代文坛中写实文学的代表者。文中详细介绍了伊巴涅斯各个创作阶段的作品,他还提到了这些作品的英译本和法译本,以供译介伊巴涅斯作品的译者参考。茅盾认为西班牙作品原不是急于要介绍的,但是在广泛译介、引入西方文学界各流派作品的背景下,西班牙文学也是有必要介绍的。而伊巴涅斯的作品以描写优美风景和木炭画似的人物写真为特点,其作品写实,极力抨击西班牙旧风俗习惯与旧社会秩序。他的战争题材的小说极具人道主义,是值得译介的。茅盾的这篇文章着实详尽,列举介绍了伊巴涅斯的数部名作,如他的长篇小说《五月花》中的《风波》、《小屋》(即《茅屋》),《教堂的阴影》(即《大教堂》),《血与沙》,《阿普卡列普的四个骑士》(即《四骑士启示录》)[①],《我们的海》,《妇女的仇敌》等,不得不说这篇文章为伊巴涅斯在中国的译介提供了方向和指引。

最早在中国译介伊巴涅斯的是胡愈之。1920 年 12 月商务印书馆出版的《东方杂志》第 17 卷第 24 号发表了他从英文翻译而来的伊巴涅斯的《海上》(*En el mar*)。1921 年,周作人翻译了伊巴涅斯的短篇小说《颠狗病》,参照

① 茅盾介绍这部作品时,提到了这部作品的畅销:"原作大约一九一八年初出版(应该是 1916 年出版——作者注),不数月即有英文译本在美出现,立刻大受英美人的欢迎,一年之内,再版至百四十余次,大战后所出的战事小说,只有这本《四骑士》畅行最广,能和他相并的惟有巴比塞(H.Barbusse)的《火》(*Le Fen*)与匈牙利拉兹古(Andreas Latzko)的《战中的人》(*Men in War*)。"

Issac Goldberg 翻译的英译本 *Luna Benamor*（John W. Luce & Company，1919），发表于《新青年》第 9 卷第 5 期。1922 年，周作人翻译伊巴涅斯的另一短篇小说《意外的利益》，收录在 1922 年商务印书馆出版的"现代小说译丛（第一集）"。1924 年，周作人翻译短篇小说《牧园之王》，署名冯六，发表在《小说世界》第 5 卷第 1 期。1928 年，周作人翻译短篇小说《海上》，收录于上海现代书局出版的短篇翻译小说集《星火》（此书分别在 1933 年和 1936 年由上海复兴书局重印）。叶灵凤译短篇小说《塞比安的夜》，载《现代小说》1928 年第 1 卷第 2 期。戴望舒先后翻译了短篇小说《蛊妇的女儿》（载《未名》1928 年第 1 卷第 2 期）、《愁春》（载《文学旬刊》1928 年 1 月第 300 期）。同年，他根据法语版的伊巴涅斯的《西班牙的爱与死的故事》选译了 12 篇短篇故事，加上两篇杜衡译的短篇小说《良夜幽情曲》和《夏娃的四个儿子》，分为《良夜幽情曲》（上集）和《醉男醉女》（下集）在上海光华书局出版，该书再版多次。1929 年，李青崖翻译了伊巴涅斯的《启示录的四骑士》，该书从法语转译而成；李青崖正是因为阅读了周作人译的伊巴涅斯的《意外的利益》的序言，才翻译了此书。该书分别在 1935 年、1936 年、1939 年再版。1944 年，孙昆全翻译伊巴涅斯的《茅屋》。1946 年，胡云参照英译本 *The Cabin*，译《茅舍》（《茅屋》），由商务印书馆出版，1947 年再版。1956 年，上海新文艺出版社将《良夜幽情曲》和《醉男醉女》整合成《伊巴涅斯短篇小说选》出版。唐弢（1998）曾在他的《晦庵书话》中提到过这本书，说"此书上下，均系道林纸毛边本，封面构图 1998，两册互殊，然精美可喜，求之市肆，颇不易得"。1958 年，上海新文艺出版社出版吕漠野译的《血与沙》。1962 年，人民文学出版社出版庄重译的伊巴涅斯小说《茅屋》。改革开放以后，他有近十部作品在中国出版。最近的译作是由天地出版社 2018 年出版的"小钩沉系列"中的戴望舒译的《醉男醉女》，可见其在中国的影响力经久不衰。

茅盾多次在《小说月报》的海外文坛消息中提到伊巴涅斯。例如，在《小说月报》1922 年 6 月 10 日第 13 卷第 6 号发表的《西班牙文坛近况》中，茅盾写道："去年与前年，欧美文坛竞传西班牙文学家伊本纳兹的名儿。"在《小说月报》1922 年 4 月 10 日第 14 卷第 4 号发表的《西班牙文坛近况》中，茅盾写道：

> 讲起当代的西班牙文学，大家总记得起——至少——两个名字；一是伊本纳兹，一是倍那文德。尤其是我们外国人（西班牙以外的人）对于伊本纳兹和倍那文德这两位作家很熟悉。因为伊本纳兹是哄传全世界的《启示录的四骑士》的作者，而倍那文德是去年诺贝尔奖金的得者。本月

刊对于这两位作家也都有过相当的介绍,所以凡是本月刊的读者大概也不会不晓得现代西班牙文坛上有这两位大人物。

（茅盾,1922）

　　茅盾在 1923 年 8 月 27 日《文学周报》第 85 期发表了《两个西班牙人》一文,再次提到伊巴涅斯。他将伊巴涅斯与塞万提斯比肩而立,称伊巴涅斯"和塞范忒斯（塞万提斯）是前后相应和的民族的声音。三百年来,没有一个人能接受塞范忒斯的火把,至今方得了伊本纳兹;这一个西班牙人是真西班牙人"。

　　鲁迅也数次提到伊巴涅斯。在《〈放浪者伊利沙辟台〉和〈跋司珂族的人们〉译者附记》[①]中,他提到巴罗哈"是和伊巴臬兹[②]（Vicente Ibáñez）齐名的现代西班牙文坛的健将"。

　　1928 年 1 月 28 日,伊巴涅斯逝世于法国芒顿。他逝世的消息传回国内,得到了好几位文人的悼念。1928 年 3 月 5 日《贡献》第 2 卷第 1 期刊登了茅盾（文中署名沈余）对伊巴涅斯的追思,题为《伊本纳兹》[③]。他将伊巴涅斯视为如塞万提斯一般高度的西班牙作家。在文中,茅盾以伊巴涅斯的生平轨迹为线索,并与其代表作品相串联,向大众展示了这位西班牙作家传奇的一生。他是近代少有的在世时靠作品版税而取得巨大财富的作家。茅盾还提到伊巴涅斯的中国之旅,说"前年他游历到东方,经过上海,到过日本;他每到一个地方就能做一部地方色彩极强烈的作品,他从日本回去大概也有新作,不过我目下还不曾知道明白"[④]。

　　1928 年 2 月 10 日,戴望舒在《〈良夜幽情曲〉译本题记》中也悼念了这位西班牙小说家。他说就在《良夜幽情曲》这本集子快编好的时候,传来了伊氏的死耗,这本集子便成了对他的追忆和纪念。他提到孙春霆为他做的一篇伊氏的评传将附在这本书后面,即《伊巴涅斯评传》。孙春霆的这篇文章还被发表在了 1928 年《小说月报》第 19 卷第 5 号。在这篇追悼文的开头,他写道:"伊巴涅斯逝世了,西班牙丧失了无上的热力,全世界不见了伟大的标准。记

①　原载 1929 年 9 月上海朝花社出版的"近代世界短篇小说集(2)"《在沙漠上》一书中。

②　在民国时期一个外国作家名存在多种不同的译法,鲁迅将其名字译为伊巴臬兹,其他译法还有伊本纳兹,今译作伊巴涅斯。

③　茅盾的这篇悼文写于 1928 年 2 月,在伊巴涅斯过世后不久即作。

④　确实如此,伊巴涅斯出版于 1925 年的《一个小说家的环球之旅》（*La vuelta al mundo de un novelista*）正是写到了他的中国之旅。

得去年冬天还传着西班牙北部发生革命,在伊巴涅斯领导之下,谁意想到一九二八年的一月路透电疾雷地向全世界——特别是被压迫民族,通告了他的死耗。真的,伊巴涅斯的逝世感落多少友人的眼泪。"。

伊巴涅斯在当时的中国文坛受到如此关注(1929:598),一是因为他响彻国际的声誉。其众多作品被译成多种欧洲语言,在好几个大洲发行。"他的重要的几部作品在西班牙每次新版到十六万本,次重要的也超越六万本。并且十分之九的小说已有各国的翻译,甚至日本也有。在美国,有时他的几本名著卖到一百万元的总数"(孙春霆,1928)。在当时中国几乎没有人懂西班牙语的情况下,伊巴涅斯作品被译介成英、法等语言,为其在中国的传播提供了可能。二是因为茅盾、周作人、鲁迅、戴望舒等文人学者对他的推介。第三个因素是他的作品所传达出的思想、他的现实主义和自然主义的写作手法都符合当时的文坛环境。他的作品极具地方色彩、人道主义立场,充满对下层社会人民的关怀,他本人强烈的爱国精神、革命精神、冒险精神、反战精神等是令人钦佩的。第四个因素是他在中国积累的观众基础。这得益于他的好几部小说都被好莱坞拍成电影在上海、广州等地上映①。在当时的上海至少有两万名观众观看过伊巴涅斯小说改编的电影。鲁迅就曾证实过这一点。1929 年,鲁迅说皮奥·巴罗哈不如伊巴涅斯有名,是因为伊巴涅斯的小说《血与沙》《启示录四骑士》(引进中国时被译作《儿女英雄》)等作品被好莱坞拍成电影,在上海上映。在《〈面包店时代〉译者附记》中(鲁迅,2009:329),他说"巴罗哈同伊本纳兹一样,是西班牙现代的伟大的作家",之所以不如伊巴涅斯有名是因为后者的《血与沙》被好莱坞搬上荧屏在上海上映过:"他的不为中国人所知,我相信,大半是由于他的著作没有被美国商人'化美金一百万元',制成影片到上海开眼。"(鲁迅,2009:329)

伊巴涅斯与中国的缘分还在于他是第一位旅行到中国的近代西班牙作家。1923 年,他开启环球之旅,从美国经古巴、巴拿马、夏威夷、日本、韩鲜,一路到达中国。他将这一游历经历写进他的游记《一个小说家的环球之旅》(*La*

---

① 西班牙格拉纳达人安东尼奥·拉莫斯·埃思百浩(Antonio Ramos Espejo,1878—1944)很有可能在此方面做出了巨大贡献。他曾是上海最重要的电影人,曾经在上海开设了 7 家电影院。他既是导演,又是制作人,伊巴涅斯的电影很有可能在他开设的电影院上映过。1923 年,西班牙作家伊巴涅斯到上海旅行,跟拉莫斯见过面,在他的游记《一个小说家的环球之旅》中写道:"另一位,姓拉莫斯的人,他是这个娱乐之都中最好的影院的老板。"

图 2.1 伊巴涅斯在中国

照片来自"Fotografía de Vicente Blasco Ibáñez en China",Archivo China España,accessed July 20,2022,http://ace.uoc.edu/items/show/825.

vuelta al mundo de un novelista)①,于 1924 年出版。这本游记共三卷,其中第二卷就写到了他来中国的体验。他的中国之行主要包括北京、南京、上海、广东、香港及澳门。

伊巴涅斯在书中对中国的描写一方面基于阅读中的想象,另一方面基于现实的接触。他在途中第一次近距离接触中国及中国文化是在美国旧金山的中国城。他在很多书中读到的中国城,是被很多西方作家塑造的阴森恐怖、充满悬疑气息的空间。这也是伊巴涅斯脑海中有关中国城的印象,是其想象的中国。而真实的中国城中的中国人穿得跟美国人一样,一些中国留学生在街头为中国的民主革命而奔走,他们并不像书中描写的那样野蛮和缺少教养。他感受到的中国是一个刚废除帝制、政局震荡,正在从传统到现代更迭的国家,其过去的辉煌成就值得敬佩。

伊巴涅斯对中国的认识最初来自书籍,在去中国前早已阅读过一些关于中国的书籍。中国在西班牙文学中象征着遥不可及的富饶的远方,从 16 世纪到 19 世纪期间,西班牙作家都有一个中国梦,中国形象多次出现在最富盛名的西班牙作家笔下。伊巴涅斯也有一个中国梦。他儿时的梦想就是像中世纪的西班牙旅行家本杰明(Benjamín de Tudela,约 1130—1175)或马可·波罗

---

① 全书共三卷,第一卷记录他游历美国—古巴—巴拿马—夏威夷—日本—朝鲜的故事;第二卷记录他到中国内地—澳门—香港—菲律宾—爪哇—新加坡—缅甸—加尔各答的见闻;第三卷记录他游历印度—斯里兰卡—努比亚—埃及的故事。

一样去探险,去探索一些没有人见过的地方,即使需要经历痛苦和冒险也是值得的(Blasco Ibáñez, 2007)。

伊巴涅斯在其游记《一个小说家的环球之旅》中,花了 200 页篇幅描写中国,他尊崇古代的中国。在他的叙述中,既有古代的中国,又有他当时看到的中国。伊巴涅斯从韩鲜一路坐火车到达中国,在沈阳附近时,他参观了清昭陵,他知道满族人统治中国近三个世纪,他知道帝王的宫殿是木质的,地基是用大理石修建的。对他来说,沈阳地区有一丝悲伤的调子,到处都是一片白雪茫茫,除了眼前的景象还因为在这附近曾发生的战争。曾有八万七千名俄军和六万七千名日军战死在这附近。那里当时有许多日本人的身影,伊巴涅斯为受日本压迫的穷苦的中国人打抱不平。在车站,他见到了许多乞讨的男人、女人和孩子。孩子们具有异国情调的面孔很吸引人。

他事无巨细地将旅途中的奇闻逸事记录下来。他的描写是全方位的,包括政治、经济、文化、历史以及他个人的感受,就像现代版的《马可·波罗游记》或更新版的门多萨的《中国大帝国史》。作为第一个游历近代中国的西班牙作家,他认为有责任将他看到的中国记录下来。他的视野比普通游者更广阔,比起游乐,他更希望能认识和了解这个国家。

从东北坐上去往北京的火车,他讲到在中国会发生强盗抢劫火车的行为,而且专门抢劫欧美人,向这些人要赎金。为此,中国的火车上配备了持枪的火车警卫员。他还提到,日本人以中国的火车强盗为借口,在中国领地驻扎了日本军队,这一行为其实就是变相的侵略。这是伊巴涅斯在真实世界见到的中国。而他知道的另一个中国是传统的书本中塑造的形象。他知道中国有上下五千年的历史,曾改朝换代过 22 次,曾被蒙古人和满族人入侵,近代经历了大变革。他最早对中国的幻想是来自流传在欧洲的一些关于中国的书籍或传说,像《马可·波罗游记》等。他提到马可·波罗是在七个世纪前到达中国的,是第一个亲自见证北京的宫殿和中国的辉煌的人。伊巴涅斯的这一信息显然是有误的,马可·波罗来中国时适逢元朝,而迁都北京是在公元 1421 年。这是他记忆的混淆。

伊巴涅斯不断地将他看到的中国的"现实"与"文学"相碰撞、重塑。到达北京时,他内心充满了惊喜。他写道:

> 每天早上从北京六国饭店的床上起来时,我都感到相同的疑惑,我问自己:
> ——"我真的在北京吗?"

　　我拉开欧式装潢的房间窗帘并擦净布满寒气的窗玻璃。我看到对面的一条水渠，边上是深色的城墙，饭店楼下有一长排的人力车，车辕放在地上，车夫们抱臂胸前，把手放在腋窝下取暖。所有这些中国车夫都望着饭店的窗户，其中一个人前些天曾带我来这座城市，他一认出我来，就表现得很热情，好让我知道他从黎明就开始等我了。

　　我再次说服自己是在北京，但这并不会阻止我每天醒来时都面临相同的疑惑。在这座城市生活是多么奇特！从小我们就知道它的名字，它就像一个我们永远都无法目睹的极其遥远的所在！……

　　这座中国大城市在我们的最初印象里是一个异常遥远、前所未闻的地方。当我们儿时听闻有人离开远去，人们会说："他去北京了"，便无须赘述。有的人为了强调某种事物永远不可能实现，或者没有什么回旋的余地，就会说："这儿不成，就是到北京也不成"，就都明明白白了。

(Blasco Ibáñez，2007)[1]

　　这一段文字是"文学"想象与"现实"旅行体验的碰撞。

　　伊巴涅斯对北京使馆区表现出了极大的兴趣。那里生活着各国使馆人员，还有一部分是欧美士兵；虽然看不见日本士兵，但是那里有上千家日本商店，这些日本人都在店里藏着军装和长枪，一旦收到命令会迅速整装待发，他们是一群隐蔽的敌人。使馆区有趣不仅因为有这些黑暗中隐藏的对手，还因为那里的外国标签和礼节。驻北京的外交官的夫人们代表着西方的典雅和情趣，经常举行庆典和派对。他提到他在北京有一个交往甚笃的朋友，即西班牙驻中国大使道斯弗恩德斯侯爵（Marqués de Dosfuentes，1872—1955）[2]，他也是《民族之魂》（*El alma nacional*，1915）一书的作者。这位西班牙侯爵是黄履和家里的常客。黄履和的女儿黄玛赛在其回忆录《昨天我生活的中国和今日依稀看见的中国》（*La China que viví y entreví*，1977）中提到他们一家接待过伊巴涅斯。

　　小说家极具感染力的讲故事的能力在他的游记中体现得淋漓尽致。书中经常描写他自己的内心感受。多亏了这位侯爵朋友的导游，伊巴涅斯游览了很多名胜古迹，能在短时间内认识和了解北京。他认为北京的治安很好，女孩能在晚上独自回家，他自己从未在北京感到害怕过。他从北京的城市规模、旧

---

①　此段落由笔者翻译。全书中未标明译者的译文均由笔者翻译。

②　曾于1921—1924年间任西班牙驻北京使馆总负责人。

的街道和人群、人们住的房子、家具装潢、婚俗、中国女人的小脚等,写到中国
人的饮食文化,如动物泡酒、中国厨师等。中国的饮食让他大开眼界:

> 多亏了这个国家的美食,我们重温了小时候在书本上看到的让我们
> 惊叹不已的中国奇怪习俗和令人不安的创意。这片土地上的美食家将人
> 类的胃所使用的食材推回到了一个遥远的极限。在肉店里,出售猫肉狗
> 肉,据内行人说,这些猫狗是用大米养肥的,日夜被项圈拴着养肥。由于
> 这种消耗可能导致老鼠缺少天敌,并以危险的方式大量繁殖,所以老鼠也
> 在同一场所出售,它们被剥掉皮、从尾巴处悬吊起来。厌倦了吃猪肉配米
> 饭的中国人就会吃这些肉换换口味。
>
> (Blasco Ibáñez,2007)

身为畅销书作家的伊巴涅斯很擅长写一些博人眼球的事来抓住读者的
心。比如,他提到中国人吃燕窝、鱼翅等,这些会让西班牙人反胃的食物价格
却极其昂贵。他尽量避免品尝这些奇特的美食,但是这些美食不会使他害怕
或震惊。他卑微的欧洲胃仍然只适应几个世纪前他祖先的单调饮食。而中国
人的饮食习惯已有五千年的历史之久,足以让厨师和挑剔的食客发明和别出心
裁地改造那些遥远的饮食组合。这些中国菜品不合他的胃口不足为奇,他说就
是当下住在西班牙农村的人看到受过良好教育的人吃生蚝和生海鲜,吃满是蛆
虫的发酵了的奶酪,或者喝啤酒就一些有臭味的开胃菜,也一样会感到不理解。

一个国家的饮食习惯是一个民族独特性的代表,饮食习惯的巨大差异也
代表了东西方文学的巨大鸿沟。

伊巴涅斯眼中的北京是淳朴的、传统的,还保留着很多旧的风俗习惯。在
他看来,中国是永恒的,它的历史和习惯都是永恒不变的。他在北京还参观了
紫禁城、颐和园、长城,这些建筑历史悠久。每参观一处,即讲述该地背后的历
史故事。比如他参观寺庙时讲到中国的佛教。参观孔庙时,讲到孔孟哲学,他
谈到孔子是入世哲学,老子是出世哲学,孔子说"己所不欲,勿施于人",老子说
"以直报怨,以德报德",这些思想都是根深蒂固的。

上海对伊巴涅斯来说,是中国的工业中心,因商贸发展而繁华的大都市,
也是一座人造天堂,如同19世纪中叶的加利福尼亚。那里有丰富的夜生活,
有通宵达旦营业的饭馆、歌舞厅、赌场等场所。商人们则赚得盆满钵满,就连
住在那里的西班牙人都比居住在东方其他地方的西班牙人富有。时任西班牙
驻上海领事馆外交官的胡里奥·帕伦西亚(Julio Palencia y Tubau)接待了伊

巴涅斯,向他讲述了几位生活在上海的西班牙人:一位是西班牙建筑师拉富恩特(Lafuente),他修建了上海大酒店;一位是安东尼奥·拉莫斯·埃思百浩(Antonio Ramos Espejo),是上海几家最好的电影院的老板;一位是百万富翁高恩(Cohen),是上海几乎所有在跑的人力车的老板。伊巴涅斯还在上海见到了两个西班牙传教士(Castrillo 神父和 Cueva 神父)。这两位神父向他介绍了他们在中国的传教事业。

上海还被称为"东方的伦敦",极具吸引力。伊巴涅斯感叹他在上海的时间很短暂,不然可以写出一部有关上海的有趣且原创的现代小说。他对上海的描写仿佛一部电影片,画面不断跳跃。上海一面是光鲜亮丽的,一面是贫穷肮脏的,呈两极分化。街头上肢体残缺的乞讨者令人怜惜。

香港在伊巴涅斯的眼中也是如同上海般繁华。游历完香港,伊巴涅斯又去了广州。广州从 16 世纪起便与西班牙有商贸往来,伊巴涅斯提到了连接中国广州、菲律宾马尼拉和西班牙的大帆船贸易,称广东人与外界往来比较多,近半个世纪,那里有许多年轻人在美国或欧洲接受了西式教育,如孙中山,孙中山当时正在准备北伐。

伊巴涅斯从广州回到香港,再从香港出发去澳门。他写到坐船去澳门途中的一个小插曲:中国人和外国人分开吃饭,因为欧洲人认为中国人体味难闻,而中国人也认为欧洲人体味难闻。这一幕体现了中国和外国的矛盾和摩擦。澳门是伊巴涅斯中国行的最后一站,至此,他的中国行告一段落。中国带给他的是极大的震撼。

回国后,第二年他的游记《一个小说家的环球之旅》在西班牙出版。后来,该书中关于中国的描写被专门收录到《中国》(China)出版发行。《一个小说家的环球之旅》距今已有近 100 年的历史,社会是在不断发展变迁的,伊巴涅斯用文字将当时的《一个小说家的环球之旅》中国封存下来,为我们提供了宝贵的"他者"100 年前对中国的看法。

第三节　阿索林的《塞万提斯的未婚妻》

阿索林①原名叫何塞·马丁内斯·鲁伊斯(José Martínez Ruiz, 1873—

---

①　也译为阿左林。

1967),出生于西班牙阿利坎特省莫诺瓦市的一个富裕的律师家庭,卒于马德里,是西班牙"九八一代"的代表性作家。他在家乡上完小学,在耶克拉读完中学,在瓦伦西亚大学攻读法律,后在格拉纳达、萨拉曼卡、马德里继续学习。但他真正感兴趣的是文学和新闻传媒业。从 20 岁起,他即在报刊发表文章,从 1896 年开始,他为西班牙《国家报》《大公报》《新杂志》《白与黑》《环球报》《西班牙灵魂》《阿贝赛报》等撰稿,发表散文,连载小说等文学作品。

他的主要代表作品有散文集《卡斯蒂利亚的灵魂》(*El alma castellana*:1600-1800,1900)、《村镇》(*Los pueblos*,1905)①、《堂吉诃德之路》(*La ruta de don Quijote*,1906)、《西班牙》(*España*,1909)和《卡斯蒂利亚》(*Castilla*,1912),这些优美的散文无不刻画了西班牙的民族灵魂和传统习惯。为了更好地理解西班牙人民,他重新审视西班牙的古典文学,试图从中进一步认识西班牙的民族观,并写下了《西班牙人的阅读》(*Lecturas españolas*,1912)、《经典和现代》(*Clásicos y modernos*,1913)、《文学的价值》(*Los valores literarios*,1914)、《经典之外》(*Al margen de los clásicos*,1915)等文学评论集。作为小说家,他还写有三本自传体小说:《意志》(*La voluntad*,1902)、《安东尼奥·阿索林》(*Antonio Azorín*,1903)和《一个哲学家的自白》(*La confesión de un pequeño filósofo*,1904)。

阿索林的《塞万提斯的未婚妻》原本是阿索林散文集《村镇》中的一篇散文,西语名叫"La novia de Cervantes"。1930 年,上海神州国光社以《西万提斯的未婚妻》为书名出版了戴望舒和徐霞村共同选译的阿索林的短篇散文集《西班牙》(*España*)和《市镇》这两本书中的部分篇章,共 26 篇,其中戴望舒译 15 篇,徐霞村译 11 篇。该版共印刷 1 500 册。这些短篇先前已在《小说月报》《新文艺》等期刊发表过。1982 年,徐霞村将书名改为《西班牙小景》,由福建人民出版社出版,共印刷 4 720 册。1988 年,徐曾惠、樊瑞华合译并由作家出版社出版了《卡斯蒂利亚的花园》,其中就包括了戴、徐翻译的一些篇章,还选译了阿索林的《西班牙文学随笔》和《卡斯蒂利亚》中的一部分散文,共 51 篇。2013 年,三联书店出版桑农编辑的《塞万提斯的未婚妻》,在这一版中,桑农将《西万提斯的未婚妻》最初版本中戴望舒的译文挑选出来,连同戴望舒翻译的阿索林的其他译文集结成册,再次冠名《塞万提斯的未婚妻》。最近的版本是 2018年由林一安译的《著名的衰落:阿左林小品集》,是阿索林的散文集《市镇》《西班牙》《卡斯蒂利亚》《西班牙的一小时》的第一次全译本。值得注意的是,1988 年

---

① 《村镇》是现在的译名,当时译为《市镇》。

徐曾惠、樊瑞华的译本和 2018 年林一安的译本都是直接译自西班牙语。2021年,王菊平、戴永沪译《小哲自白》,由漓江出版社出版,书中包含《小哲自白》《堂胡安》以及阿索林的小说选粹。

戴、徐译的《西万提斯的未婚妻》是法国比勒蒙的法译本 *Espagna* 的转译,这本书一经出版就在中国文学界引起了很大的轰动。据桑农证实,阿索林的散文集至少影响了中国二十几位作家,包括戴望舒、徐霞村、周作人、唐弢、师陀、傅雷、卞之琳、何其芳、李广田、冯至、沈从文、林徽因、李健吾、金克木、方敬、南星、曾卓、唐湜、汪曾祺等人。"如果单说戴望舒译文的影响,显而易见的例证也有许多。如何其芳散文集《画梦录》里,《哀歌》一篇直接使用了戴译《哀歌》的标题,文中还直接引用戴译《侍女》的文字和意象。又如师陀短篇小说《果园城记》里,《邮差先生》《说书人》等名篇的构思和行文,与戴译《修伞匠》《卖饼人》极其神似"(桑农,2013:3)。

戴望舒在《〈西万提斯的未婚妻〉译本小引》中评价阿索林"为新世纪的西班牙开浚了一条新的河流(2013:195)。他的作风是清淡简洁而新鲜的!他把西班牙真实的画面描绘给我们看,好像是荷兰派的画"(2013:195)。徐霞村称阿索林为"一位绝世的散文家"。

周作人在《西班牙的古城》一文中写到,他在冯至的推荐之下,买了一本戴、徐译的《西万提斯的未婚妻》,读了里面两篇小品——《一个西班牙的城》和《一个劳动者的生活》,都觉得很好。他感叹道:"回家后总是无闲,隔了三天遇见星期日,吃过午饭,才有功夫翻开书来读了五六篇,到了《节日》读完,放下书叹了一口气:要到什么时候我才能写这样的文章呢!"(2013:196)

卞之琳读了这本书后,很喜欢阿索林,为此他还自学了西班牙语(周作人,2013:196)。卞说:"我不敢臆测戴望舒是否因为首先对于阿索林感兴趣才学会了西班牙文,后来游历过西班牙,译了许多西班牙现代诗。我自己是因为不满足于从中、英、法里读阿索林才一度自学了几天西班牙文,只学到稍稍能核校阿索林的英、法文译文是否有随便或者马虎的地方,随后就放弃了。"(卞之琳,2002:293)他从 30 年代开始陆续翻译阿索林的作品,1936 年商务印书馆出版的《西窗集》中收录了他译介的阿索林的 11 篇节译小说。后来卞之琳又曾译至 27 篇,编成单行本《阿左林小集》,由重庆国民图书馆于 1943 年出版。卞之琳译的阿索林文集再版过多次。1981 年他的《西窗集》由江西人民出版社再版,1995 年收入中国工人出版社编辑的《紫罗兰姑娘》一书;2000 年安徽教育出版社出版《卞之琳文集》,其中包含《阿索林小集》。

徐、戴以及卞译的这两本集子是阿索林在国内最有影响力的译著,影响了一大批作家。"几乎可以说,中国现代文学史上存在着一股阿索林风格的暗流",而且"这一'流派'绝不显赫喧哗,只如小溪安安静静地悄然流淌。"(沈胜衣,2014:11)

赵丽宏曾在《又见故人来——重读〈西窗集〉》一文中写过《西窗集》这本书的读后感。他曾为这本书痴迷,他说里面收录的文章大多是写于 19 世纪末或 20 世纪初的"现代主义"潮流的文学作品。"《西窗集》中的文字,现在读来依然魅力四射,这不得不让人佩服卞之琳先生的眼光和品味"(赵丽宏,2019:246)。他认为书中值得一读的除了那些鼎鼎有名的外国作家,还有西班牙的阿索林。他评价道:"阿索林是一个很独特的作家,他写过不少小说,也写过几本薄薄的散文集。他的文学成就主要体现在散文中。他不慌不忙地描绘着他熟悉的人物,讲述着他的故事,文字中弥散着陌生且略带神秘的气息。那种沉着和优雅,在当今作家的文字中已经难得一见。作品中除了散文,还收了他几部小说的片段。奇怪的是,这些片段的小说却不让人觉得突兀和残缺,它们虽不连贯,却如同一篇篇独立成章的散文。阿索林的小说追求的不是故事的离奇和曲折,而是一种浪漫的气氛。"(赵丽宏,2019:246)。赵丽宏除了在《西窗集》中读过阿索林,还读了戴、徐合译的《西班牙小景》。他说,"可见在 20 世纪 30 年代,阿索林的创作是如何吸引了中国一批年轻而有才华的诗人和作家。阿索林的文字有一种音乐的节奏,即便被翻译成了汉语,还是能感受到那种与众不同的节奏","现在的很多写作者,心气浮躁,写出的作品也难免有猴急相。读一读阿索林,有好处"(赵丽宏,2019:248)。

桑农说他之所以知道有《塞万提斯的未婚妻》这本书,是因为在 80 年代初的时候在唐弢的《晦庵书话》中读到过《阿左林》,文中说"许多朋友都关心一本绝版已久的书,这就是戴望舒、徐霞村合译的《西万提斯的未婚妻》,师陀、怒庵(傅雷)都向我借过这本书,后来就索性送给了怒庵"(桑农,2013:1)。"阿左林文笔清新,疏淡中略带忧郁,如云林山水,落笔不多,却是耐人寻味。"(桑农,2013:1)在《晦庵书话》中的《纪伯伦散文诗》一文中,唐弢再次提到阿左林,说他是自己喜欢的作家:"除波特莱尔、屠格涅夫、阿左林以外,我也喜欢纪伯伦"(1998)。可见阿索林在中国备受中国作家的青睐。

阿索林在中国如此受欢迎离不开戴、徐、卞高超的翻译水平。2018 年版的译者林一安评价道:"当年的戴、徐、卞三位一下子就把阿左林的风格抓住了!读他们的译文,我觉得就是在读阿左林。由于他们都是从法文或英文转译的,对照比读,可能不难发现其中的失误、欠缺或理解上的误区;然而,平心而论,时隔八十余年之后的今天,我们仍然可以感受到他们的译文的魅力。"

(林一安,2018:4)在他们三人的译本中,确实能发现一些明显的错误,例如戴望舒将阿索林的"El melcochero"翻译成《卖饼人》,其实是"皮糖郎",这样的错误在后来的徐曾惠、樊瑞华以及林一安的译本中都得到了纠正。然而,如果从文学风格以及读者体验等整体感觉出发,这些小错误显得并不那么重要,不妨碍他们的译作是成功的译作。

试比较戴的译文与徐曾惠、樊瑞华以及林一安的译本,我们便能发现戴译本的高超之处。阿索林的散文中有丰富的诗歌元素,比如叠韵和内韵:

(1a) un tintineo vibrante, persistente; [...] un repiqueteo sonoro, clamoroso. Los grandes y redondos focos...

(Azorín , 1919[1905]:27)

一种震动而悠长的声音;[······] 一种嘹亮的、喧闹的爆炸声。圆而大的电灯。

(阿左林,2013:58;戴望舒译)

传来颤动的持续的丁零声;[······]声音响亮、热烈。又大又圆的电灯。

(阿索林,1988:20;徐曾惠、樊瑞华译)

丁零声颤动、持续。[······]铃声响亮、热烈。又大又圆的电灯。

(阿左林,2018:20;林一安译)

在戴的译文中,没有叠韵,但是用数量词"一种"来形成排比句。徐曾惠、樊瑞华以及林一安的译本中有押韵,并且用了两个连续的且结尾是四声的形容词。

(1b) He salido de la estancia a la galería; he bajado luego la angosta escalerilla···

(Azorín,1919[1905]:35)

我出了房间走到走廊上;然后我走下那狭窄的扶梯······

(阿左林,2013:58;戴望舒译)

我离开房间,通过走廊,下了狭窄的楼梯。

(阿索林,1988:25;徐曾惠、樊瑞华译)

我走出房间,到长廊去,接着,下了窄小的楼梯。

(阿左林,2018:25;林一安译)

戴的译文添加了连接词"然后",并重复了三次"走"("走""走廊""走下"),使其具有节奏性,而徐、樊,林一安的译文缺少押韵。

阿索林的散文中还出现大量的排比句、列举和双形容词:

(2a) *Y me torno a dormir. Y luego, las mismas campanas, el mismo acompañamiento clamoroso y la misma melopea suave me tornan a despertar*

(Azorín,1919[1905]:34)

我重新睡下去。接着,那同样的响亮与柔和交织着的钟声把我惊醒了……

(阿左林,2013:63;戴望舒译)

我又睡着了。后来,还是那几口钟,还是那宏亮的伴奏和那柔和的曲子又把我惊醒了。

(阿索林,1988:25;徐曾惠、樊瑞华译)

我又睡着了。一会儿,还是那几座钟,还是那响亮的伴奏,还是那温柔的曲调,把我惊醒了。

(阿左林,2018:25;林一安译)

在(2a)原文中,平行性和内韵都很突出。西语中这种 polysyndeton(重复使用同一连词相关的一系列单词、短语或从句,尤其是西班牙语连词"y"[即"和"的意思]既可以指多个名词的罗列,也可以指多个动词或形容词的罗列)的平行在汉语中是不可能的,因此三个译文中都没有将这一修辞手法译出。尽管如此,戴的翻译还是比其他三位译者的译文情感更浓烈一些。

(2b) *suben también con ella dos chicos, tres chicos, cuatro chicos, seis chicos.*

(Azorín,1919[1905]:28)

两个孩子,三个孩子,四个孩子,六个孩子也跟在她后面上来。

(阿左林,2013:58;戴望舒译)

两个孩子,三个孩子,四个孩子,六个孩子也跟在她后面上来。

(阿索林,1988:20;徐曾惠、樊瑞华译)

跟着她上来的还有两个,三个,四个,六个孩子。

(阿左林,2018:20;林一安译)

列举是一种非常典型的阿索林的叙事技巧,四位译者都将这一技巧很好地译出。这种文学手法在何其芳、汪曾祺等受到阿索林散文影响的中国文学家的作品中都能找到。

(2c) La luna llena asoma, tras un terreno, su faz ancha y amarillenta,

(Azorín, 1919[1905]:31)

满月在一片土地的起伏处露出它的<u>黄色</u>的<u>大脸</u>来。

(阿左林,2013:61;戴望舒译)

一轮圆月已在山岗后露出她<u>黄色</u>的<u>大圆脸</u>来。

(阿索林,1988:23;徐曾惠、樊瑞华译)

一轮满月在一片土岗后面展露出它<u>宽阔</u>、<u>淡黄</u>的脸庞来。

(阿左林,2018:23;林一安译)

可以看出双形容词在三个译本中都被正确展现出来。

阿索林还善于使用象征主义、拟声词和讽刺的手法:

(3a) Abro la ventana: la luna ilumina suavemente los tejados próximos y la campiña lejana; aúllan los perros, cerca, lejos, plañideros, furiosos; una lechuza, a intervalos, resopla...

(Azorín, 1919[1905]:33)

我开了窗,月光温柔的照亮邻家地屋顶和遥远的田野,远处,近处,狗在悲鸣着,狂吠着;一只枭鸟时断时续地继续地叫着……

(阿左林,2013:63;戴望舒译)

我打开窗子,月光柔和地照耀眼前屋顶和远处田野;远远近近的狗哀叫着,狂吠着;一只猫头鹰断断续续地叫着……

(阿索林,1988:25;徐曾惠、樊瑞华译)

我打开窗户,月亮柔和地照着近处的屋顶和远处的旷野;狗吠叫着,远远近近,时而哀鸣,时而狂吠;一只猫头鹰断断续续地熬叫着……

(阿左林,2018:25;林一安译)

阿索林深受法国象征主义影响,将景观描写与人物的内心世界紧密结合。他笔下的月亮是活的,具有人的性格。在上面这句话的翻译中,戴运用了形容词"温柔地",更具象征主义气息。

(3b) Yo ando y ando. Un cuclillo canta lejano —《cú-cú》—; otro cuclillo canta más cerca —《cú-cú》—. Estas aves irónicas y terribles, ¿¡ se mofan acaso de mi pequeña filosofía? Yo ando y ando

(Azorín，1919:31)

我走着,我走着。一只杜鹃在远处叫着"不如归去",另一只杜鹃在近一些的地方叫着"不如归去"。这些可怕而讽刺的鸟儿或许是在嘲笑我的渺小的哲学。我走着,我走着。

(阿左林,2013:61;戴望舒译)

我走着,走着。远处一只杜鹃在唱:"咕咕";近一些又一只杜鹃在唱:"咕咕"。这些可怕而刻薄的鸟儿也许在嘲笑我浅薄的哲学? 我走着,走着。

(阿索林,1988:23;徐曾惠、樊瑞华译)

我走啊走啊。一只杜鹃在远处鸣唱:"咕咕!"这些讥刺刻毒的禽鸟难道在嘲笑我渺小的哲学? 我走啊走啊。

(阿左林,2018:23;林一安译)

徐、樊译文和林一安的译文都忠实地将原文的意思翻译出来,但是,戴有自己的处理办法,将拟声词 "cú-cú" 译成"不如归去",使译文更具有幽默调侃的色调,且比较贴合原文语境。

(3c) Llega la canción lejana de una ronda de mozos. ¿Dónde está la posada? ¿Cómo encontrarla? Unos sencillos labriegos trasnochadores —son las diez— hacen la buena obra de guiar a un filósofo

(Azorín，1919:32)

[译文]

一群孩子在远处的歌声传到我耳边。客栈在哪里呢? 如何去找它呢? 几个夜行的好乡民——这时已经十点了——做了指导一个哲学家的好事。

(阿左林,2013:62;戴望舒译)

远处传来小伙子们在姑娘窗前闹夜的歌声。客店在哪里呢? 怎么去找这客店呢? 几个熬夜的农民——此时已经十点钟了——做好事为一个哲学家导游。

（阿索林，1988:24；徐曾惠、樊瑞华译 ）

　　传来一群小伙子夜间在姑娘家门前聚会的歌声。客栈在哪儿呢？怎么找到呢？几个熬夜的朴实农民（十点钟了）做了件好事：指导一位哲学家。

（阿左林，2018:24；林一安译）

三段译文都将讽刺的修辞手法表现了出来,但是戴的译文更具有表现力。以下列举一个长段落,让我们体会一下戴的转译本和徐、樊和林的直译本在风格上的区别：

> ...Suena precipitadamente un timbre lejos, con un tintineo vibrante, persistente; luego otro, más cerca, responde con un repiqueteo sonoro, clamoroso. Los grandes y redondos focos eléctricos parpadean de tarde en tarde; un momento parece que van a apagarse; después recobran de pronto su luminosidad blancuzca. Retumban, bajo la ancha cubierta de cristales, los resoplidos formidables de las máquinas; se oyen sones apagados de bocinas lejanas; las carretillas pasan con estruendo de chirridos y golpes; la voz de un vendedor de periódicos canta una dolorida melopea; vuelven a sonar los silbidos largos o breves de las locomotoras; en la lejanía, sobre el cielo negro, resaltan inmóviles los puntos rojos de los faros. Y de cuando en cuando, los grandes focos blancos, redondos, tornan a parpadear en silencio, con su luz fría...

Azorín, "La novia de Cervantes" (1919:27)

［译文］
　　一阵遥远的铃声带着一种颤动而悠长的声音突然响了起来;接着,另一阵更近一些的铃声用一种嘹亮的、喧闹的爆发声来回答它。圆而大的电灯不时地闪烁着,有时候它们好像是要熄灭了,可是不久又发出它们那惨白的光来。引擎的巨大的喘息在大窗下震响着,人们听到那辽远的汽笛声,货物车带着一种冲撞声和吱吱的喧声经过,一个报贩子唱着一种悲哀的调子,时长时短的火车的汽笛声响了。在远处,在一片暗黑的天空上,描画着那不动的扬旗的红色光点。而那些大而圆的电灯,也时时在它

们的凄冷的光中静默地闪烁着……

（阿左林，2013:58;戴望舒译）

    远处一只铃急促地响了，传来颤动的持续的丁零声。接着，近些的一只铃作出回答，声音响亮、热烈。又大又圆的电灯闪闪烁烁;有时好象要熄灭了，可过会儿又放射出苍白的光。在宽大的玻璃窗下，引擎发出轰轰的巨响。听到远处喇叭的低沉的鸣叫。运货小车嘎吱吱、哐当当地开过。一个报贩子吆喝着卖报，声调悲哀。机车又鸣响了长短相间的汽笛。在远处，在黑暗的天空上，号灯的红色光点耀眼醒目，一动不动。那些又大又圆的电灯阴冷的光又在默默地闪烁。

（阿索林，1988:20;徐曾惠、樊瑞华译）

    远处，一个铃声急剧地响了起来，丁零声颤动、持续。接着，另一个稍近一些的铃回应了，铃声响亮、热烈。又大又圆的电灯不时地眨巴着眼睛，一会儿像是要熄灭，一会儿又突然重获它惨白的光。在宽大的玻璃屋顶下，机车大口喘着粗气，轰鸣震天。可以听到远处汽笛低沉的声响。运货小车吱吱呀呀、碰碰撞撞地过来了，声音嘈杂。一名报贩的嗓音唱着悲切的小调。火车头又响起悠长或短促的汽笛声。远处，黑暗的天空中，号灯的红点纹丝不动，格外醒目。又白又圆的大灯又不时地、默默地眨巴着眼睛，射出冷光……

（阿左林，2018:20;林一安译）

    阿索林对中国作家的影响不仅是在写作主题上，还体现在写作形式上。徐霞村在《一位绝世的散文家:阿左林》一文中，提到阿索林散文的两个最大的特点是"精细"和"清晰":"阿左林的最大的发现是把日常的东西——一朵花，一个罐子，一个桌子的正确的名字连合起来，而造成一种迷人的文体。在他的散文里，长句和比喻是不存在的，我们所看到的只是一些精细而清晰的朴素的描写。"（徐霞村，1930:95）

    阿索林是戴望舒重点译介的一位西班牙作家。早在去西班牙旅行前，他已经开始译介阿索林。他还曾写信给阿索林，希望这位西班牙作家能授予其《西班牙的一小时》的中文翻译版权，而阿索林也给他回了信，同意他翻译自己的作品。从 30 年代起至 40 年代末，戴望舒一直断断续续地译介阿索林的作品。在近二十年的时间内，戴望舒锲而不舍地译介阿索林，连他自己的散文作品里也浸染了阿索林的风格。戴望舒的系列旅行日记的叙事风格和叙事视角都同阿索林的一些作品如出一辙。他的西班牙系列游记中阿索林的影响尤为深刻,他脑海里的西班牙的样子一大半都是通过阅读阿索林的作品而塑造的。他去西班牙旅行时,是 1934 年,早在 1932 年他就在《现代》杂志第 1 卷第 1、2 期中译介了阿索林的《西班牙的一小时》。这本书是阿索林 1924 年当选西班牙皇家学院院士时的演讲词,书中勾勒的是西班牙典型的民族特征、风景及西班牙传统,表达了西班牙传统的延续性。该书的写作风格受到法国象征主义的影响,用具有诗歌韵律的散文讴歌了西班牙的灵魂。在这本书中,阿索林提到了一些西班牙经典文学作品中的典型人物,如堂吉诃德、塞莱斯蒂娜、唐璜等,这些都在戴望舒的西班牙系列旅行日记中得到了映照。

戴望舒曾在《在一个边境的站上——西班牙旅行记之三》中讲到"整个西班牙小镇的灵魂都可以在这些小小的人物身上找到"(1996:18),这正是阿索林的散文作品中流露的观点。在这篇游记中,戴望舒还表达了他认为的西班牙的三个存在。

> 第一是一切旅行指南和游记中的西班牙,那就是说历史上的和艺术上的西班牙。这个西班牙浓厚地渲染着釉彩,充满了典型人物……当人们提起了西班牙的时候,你立刻会想到蒲尔哥斯的大伽蓝,格腊拿达的大食故宫,斗牛,当歌舞(Tango),侗黄式的浪子,吉诃德式的梦想者!塞赖丝谛拿(La Celestina)式的老虔婆,珈尔曼式的吉卜赛女子,扇子,披肩巾,罩在高冠上的遮面纱等(戴望舒,1999b:18)。西班牙的第二个存在是更卑微一点,更穆静一点。那便是风景的西班牙。的确,在整个欧罗巴洲之中,西班牙是风景最胜最多变化的国家……在西班牙,我们几乎可以看到欧洲每一个国家的典型(戴望舒,1999b:19)。
> 最真实的,最深沉的,因而最难以受人了解的却是西班牙的第三个存在。这个存在是西班牙的底奥,它蕴藏着整个西班牙,用一种静默的语言向你说着整个西班牙,代表着它的每日生活,象征着它的永恒的灵魂。这个西班牙的存在是卑微至于闪避你的注意,静默至于好像绝灭。可是如果你能够留意观察,用你的小心去理解,那么你就可以把握住这个卑微而静默的存在,特别是在那些小城中。这是一个式微的,悲剧的,现实的存在,没有光荣,没有梦想。现在,你在清晨或是午后走进任何一个小城去吧。你在狭窄的小路上,在深深的平静中徘徊着。阳光从静静的闭着门的阳台上坠下来,落着一个砌着碎石的小方场。什么也不来搅扰这寂静;

街坊上的叫卖声在远处寂灭了。寺院的钟声已消沉下去了，你穿过小方场，经过一个作坊，一切任何作坊，铁匠底、木匠底或羊毛匠底。你伫立一会儿，看着他们带着那一种的热心，坚忍和爱操作着；你来到一所大屋子前面：半开着的门已朽腐了，门环上满是铁锈，涂着石灰的白墙已经斑驳或生满黑霉了，从门间，你望见了被野草和草苔所侵占了的院子。你当然不推门进去，但是在这墙后面，在这门里面，你会感到有苦痛、沉哀或不遂的愿望静静地躺着。你再走上去，街路上依然是沉静的，一个喷泉淙淙地响着，三两只鸽子振羽作声。一个老妇扶着一个女孩伛偻着走过。寺院的钟迟迟地响起来了，又迟迟地消歇了。……这就是最深沉的西班牙，它过着一个寒伧、静默、坚忍而安命的生活，但是它却具有怎样的使人充塞了深深的爱的魅力啊。而这个小小的车站呢，它可不是也将这奥秘的西班牙呈显给我们看了吗？

（戴望舒，1999b：18-19）。

可见戴望舒的西班牙情结是跟阿索林密切相关的，为此他不惜让施蛰存帮其筹款去西班牙旅行。

在《我的旅伴——西班牙旅行记之一》中，戴望舒提到他在从法国到西班牙的旅途中看了一本戈蒂耶（高谛艾，Th.Gautier）的《西班牙旅行记》，这是一本当时在西班牙很有影响力的用象征主义的手法写就的西班牙旅行记。阿索林本人深受这本书的影响。戈蒂耶描写西班牙的视角及风格如导师一般，为阿索林指引了散文创造的道路，使他写下了数部致力于描绘西班牙文化中永恒的卡斯蒂利亚精神、西班牙古老的传统的散文及随笔，这些作品都是西班牙现代抒情散文的典范。在戴的这篇游记中，第一段末尾提到"可以到'绅士的'阿维拉（Avila）小作勾留"，这里戴对阿维拉的印象来自他翻译的《西班牙的一小时》中的《阿维拉》："在西班牙的一切城中，阿维拉是最十六世纪的。它是被称为'绅士们'的阿维拉"（阿左林，2013：112；戴望舒译）。戴在这篇游记中讲的是他从法国坐火车去西班牙途中的见闻。他的写作视角使我们想起阿索林的《塞万提斯的未婚妻》一文中坐火车旅行的场景。氛围都是活泼可爱的，对将要抵达的地点充满惊喜与期盼，思绪万千、神思飞扬：

火车已开出站了，扬起的帽子，挥动的素巾，都已消隐在远处了。我还是凭着车窗望着，惊讶着自己又在这永远伴着我的旅途上了。车窗外的风景转着圈子，展开去，像是一轴无尽的山水长卷：苍茫的云树，青翠的牧场,起伏的山峦,绵亘的耕地,这些都在我眼前飘乎过去,但并没有引起我的注意。我的心神是在更远的地方。这样地,一个小站,两个小站过去了,而我却还在窗前伫立着,出着神,一直到一个奇怪的声音把我从梦想中拉出来。

　　一个奇怪的声音在我的车厢中响着,好像是婴孩的啼声,又好像是妇女的哭声。它从我脚边发出来;接着,又有什么东西踏在我脚上。我惊奇地回头过去:四张微笑着的脸儿。我向我的脚边望去:一只黄色的小狗。于是我离开了窗口,茫然地在座位上坐了下去。

(戴望舒,1999b:5)

戴回过神来后,视线从车窗外转到车厢内,他开始描绘车厢中的人和物。坐在他旁边的是一个三十五六岁的法国人,戴将他想象成一个小资产阶级:"从他的音调中,可以听出他是马赛人或都隆一带的人。他的语言服饰举止,都显露出他是一个小 rentier,一个十足的法国小资产阶级者",而在阿索林的文中,里面的"我"也将自己想象成一个小资产阶级。戴所在的车厢里还有一位"胖先生",他对这位先生的昵称就像阿索林文中对小孩的昵称,阿索林在文中称小女孩为"小太太",称小男孩为"小先生":

　　火车将要开了。一个穿孝的妇人上了我那个车厢,两个孩子,三个孩子,四个孩子,六个孩子也跟在她后面上来。他们都很小,生着栗色的、棕色的短而细的头发,红红的面颊。火车就要开了。在我的右边,很严肃地坐着一位四岁的小先生;在我的左边,是一位三岁的小太太;在我的膝上呢,还坐着另一位两岁的小先生。火车就要开了。火车装满了人。我们大家都说这话,我们大家都笑着。忽然,一个尖锐的汽笛声破空而起,车头放着汽,火车动起来了……那使大城辉煌耀目的无数金色的泥洼被抛在后面了,一股暖气从开着的窗子吹了进来。田野是黑色的,寂静的,群星带着一种神秘的闪烁在无际的长天上闪闪发光。

　　我是一个肥胖、快乐、做父亲的小资产阶级了。那个坐在我膝上的孩子,用他的多肉的小手拍着我的脸。在我右边和左边的孩子们大笑着向我提出问题。我把一些离奇的故事讲给他们听,我笑着;我自己感到满足而快活。空气是清鲜而温柔,群星闪闪发光。

(阿左林,2013:58;戴望舒译)

戴在文中还运用了阿索林的典型写法——罗列名词,如"可是小狗也有许多种,Dandie-dinmont,King Charles,Skye-terrier,Pékinois,Loulou,Biehon de malt,Japonais,Bouledogue,teerier anglaise à poils durs,以及其他等等……"(戴望舒,1999b:8)

北塔指出,戴望舒那时的诗歌创作也受到了阿索林的影响。阿索林的《几个人物的侧影》是写少女的,戴望舒也写了好几首关于少女的诗,如《百合子》《八重子》《梦都子》《前夜》《我的恋人》《村姑》等(北塔,2020:124)。

卞之琳在《何其芳晚年译诗》一文中,证实阿索林影响了戴望舒和何其芳还有他自己,他说:"有一种影响,似乎很少人注意到。西班牙阿索林的散文实际上影响过写诗的戴望舒和何其芳(特别是他写在 30 年代前半期的散文)以致我自己。"(卞之琳,2002:293)何其芳自己承认其散文集《画梦录》受到过阿索林的影响。在《给艾青先生的一封信——何其芳谈〈画梦录〉和我的道路》一信中,何其芳说,"在这里我应该写出对于那本小说或多或少地有过一些影响的作者的名字:伟里耶、巴罗哈、阿左林、纪德、梅特林克和废名"(1940:1421)。阿索林在何其芳散文集《画梦录》中的影子是显著的。在写作主题上,何其芳选取的视角是微小的,一个乡村的少女、一段寂寞的光阴、花草树木,石台、瓦盆等日常的物品都是写作的对象,每一个日常的物品都有其名字:"祖母时代的衣式""虫蚀的木板书"。

何其芳的《货郎》一文仿佛是阿索林的《修伞匠》的复制版,从人物设置到书写结构都具有高度的相似性。阿索林的《修伞匠》的开头写的是修伞匠沿街叫喊,接着描写修伞匠所处的环境寂静又颓败,紧接着再写修伞匠的叫喊声:

> 修伞匠沿路喊着:"修阳伞,补雨伞!"在不朽的城里呈着一片深沉的寂静;几处教堂的辽远的钟声不时地响着;住宅的沉重的门都已关上了;纹章在三角楣上睡着了。"修阳伞,补雨伞!"修伞匠重新喊着;一只狗在他身旁走过,嗅了他一会,随即又继续走他的路了。修伞匠也继续走着,慢慢地,有些悲伤。这座城好像是死了。
>
> (阿左林,2013:13;戴望舒译)

何其芳的《货郎》的结构同阿索林的《修伞匠》如出一辙,开头是货郎沿街摇着鼓,然后描写周边寂静的环境;他勾勒的环境也是寂静且颓败的景象,再用摇手鼓的声音打破这寂静:

　　鼓在货郎手里响了起来。六月天,西斜的阳光照着白墙和墙外的槐树,层层的叶子绿得那样深;金属的蝉鸣声突然停止;在这种静寂里,这座大宅第不知存在了若干年了,于旅行人却会是一个惊奇的出现,这时门半掩着,像刚经过外出人的手轻轻一带。但这挑着黄木箱的货郎从草坡走下来,拐弯,经过一所古墓,不待抬头已经是柳家庄了,举起手里的小鼓,摇得绷绷绷的响了起来。

(何其芳,2000:120)

在阿索林的文中,街上空荡荡的没有人,给修伞匠开门的是一个老妇人:

　　那瘦小的老妇人开了门,让修伞匠进去之后,和他交谈了几句,那老婆子是要修一把雨伞;那修伞匠作好修补的准备。那是一把旧雨伞。该有几代人曾受过这把雨伞的遮蔽啊!

(阿左林,2013:12;戴望舒译)

　　这个妇人所在的家是一个没落的小贵族家庭,家世衰落,土地没有了,房内空荡荡的,已没有几件家具,而少有的几件家具已破旧不堪。男主人虽是贵族,已老态龙钟:"那位先生捋着自己长长的白须;他的脸是苍白的,而他的衣衫既不整齐又满是污渍"(阿左林,2013:12;戴望舒译)。
　　在何其芳的文中,开门的也是一个老妇人:"轧轧,一个老女仆随着门开走出来"(何其芳,2000:121)。宅子的主人也是一位老爷,子女不在身边,宅内好不冷清,只有两个老人和几个仆人。
　　阿索林的文中,修伞匠是"性情坚决的",何其芳文中的货郎的性格也是倔强坚毅的,这两个人物都一直在路上奔波着:

　　这个修伞匠是一个性情坚决的人。这种性情使他在世间过了多少岁月?他曾经做过多少事情?他在路上和旅店之间跋涉了多少次?他的生涯中有多少次起伏波折?

(阿左林,2013:13;戴望舒译)

　　我们这倔强的瘦瘦的朋友又戴上他的宽边草帽。夕阳灿烂,他挑着黄木箱走出门外,陡然觉到自己的衰老和担子的沉重。将赶到一个集市里去吃晚饭吗?将歇宿在一家小客店里吗?将在木板床上辗转不寐,想着一些从来没有想到的事吗?

（何其芳，2000：122）

这两篇短文的结尾也是一样的：一个是修伞匠继续呟喝着，继续赶路漂泊；一个是货郎继续摇着手鼓，赶路漂泊：

> 而在同时，在路上，你会听到那漂泊的人喊着："修阳伞，补雨伞！"
>
> （阿左林，2013：13；戴望舒译）
>
> 他已走下草地，拐弯，经过一亩稻田，毫不踌躇地走到大路上了。他又举起手里的鼓，正如我们向我们的朋友告别时高高举起帽子，摇得绷绷绷的响了起来。

（何其芳，2000：123）

何其芳文章的语调也像复制了阿索林的调子，一个句子被好几个逗号隔开，制造出诗一般的节奏。例如，阿索林极喜欢罗列一些名词、形容词或动词。而这一写作技巧也出现在了何其芳的文中。在何其芳的《画梦录》这一短篇小说中，我们能见到像"红蜡烛已烧去一寸，两寸，或者三寸"这样的写法。何其芳《哀歌》一文的题目直接运用了戴译的阿索林的《哀歌》，这一篇模仿的影子更明显，例如双重或多个形容词连用的形式，"西班牙女子的名字呢：闪耀的，神秘的，有黑眼圈的大眼睛"；例如名词的罗列，"三十年前，二十年前，直到现在吧。"他还在文中提到了阿索林："但当她的剪影在我们心头浮现出来时，可不是如阿左林所说，我们看见了一个花园，一座乡村的树林，和那些蒙着灰尘的小树，和那挂在被冬天的烈风吹斜了的木柱上的灯……"（2000：119）

卞之琳的其他朋友，如李广田、林徽因、师陀等都在一定程度上受到阿索林的影响。例如，在师陀的《邮差先生》和《说书人》等文中都能看见阿索林的影子。

但受阿索林影响最深的中国作家当数汪曾祺，他在《阿索林是古怪的——读阿索林〈塞万提斯的未婚妻〉》一文中发出了"阿索林是我终生膜拜的作家"的声音。在《谈风格》一文中，汪曾祺说，"作家读书，允许有偏爱。作家所偏爱的作品往往影响他的气质，成为他的个性的一部分"；"一个作家读很多书，但是真正影响到他的风格的，往往只有不多的作家，不多的作品。有人问我受哪些作家影响比较深，我想了想：古人里是归有光，中国现代作家是鲁迅、沈从文、废名，外国作家是契诃夫和阿左林"（2016：3）。

汪曾祺说，"一个作家形成自己的风格大体要经过三个阶段：一、模仿；二、摆脱；三、自成一家。初学学作者，几乎无一例外，要经过模仿的阶段"（2016：

3)。汪曾祺在 1940 年接触到阿索林的作品,那时他在西南联大读二年级,师从沈从文。阿索林对他的影响是巨大的,他从那时起开始模仿阿索林,也就是说,汪曾祺在成为作家之初其写作风格就受到了阿索林的影响。汪曾祺认为"'阿左林是古怪的'(这是他自己的一篇小品的题目——作者注)。他是一个沉思的、回忆的、静观的作家。他特别擅长描写安静,描写在安静的回忆中的人物的心理的潜藏的变化。他的小说的戏剧性是觉察不出来的戏剧性。他的'意识流'是明澈的,覆盖着清凉的阴影,不是芜杂的、纷乱的。热情的恬淡,入世的隐逸,阿左林笔下的西班牙是一个古旧的西班牙,真正的西班牙"(2016:311)。

　　汪曾祺说阿索林的《塞万提斯的未婚妻》是一篇古怪的散文,结构上没有任何规则,语气幽默风趣,里面的西班牙满是忧郁和古色古香的气息,而且到处都是塞万提斯的痕迹和气息。他说,"阿索林笔下的塞万提斯才是真正的塞万提斯,一个和他的未婚妻说着简单,平凡,比他的书中一切话更伟大的话的温柔的诗人"(1998:14)。汪曾祺很准确地抓住了阿索林散文的特点,阿索林的主要写作主题是对卡斯蒂利亚的诠释,展示居民的生活方式和心理,讲述时光流逝下的景观或城镇微笑的故事(Inman Fox,2014:11)。如奥尔特加·加塞特所述,"在阿索林的散文中,没有任何庄严、冠冕堂皇的东西。他的艺术暗示了我们灵魂深层中包裹着的微小的情感生活。他对那些伟大的线条不感兴趣,他的视野不在于从人类全局出发而写出平静、简单和壮丽的景象,就像山脉的轮廓。他与'历史哲学家'截然相反。由于透视的巧妙反转,微小的原子在他的全景图中占据了首位,而巨大的不朽则被简化为短暂的装饰"(Ortega y Gasset,2016:248)。阿索林笔下的人物都是日常生活中的普通人,一个一个的普通人构成生活的历史,《一个农人的生活》《修伞匠》《卖饼人》《夜行者》等散文即是他为普通人画的侧影图;一个生活中的小小的物件也是他写作的主题,《一座城》《灰色的石头》等都成了他视野中的主角。

　　秘鲁作家略萨曾经这样评价过阿索林:"事实上,他是一个微型画家,就像那些在大头针头上画风景的人,或者在瓶子里用火柴棍造船的人一样。他偏爱那些被鄙视和次要的东西,那些很少引起注意或很快被遗忘的东西,那些微不足道的生物和微不足道的事物。在他的描述中,尽管是虚构的,小物件有时会获得非凡的尊严"(Vargas Llosa,1996:26)。

　　阿索林曾写下了 400 多篇短篇故事。1944 年,他在《阿贝赛》报纸上回应说:"写了这么多故事,我得出的结论是,一个真正的故事,其最具艺术性的,是讲故事的人聚焦在一个微小的细枝末节上。讲一个具有可怕情节的故事是大

多数人都能做到的；但是，讲一个细枝末节的小事却需要精雕细琢。"（Baquero Goyanes，2010）

　　汪曾祺曾反复研读过戴、徐、卞译的阿索林散文。我们在汪曾祺的文中看到了阿索林的影子，他继承了阿索林聚焦于微小事物的视角。在汪曾祺的作品中，我们看见的是中国人最纯粹最日常的生活细节。一棵树、一种果子、一朵花、一种食物、一种昆虫等等，任何人间烟火都是他写作的对象。在他的文中，时间慢慢流逝，所有动作都放慢了脚步，能听到风声、呼吸声，能看到一系列普通人、一些通常是微不足道的事物被鼓励。从他文章的标题就能感觉到，如《大妈们》《吃饭》《关于葡萄》《昆明的雨》《夏天的昆虫》《昆明菜》等。与阿索林不同的是，阿索林关注国家和社会问题，有重建国家伦理精神和文化，将国家从衰落颓败中拯救出来这一意图，但是汪曾祺的散文更多的是冥想景观，记录日常生活，记录中国的传统习俗和居民的心理，观察周围世界的细节，表达对生活的兴趣和好奇。

　　在写作风格上，汪曾祺的许多文本与阿索林的文章产生了强烈的共鸣。例如名词、动词的罗列：

　　　　在这时间之中，他到田里去，他耕田，他掘地，他修树，他刈草，他垒地，他粪田，他除莠，他收获，他打麦，他搭葡萄棚和瓜棚，他耕种他自己所有的三四块地。

（阿左林，2013:8；戴望舒译）

　　　　他是吃白菜，番薯，黑面包，葱，蒜，有时候，一年内两三次，他吃肉。

（阿左林，2013:8；戴望舒译）

　　　　他谈到天气，雨，风，霜，霞。

（阿左林，2013:8；戴望舒译）

　　　　在那间屋顶楼里有一张桌子，一张床，一个柜子，一个洗脸台，两三把椅子和一个小桌子，还有些书。

（阿左林，2013:22；戴望舒译）

　　　　老刘说，坝上地大，风大，雪大，雹子也大。

（汪曾祺，2020:15）

　　　　教员一人一宿舍，室内床一、桌一、椅一。

（汪曾祺，2020:25）

　　　　我们的生活很清简。教书、看书。打桥牌，聊大天。吃野菜，吃灰菜、野苋菜。

(汪曾祺,2020:27)

　　她每天不断地擦、洗、掸、扫。

(汪曾祺,2020:39)

　　小邱给她买了很多东西:衣服、料子、鞋、头巾。

(汪曾祺,2020:38)

　　阿索林活了 94 岁,他一生的大部分时间都致力于丰富普通人的生活,他在文学创作中用"庸俗的美"来点缀他们。他独特的文体启发了许多西班牙作家和读者,而翻译无疑将他带到了更远的地方,使他成为一位普世的、不朽的作家。自 20 世纪 30 年代"来到"中国以来,阿索林一直生活在西班牙这片遥远的土地上,并通过新的版本、翻译、评论和被模仿,继续被阅读、更新和复活。

第四节　论加西亚·洛尔迦现代主义诗歌的启示

　　加西亚·洛尔迦是西班牙"二七一代"诗人,是 20 世纪最有名的西班牙天才诗人,也是对中国当代诗歌,尤其是朦胧派诗人影响最大的诗人之一。他的诗歌作品主要有诗集《诗集》(*Libro de poemas*,1921)、《深歌集》(*Poema del cante jondo*,1921)、《歌集》(*Canciones*,1921)、《吉普赛谣曲集》(*Romancero Gitano*,1928)、《诗人在纽约》(1930)等。

　　最先将他的诗歌译介到中国的是诗人戴望舒,戴望舒也是洛尔迦在中国最重要的译者。1934 年 8 月 22 日,戴望舒从法国里昂出发,乘火车去西班牙旅行,一路追寻着西班牙古典文学中西德(Cid)、唐璜(Don Juan)、唐吉诃德(Quijote)等经典人物的影子。他认为西班牙是可爱的,在文学上充满了典型人物,在"音乐上,绘画上,舞蹈上,文学上,西班牙都在这个面目之下出现于全世界,而做着它的正式代表"(戴望舒,1999b:18)。他在那次旅行中,最重要的收获就是发现了诗人洛尔迦。据施蛰存回忆,戴望舒曾跟他谈起洛尔迦的抒情谣曲在西班牙全国被广大的民众传唱,说"广场上,小酒店里,村市上,到处都听得到美妙的歌曲,问问它们的作者,回答常常是:费特列戈,或者是:不知道。这样不知道作者是谁的谣曲也往往是洛尔迦的作品"(2016:117)。戴望舒当时就是在这样的情景下深深地爱上了洛尔迦的作品。他选译了一小部分抒情谣曲,寄回国发表在杂志上。1936 年,洛尔迦被弗朗哥匪帮秘密谋杀,戴望舒对此义愤填膺,决定将洛尔迦更多的诗歌翻译成中文(施蛰存,2016:117)。戴望舒一直到 1950 年离世一直未完成《洛尔迦诗抄》,后来好友施蛰存将戴望舒的遗稿共 32 首诗整理编辑出来,于 1956 年集结出版。

　　洛尔迦的诗歌对戴望舒有特殊的吸引力,一个重要原因是他在洛尔迦的诗歌中找到了共鸣。戴望舒自己深受法国象征主义诗歌的影响,尤其是法国的象征主义诗人魏尔伦(Verlaine)、福尔(Fort)、果尔蒙(Gourmont)、耶麦(Jammes)等人的影响,他陆续翻译了魏尔伦、福尔、梅特林克、瓦雷里、波德莱尔、许拜维艾尔等人的诗作,并将象征主义融入自己的诗歌创作中。比如,他的《雨巷》主要受魏尔伦的影响,追求诗歌的音乐性、主题的朦胧性。而法国象征主义也启蒙了洛尔迦的诗歌创作,他尤其受到魏尔伦、马拉梅等法国象征主义诗人的影响。洛尔迦本人也与法国象征主义诗人有人际关系上的往来;事实上,当时的西班牙作家大多都会法语,能直接阅读法语作品,且很多都有去巴黎旅行或居住在巴黎的经历。戴望舒亲自证实了这一点。1935 年,戴望舒在法国巴黎时认识并拜访了许拜维艾尔,后者问他最爱哪几位法国诗人,戴望舒说,"这很难回答,或许是韩波(Rimbaud)和罗特亥阿蒙(Lautréamont);在当代人之间呢,我从前喜欢过耶麦(Jammes),福尔(Paul Fort),高克多(Cocteau),雷佛尔第(Reverdy),现在呢,我已把我的偏好移到你和爱吕阿尔(Eluard)身上了。你瞧,这样的驳杂!"(戴望舒,1999a:33)。许拜维艾尔的诗也受这些诗人的影响。戴望舒在西班牙的时候读过许拜维艾尔诗的西班牙语译本,戴说一个人如果没有读过原版的许拜维艾尔的诗作的话,可能会将他当作西班牙大诗人。他问许拜维艾尔:"的确,在有些地方,你是和西班牙现代诗人有着共同之点的,是吗?"许拜维艾尔诗说:"约翰·加梭(Jean Cassou)也这样说过。这也是可能的事,有许多关系把我和西班牙联系在一起。那些西班牙现代的新诗人们,加尔西亚·洛尔迦(García Lorca),阿尔贝蒂(Alberti),沙里纳斯(Salinas),季兰(Guillen),阿尔陀拉季雷(Altolaguirre),都是我的好朋友。说起,你也常读这些西班牙诗人的诗吗?"戴望舒回答说:"我所爱的西班牙现代诗人是洛尔迦和沙里纳斯。"(戴望舒,1999a:37)可见当时的西班牙诗人是深受法国诗人的影响的,而且两国作家之间是有人际关系往来的。正是因为戴也受法国诗人的影响,这增加了戴对洛尔迦的好感,再就是洛尔迦的诗歌并不是纯粹的模仿,而是有自己的创造,他将西班牙安达卢西亚传统民歌融入自己的诗歌中,这对戴来说是从未有过的体验。

戴望舒还翻译过洛尔迦对诗的见解：

> 可是关于诗，我有什么话可说呢？关于那些云，那片天，我有什么话可说呢？看着，看着，看着云，看着天，如此而已。那时你便会懂得，一个诗人对于诗是一句话也不得说。把这件事交给批评家们和教授们去办吧。可是你，我，或任何其他诗人，都不知道诗是什么。
>
> 就是这样：看。我把火拿在手中。我懂得它，又用了它完美地工作。可是如果没有文学，我就不能说起它。我懂得一切有着诗情的东西；如果我不是五分钟换一个意见，我就可以谈谈它们。我不知道。或许有一天我会很爱坏的诗，正如现在我发狂地喜欢（我们喜欢）坏的音乐一样。我将在夜间烧了神女祠（Partenon），而在早晨开始建立它起来，而永远不完工。
>
> 在我的演讲中，我曾经讲过好多次诗，可是我唯一不能谈的，是我自己的诗。这并非因为这是我所做的事中的一件出于无意的事。正相反，如果我是由于上帝的恩赐——或由于恶魔的宠赐——而成为一个诗人这件事是真的，那么我是由于技巧，努力和对于什么是诗的确切的了解这三者的宠赐而成为一个诗人，这件事，也是真的。
>
> （戴望舒，1999a：556-557）

洛尔迦的诗歌创作是一个不断创新的过程，前期的创作风格是传统韵律和现代主义并存，之后是一种用象征主义和现代主义宣泄情感、表达困惑的自由体诗歌。"无论就民族性还是就先锋性而言，他都是独树一帜的。他的作品的民众性比西班牙同时代的任何诗人都强。"（赵振江，2017：72）他诗歌中的主题以爱和死亡为主，永远站在被压迫的人民中间。他诗歌中的被压迫者的形象有吉普赛人、黑人、同性恋者、妓女等，"他塑造了宁可自我摧残也不愿卑怯地苟活于人世的人物形象，同时也表现了人们在死亡与毁灭的威胁面前的恐惧。但他本体的悲观并不表现个人在茫茫黑夜中的沉默，相反却鼓舞人们为'每日的面包'而劳作，使人义无反顾地正视现实并追求光明"（赵振江，2017：78）。

戴望舒译的《洛尔迦诗抄》在 19 世纪七八十年代对中国朦胧派诗人产生了深刻的影响。据诗人北岛说："这些戴望舒二十世纪三十年代旅欧时的译作，于 1956 年才集结出版，到七十年代初的黑暗中够到我们，冥冥中似有命运的安排。时至今日，戴的译文依然光彩新鲜，使中文的洛尔迦得以昂首阔步。

后看到其他译本,都无法相比。戴还先后译过不少法国西班牙现代诗歌,都未达到这一高度。也许正是洛尔迦的诗激发了他,照亮了他。由于时代隔绝等原因,戴本人的诗对我们这代人影响甚小,倒是他通过翻译,使传统以曲折的方式得以衔接。"(北岛,2020:115)从北岛的这段话中可见戴望舒译作的高超水平。戴望舒学习过西班牙语,他翻译的洛尔迦诗歌应该是从西班牙语直接翻译过来的,在翻译时他还参照了法语和英语译本,力求将原作的情感和意境完好无损地表达出来。虽然后来飞白、赵振江和北岛等人都翻译过洛尔迦的诗歌,但是戴译本仍然是最受喜爱的版本,至今再版不绝。"戴译本抵抗着时间的磨蚀,依旧给人带来阅读的惊喜。戴望舒成功地把洛尔迦的西班牙语诗歌变成了汉语中的奇迹,使译文呈现出一种既属于洛尔迦,也属于戴望舒的风格、色彩和韵律,这得益于戴望舒在诗人气质上与洛尔迦的相近性,他对诗歌和词语的高度敏感,以及他在中西诗歌的熏陶下所形成的审美趣味和文字功底。"(姚风,2014:107)

戴望舒选译的洛尔迦的 32 首诗,大部分原诗都是用来歌唱的。洛尔迦采用了西班牙的古代民谣等形式,使他的诗歌能轻松自如地被广大人民唱出来。戴望舒曾对施蛰存说过,洛尔迦的诗歌不容易译得好。诗中不仅充满安达卢西亚的地方色彩,具有极强的民众性,而且采用了一些地方特色的音乐形式,有特殊的韵律形式,如何将民歌特征传达出来并不失气韵,这增加了翻译的难度。施蛰存也指出,"原文大多数谣曲都是半趁韵的,译成中文不可能跟着协韵,只有一些短小的作品,勉强译成了半趁韵的形式,较长的几首,就只能是聊以达意的分行散文了"(2016:118-119)。

在《西班牙宪警谣》中,施蛰存就指出戴译的两句诗没有表达出洛尔迦诗歌的乐感(2016:118)。"En la noche platinoche noche, que noche nochera",戴的译文是"在这白金的夜里,黑夜遂被夜色染黑",只将原诗的意思还原出来,缺乏了原诗文字声音表达出来的美的意象。这不得不归咎于中西两种语言的巨大差异所造成的不可译性。翻译尤其是诗歌翻译具有极大的不可译性,翻译的过程是一种再创造的过程。但是戴望舒的译文是相当精彩的,与原诗一样能让人产生共鸣。例如《吉他琴》这首诗(来自《深歌集》),北岛指出这首诗最难译的地方在于音乐性:"几乎是不可能的,除非译者在别的语言中再造另一种音乐。洛尔迦诗歌富于音乐性,大多数谣曲都用韵,戴望舒好就好在他不硬译,而是避开西班牙文的韵律系统,尽量在中文保持原作自然的节奏,那正是洛尔迦诗歌音乐性的精髓所在。"(北岛,2020:127)

吉他琴

吉他琴的呜咽
开始了。
黎明的酒杯
破了。
吉他琴的呜咽
开始了。
要止住它
没有用，
要止住它
不可能。
它单调地哭泣，
像水在哭泣，
像风在雪上
哭泣。

要止住它
不可能。
它哭泣，是为了
远方的东西。
要求看白茶花的
和暖的南方的沙。
哭泣，没有鹄的箭，
没有晨晓的夜晚，
于是第一只鸟
死在枝上。
啊，吉他琴！
心里刺进了
五柄利剑。

LA GUITARRA

Empieza el llanto
de la guitarra.
Se rompen las copas
de la madrugada.
Empieza el llanto
de la guitarra.
Es inútil callarla.
Es imposible
callarla.
Llora monótona
como llora el agua,
como llora el viento
sobre la nevada

Es imposible
callarla,
Llora por cosas
lejanas.
Arena del Sur caliente
que pide camelias blancas.
Llora flecha sin blanco,
la tarde sin mañana,
y el primer pájaro muerto
sobre la rama
¡Oh guitarra!
Corazón malherido
por cinco espadas

（加西亚·洛尔迦，2016：14-15；戴望舒译）

《最初的愿望小曲》是一首轻快的小曲，诗节很短，末尾关键词重复，使用具有感染力的旋律。戴望舒将原诗的欢快、梦幻的色彩气韵传神地译出：

最初的愿望小曲	CANCIONCILLA DEL PRIMER DESEO
在鲜绿的清晨,	En la mañana verde,
我愿意做一颗心。	quería ser corazón.
一颗心。	Corazón.
在成熟的夜晚,	Y en la tarde madura
我愿意做一只黄莺。	quería ser ruiseñor.
一只黄莺。	Ruiseñor.
(灵魂啊,	(Alma,
披着橙子的颜色。	ponte color naranja!
灵魂啊,	¡Alma,
披上爱情的颜色。)	ponte color de amor.)
在活泼的清晨,	En la mañana viva,
我愿意做我	yo quería ser yo.
一颗心。	Corazón.
在沉寂的夜晚,	Y en la tarde caída
我愿意做我的声音。	quería ser mi voz.
一只黄莺。	Ruiseñor.
灵魂啊,	¡Alma,
披上橙子的颜色吧!	ponte color naranja!
灵魂啊,	¡Alma,
披上爱情的颜色吧!	ponte color de amor!

（加西亚·洛尔迦,2016:38-39;戴望舒译）

戴望舒杰出的译作使得洛尔迦的诗歌获得了新生。洛尔迦的代表作之一便是那首《梦游人谣》,熟悉洛尔迦的中国读者都能朗诵出几句:"绿啊,我多么爱你这绿色。/绿的风,绿的树枝。/船在海上,马在山中。/影子缠在腰间,她在露台上做梦。/绿的肌肤,绿的头发,还有银子般沁凉的眼睛。/绿啊,我多么爱你这绿色。"这首诗充满安达鲁西亚地区的地方色彩,运用叠句,首尾呼应,不断重复主旋律,将故事叙事层层推进。北岛说"船在海上,马在山中"这句尤其传神:"真是神来之笔:忠实原文,自然顺畅,又带盈盈古义。"(2020:138)

戴望舒还翻译了洛尔迦的《西班牙宪警谣》,这首诗表达了对法西斯主义的痛恨,形式上延续了民歌的传统。诗中运用了象征主义的写作手法,用黑色

的物象将法西斯给人带来的恐怖大肆渲染出来:

西班牙宪警谣

　　(节选)

黑的是马。	Los caballos negros son.
马蹄铁也是黑的。	Las herraduras son negras.
他们大氅上闪亮着	Sobre las capas relucen
墨水和蜡的斑渍。	manchas de tinta y de cera.
他们的脑袋是铅的	Tienen, por eso no lloran,
所以他们没有眼泪。	de plomo las calaveras.
带着漆皮似的灵魂	Con el alma de charol
他们一路骑马前来。	vienen por la carretera.
驼着背,黑夜似的,	Jorobados y nocturnos,
到一处便带来了	por donde animan ordenan
黑橡胶似的寂静	silencios de goma oscura
和细沙似的恐怖。	y miedos de fina arena.
他们随心所欲地走过,	Pasan, si quieren pasar,
头脑里藏着	y ocultan en la cabeza
一管无形手枪的	una vaga astronomía
不测风云。	de pistolas inconcretas.

(加西亚·洛尔迦,2016:62-63;戴望舒译)

　　通过译诗,戴望舒在写诗的风格和语言上也受到了影响。戴望舒一生共写了 92 首诗,最后一个诗集《灾难的岁月》收录的是他写于 1934 年至 1945 年间的诗。这部诗集共收录 25 首诗,这些诗在主题上和写作技巧上都跟他先前的诗不一样。译诗让他开阔了视野。"20 世纪 30 年代晚期,在翻译了洛尔迦和其他西班牙反法西斯诗人的作品之后,戴不再那么关注'小我',二是有了公众意识,开始写诗表达自己对日本侵略者的愤恨。尽管与往日一样抒情,他却有了一种新的力量,甚至是一种斗志昂扬的士气。"(王佐良,2016:202)《元旦祝福》《抗日民谣》《狱中题壁》《我用残损的手掌》等诗即是戴望舒诗艺变化的表现。

　　例如,戴的《抗日民谣》一诗,采用的是民谣的形式;因为民谣形式简短,简单易懂,朗朗上口,就像被西班牙人民口口相传的洛尔迦的歌谣,具有民歌情调,贴近人民的特点。洛尔迦极其重视作品的传播以及作品的社会功能。从主题上来看,《抗日民谣》彰显了戴的抗日精神,反法西斯也是洛尔迦诗歌的一大主题。"如果把戴的所有这些转变都归功于洛尔迦一人有点言过其实,那说这位西班牙诗人在促使他关注新主题、形成新诗风方面起到一定的作用,应该不为过吧?"(王佐良,2016:203)

抗日民谣(四首)

一

神灵塔,神灵塔,
今年造,明年拆。

二

神风,神风,
只只升空,落水送终。

三

玉碎,玉碎,
哪里有死鬼,
俘虏一队队,
老婆给人睡。

四

大东亚,
阿呀呀,
空口说白话,
句句假。

(戴望舒,1999a:147)

通过戴望舒的翻译,洛尔迦被介绍到中国,影响了北岛、孙康、芒克、顾城等中国诗人。北岛说,"当《洛尔迦诗抄》气喘吁吁经过我们手中,引起一阵激动。洛尔迦的阴影曾一度笼罩北京地下诗坛。方含(孙康)的诗中响彻洛尔迦的回音;芒克失传的长诗《绿色中的绿》,题目显然得自《梦游人谣》;八十年代初,我把洛尔迦介绍给顾城,于是他的诗染上洛尔迦的颜色"。

第五节　西班牙抗战谣曲

1936 年,西班牙内战爆发,震惊中外。这场战争是西班牙共和派和佛朗哥代表的法西斯军事独裁派的对决,于 1939 年以法西斯的胜利而宣告终结。战争造成了西班牙经济上的大衰退,国内民不聊生,很多诗人拿起笔杆作武器,坚决同法西斯做斗争,写出了一首首鼓舞人心的诗作,在诗歌中留下了深刻的战争烙印,被称为内战与战后诗歌。

西班牙内战战情也引起了国内的极大关注。当时中国对这一战事进行实时跟进,主流报刊都有战况报道,声援西班牙人民对法西斯势力的反抗。西班牙文学作为弱小民族文学就是在这一时期进入更多人的视野中的。

1937 年 4 月《译文》第 3 卷 2 期开设《西班牙文学专号》,重点译介西班牙文学。这一期刊登了《当今的西班牙文学》(苏联 F. 凯林作,铁铉译)、《马德里—瓦伦西亚—巴塞罗那》(E. 索马柯依斯作,绮萍译)等篇章。其中包括孙用译介的三首西班牙歌谣,分别是 J. 厄雷拉的《铁甲车》、P. 依·贝尔特朗的《格拉纳达的新凯旋歌》和 M. 阿参拉格勒的《为印刷家萨都尔尼诺·鲁依兹作》。

1942 年《诗创作》第 7 期的《翻译专号》刊登黄药眠翻译的《给费塔里科》(E. 帕拉多)、《看,那些士兵》(F.V. 拉摩)、《连娜峨登娜》(L. 瓦列拉)、《人民队长》(M. 阿尔托拉格尔)、《给国际纵队》(R. 阿尔培特)、《西班牙是不能够被奴役的》(V. D. 沃达)、《威拉佛兰加的民警》(P. 加尔菲亚)、《被放逐者》(A. 拍拉查)、《谁会在这儿经过》(A. 阿帕里西峨)、《卡尔庇峨尔》(M. 阿尔托拉格尔)等诗。同年,这些诗由桂林诗创作社集结成《西班牙革命诗歌选译》出版,包括西班牙 10 位诗人的 11 首短诗。1950 年,中外出版社再版。在《写在卷首》中,黄药眠说这些西班牙语诗都是根据 R. 涵菲里士的英译本转译而来的,原诗是歌谣体,是由诗人们模仿民歌风格而作,所以翻译起来特别困难,诗的内容能翻译出来,但是歌谣体却很难用中文呈现出来。谈到这些革命诗歌的意义,他说,"西班牙的内战,促使着所谓'无脊椎'的西班牙精神复活起来了,他们复活了西班牙人民最喜爱的诗歌传统——中世纪的民歌。……当我们今天重读这西班牙革命诗人们的诗,想起了那些革命的先烈,真不禁令人发生无限的感慨。但西班牙的人民是不可能永远屈服的,我们相信终有一天,革命的怒火又会重新燃烧起来,到那时,革命的诗人将会以更嘹亮的歌喉来歌唱他的祖国! 让我们在这里就先来一个预祝吧!"(黄药眠,1950:2-3)

方信也翻译了 51 首西班牙革命歌谣,其中部分发表于《文艺新潮》1940年第 2 卷第 5 期,后以《西班牙歌唱了》为书名,由上海诗歌书店 1941 年 4 月出版。1948 年更名为《西班牙人民军战歌》,由大连光华书店再版(谢天振、查明建,2004:540)。

最有影响力的应数戴望舒的译本。1939 年,戴望舒与诗人艾青合办诗刊《顶点》,创刊宗旨就是"抗战时期的刊物,发表抗战的作品"。戴在第 1 期发表翻译的《西班牙抗战谣曲选》,受到了极大的重视。戴望舒参照的译本是 1937年马德里的西班牙出版社印行的《西班牙战争谣曲选》(*Romancero general de la guerra de España*),他计划选译 20 首。但是译事因香港沦陷而未完成。在此谣曲选中,他翻译了西班牙阿尔贝蒂(Rafael Alberti)的《保卫马德里,保卫加达鲁涅》,阿莱克桑德雷(Vicente Aleixandre)的《无名的军民》《就义者》,洛格罗纽的《橄榄树林》,贝德雷德的《山间的寒冷》,柏拉哈(Emilio Prados)的《流亡之群》,鲁格的《摩尔逃兵》,维牙的《当代的男子》。在 1939年,刊登阿尔陀拉季雷的《霍赛·高隆》(《星岛日报·星座》第 237 期)、泊拉陀思的《流亡人谣》(《星岛日报·星座》第 297 期)。这些作者都是西班牙当代著名诗人,其中阿莱克桑德雷是 1977 年诺贝尔文学奖得主。1946 年,《西班牙抗战谣曲选》被列入"大地文学丛书",由香港大地书局出版。

西班牙抗战谣曲是为西班牙抗战服务的。当时写抗战诗歌的诗人群体非常庞大,来自社会的各个阶层,不知名的诗人有近 4 000 位,写出的作品有万余首(赵振江,2017:167)。戴选译的这些诗都是战争诗歌中的精品,由有名的"职业"诗人所创作。戴在该书的跋中介绍道:这些诗都是谣曲形式,所谓谣曲即每句八音步,重音在第七音步上。逢双押韵,全诗一韵到底。谣曲题材简单,音律适合人民的思想和音乐的水准,都是诗人在战争环境中的有感而发,充满斗志昂扬的激情。这些反法西斯的谣曲曾在报刊、小册子、明信片上发表,还通过广播、电台等朗诵传播,以及谱成歌曲由街头艺人传唱,将激昂、充满斗志的力量传遍西班牙,甚至传到了敌人的后方。戴希望通过译介这些抗战谣曲给抗日战争时期身处于水深火热之中的中国人民加油鼓气,使他们坚信正义必定会战胜邪恶。在文章的最后,他说,"现在,西班牙争自由民主的波浪已被法西斯凶党压下去了,可是人民的声音是不会绝灭的,不论伪民主国家怎样支持着法西斯余孽法朗哥,爱自由的西班牙民众总有一天会再起来的。那时候,这些在农村,工厂,牢狱中被低声哼着的谣曲,便又将高唱入云了"(戴望舒,1999a:592)。

无名的民军

不要问我他的名字。

前线上你们有他在，

沿着河流的堤岸：

全城都有他在。

每个早晨他起来，

晨曦就在他身上洒

一片生命的光彩，

和一片死亡的光彩。

像钢铁一样挺直身子

他每个早晨起来，

一道死光辉煌着，

在他的目光所及。

不要问我他的名字，

不会有人能记忆。

和晨曦或落日一同。

他每天挺身而起，

奔跳,握枪,前进,追袭;

格杀,突破,冲锋,胜利;

他站在那里就留住

像岩石一样决不退避;

他压溃敌人像山一样沉重,

攻击敌人像箭一样锐利。

马德里全城都奉他为神明;

马德里凭他的颤颤而奔跳徐疾;

他的脉搏奔跃、沸腾着

美丽而炙热的血液,

而在他咆哮着的心中

有几百万人的歌声洋溢。

我不知道他以前做什么:

全城都拥有这样的儿郎,

马德里全城都给他以支撑！

一个躯体，一个灵魂，一个生命

像巨人般屹立堂堂，

在英勇的民军的

马德里的城门旁！

他是高个子，金黄硬发瘦子？

棕色头发，结实，坚强？

像大家一样。他就像大家！

他的名字呢？他的名字回翔

在嘶嗄的骚音上面，

活活地回翔着，介于死亡；

回翔着像一枝洁白的花，

永远活着，与天地共久长。

他名昂德雷斯或法朗西斯各，

他名叫贝特罗·古狄莱，

路意斯或胡昂、马内尔、李加陀

霍赛、罗伦梭、维生代……

不是。他唯一的姓名

永远是"无敌的人民"。

（维森特·阿莱克桑德雷，1999:565-567；戴望舒译）

因为歌谣体通俗易懂，易于流传，戴望舒受此影响，主张在诗歌创作中要写民众易懂的歌谣体之类。他在《关于国防诗歌》一文中指出，当时中国出现的"国防诗歌"具有功利主义性，缺乏艺术之崇高；诗中虽有阶级、反帝、国防或民族的意识情绪的存在，但是缺少诗性，而且晦涩难懂、枯燥无味。茅盾对他的这项翻译工作做出了高度评价："外国民间艺术形式也有供我们借镜观摩的价值。在这意义上，戴译《西班牙抗战谣曲选》的问世，因不能使我们对于现代西班牙人民文学更多认识的要求得到满足，而对于我们新诗的大众化也许是一种参考吧。"（1947:11）

戴望舒自己在译诗的过程中，也受到了西班牙抗战谣曲的影响。他后期创作的诗歌充满了革命色彩，他开始在诗中表达对日本侵略者的愤恨，且不失抒情性，态度激昂、铿锵有力。他的《元日祝福》即代表了他风格的转变，诗中激昂有力的腔调震撼人心：

元日祝福

新的年岁带给我们新的希望。

祝福! 我们的土地,

血染的土地,焦裂的土地,

更坚强的生命将从而滋长。

新的年岁带给我们新的力量。

祝福! 我们的人民,

坚苦的人民,英勇的人民,

苦难会带来自由解放。

（戴望舒,1999a:140)

北塔认为戴的这首诗肯定是借鉴了西班牙抗战谣曲,具有明显的谣曲风格,浅显易懂,朗朗上口,这种风格在他以前的诗歌中从来没有出现过(北塔,2020:261)。在这首诗中,可以看到戴以前的"小我"变成了"大我",从"我"变成了"我们"。艾青评价说:"写这样的诗,对望舒来说,真是一个了不起的变化。我们在他的诗中发现了'人民''自由''解放'等等的字眼了。"(艾青,1983)

在译介这些西班牙抗战谣曲期间,戴望舒曾写信给艾青,他说,"……诗是从内心的深处发出来的和谐,洗炼过的;……不是那些没有情绪的呼唤。抗战以来的诗我很少有满意的。那些浮浅的,烦躁的声音,字眼,在作者也许是真诚地写出来的,然而具有真诚的态度未必是能够写出好的诗来。那是观察和感觉的深度的问题,表现手法的问题,各人的素养和气质的问题"(2018:232)。他的这一观点跟他翻译的西班牙诗人马努埃尔·阿尔陀拉季雷(Manuel Altolaguirre)的观点相似。戴望舒在马努埃尔诗歌的《译后记》中,译出了这位西班牙诗人对诗的意见:"正和任何恋爱的表现一样,诗可以是一种希望和一种创造,而诗人呢,正和任何在恋爱中的人一样,需要睁大了眼睛看生活,因为它是最好的诗神,这样他终于会现实了他的作品。"(1983:192)

戴译了好几首阿尔陀拉季雷的诗,其中一首是《马德里》:

马德里

战争的地平线,它的光,

它的如此短暂的不意之日出,

它的飞逝的黎明,期望,火,

繁殖着不尽的死亡。

在这马德里的夜间,孤独,忧愁,

前线和我的前额是同一字,

而在我的凝视上,象一曲哀歌似地、

英雄们破灭,他们沉落到

我的脸儿的绿色之深渊。

我知道我是被抛弃,孤独,

知道和我前额平行的前线

鄙弃我的忧伤又伴着我。

在光荣的火圈前面,

我不能追忆什么,任何人的任何事。

任何往事的记忆,欢乐,

我都不能从过去中兜上心来。

没有别离、传说、希望

来用它们的幻觉抚慰我的沉痛。

在这马德里,面对着死亡,

我的狭窄的心隐藏着

一种使我忧伤着的,

在这英雄之广野前

我甚至不能对这黑夜揭露的爱。

(马努埃尔·阿尔陀拉季雷,1999:574;戴望舒译)

阿尔陀拉季雷的这首《马德里》感情真挚,诗人被忧伤的情绪所淹没,对陷入战争乌云中的马德里流露出一种痛心又无力之感。戴在 1943 年写的《心愿》一诗与阿尔陀拉季雷的这首《马德里》不得不说有一些情感的共鸣,同样感人肺腑:

心愿

几时可以开颜笑笑,

把肚子吃一个饱,

到树林子去散一会儿步,

然后回来安逸地睡一觉?

只有把敌人打倒。

几时可以再看见朋友们,

跟他们游山,玩水,谈心,

喝杯咖啡,抽一支烟,

念念诗,坐上大半天?

只有送敌人入殓。

几时可以一家团聚,

拍拍妻子,抱抱儿女,

烧个好菜,看本电影,

回来围炉谈笑到更深?

只有将敌人杀尽。

只有起来打击敌人,

自由和幸福才会临降,

否则这些全是白日梦

和没有现实的游想。

一九四三年一月二十八日

(戴望舒,1999a:153)

第六节　拉菲尔·阿尔贝蒂的《中国在微笑》

拉菲尔·阿尔贝蒂(1902—1999)是继布拉斯科·伊巴涅斯之后又一位来华旅行的重量级西班牙作家。他出生于西班牙南部安达卢西亚地区,是同洛尔迦、纪廉、萨利纳斯、阿莱克桑德雷、塞儿努达齐名的"二七一代"诗人,被认为是西班牙白银世纪文学中最杰出的诗人之一,是 1983 年塞万提斯文学奖得主。他的诗歌创作主要分为五个时期:新大众主义(popularismo)、贡戈拉主义(gongorismo)、超现实主义、政治诗歌和怀乡之歌(poesía de la nostalgia)。主要代表作品有《陆地上的水手》(1925)、《紫罗兰的黎明》(1927)、《石灰与歌》(1927)、《关于天使》(1928)、《号令》(1933)、《十三条和四十八颗星》(1936)、《人民的春天》(1961)、《罗马,步行者的危险》(1968)、《街头诗人》(1978)等三十余部诗作。

"二七一代"的诗人大多出生于 20 世纪初期,深受西班牙著名哲学家奥尔特加·加塞特(Ortega y Gasset)的影响,他们是西班牙第二共和国的拥护者,具有先进的知识分子意识形态。阿尔贝蒂于 1931 年加入西班牙共产党。在西班牙内战时期(1936—1939),阿尔贝蒂任马德里知识分子反法西斯联盟书记,因为共产党员的身份和对西班牙人民权利的坚决捍卫,在佛朗哥军事独裁统治开始后被迫流亡,直到 1977 年由于君主制的恢复才重新回到了祖国。内战时期,他写下了数首义愤填膺的诗,为被剥夺权利和自由的西班牙人民发声。拉菲尔·阿尔贝蒂的抗战诗歌最早被戴望舒、黄药眠等人译介到中国,所以他对中国读者来说并不是一个陌生的西班牙诗人。早在 1939 年,戴望舒就在《顶点》创刊号发表了他翻译的《保卫马德里》,参照的是马德里的西班牙出版社出版的《西班牙战争谣曲选》(*Romancero general de la guerra de España*, 1937)。

保卫马德里

马德里,西班牙的心,
脉搏狂热地奔跃。
昨天他的血已烧得很热,
今天却更热地燃烧。
它已经不能睡觉,
因为马德里所以要睡觉,
是为了可以一天醒来,
可是黎明却不会来相招。
马德里,不要忘记战争,
你永远不要忘掉
在你前面,敌人的眼睛
把死的视线向你抛。
在你的天空中
鹰鹫在那儿飞绕,
想扑向你红色的瓦屋,
你英勇的百姓,你的街道。
马德里,但愿永不要说,
永不要传言或想到
在西班牙的心中
热血会像冰雪消。
英勇和忠耿的泉源,

你该把它们永保，
巨大的惊人的江河
该从这些泉源流涌滔滔，
但愿每一个城区，
当那不幸的时辰来到，
这时辰决不会来的，
都比强大的要塞坚牢；
人人都像个城寨；
他们的额角像碉堡，
他们的胳膊像长城，
像门户，谁也不能来打扰。
谁要和西班牙的心
来较量，就让他来瞧瞧。
快点，马德里还远哪。
马德里知道自己防保。
用肩，用脚，用肘子，
用牙齿，用指爪，
挺胸凸肚，横蛮强直，
临着达霍河的绿波渺渺，
在纳伐尔贝拉尔，
在西关沙，在有枪弹呼啸
的地方——那些枪弹，
想把它的热血冷掉，
马德里，西班牙的心，
土地的心，在它的底奥，
要是挖一下，就看见有一个
又深又大又堂皇的大洞窖。
像是一个山涧，等待着……
只要把死亡往里抛。

（拉菲尔·阿尔贝蒂，1999:559-561;戴望舒译）

　　戴望舒的译作很好地将原诗斗志昂扬的情绪还原出来，这些西班牙抗战谣曲正是当时国内所需要的，起到了鼓舞人心的作用。黄药眠也翻译了几首阿尔贝蒂的抗战谣曲,包括《给国际纵队》《你没有死》等诗篇,发表在1942 年《诗创作》第 7 期的《翻译专号》,后由中外出版社在 1950 年单独出版发行。

阿尔贝蒂与洛尔迦同是安达卢西亚老乡,相识而且也十分要好,都是由戴望舒先生译介到国内的;阿尔贝蒂在中国的影响力虽然远不如洛尔迦,但也是经常会被北岛、顾城等人与洛尔迦相联系的西班牙大诗人。

1957 年,受中国作家协会之邀[①],拉菲尔·阿尔贝蒂及妻子玛丽亚·特蕾莎·莱翁(María Teresa León)来中国参观游览,这次中国之行对阿尔贝蒂产生了深刻的影响,这种影响不仅体现在他的作品创作中,也体现在他本人的世界观和人生观上,他经常称自己为"一个中国—意大利—阿拉伯—安达卢西亚画家"。这次中国之旅对这位西班牙诗人意义非凡。他的共产党员身份以及马克思主义信仰使他对来中国参观充满了无限期待,他想亲自看一下在毛主席的领导下,中国经历革命后的巨大的社会变革。他及夫人在中国作家协会的安排下游览了沈阳、北京、成都、重庆、杭州、上海等地。这些游历成就了诗集《中国在微笑》(Sonría China),由阿尔贝蒂夫妇共同书写,经布宜诺斯艾利斯雅各布·穆奇尼克(Jacobo Muchinik)出版社于 1958 年出版。诗集分为三部分,分别为"中国在微笑""花的国度""长城之歌",由 28 首诗组成。这本诗集及阿尔贝蒂的其他许多诗被赵振江教授于 2009 年译成中文,当时为纪念阿尔贝蒂逝世十周年,阿尔贝蒂的遗孀(María Asunción Mateo)授权赵老师翻译。于是阿尔贝蒂的《中国在微笑》在 2009 年由河北教育出版社出版,得以与中国读者见面。诗人的遗孀为该书撰写了序言,她写道:

> 拉菲尔·阿尔贝蒂是一个世界公民,尽管他的根从未脱离过自己热爱的大海的景色。他那令人羡慕的生命力(他曾说:"我从未想过死")使他一直在不知疲倦地旅行,几乎直至生命的终结。对于自己是一位"街头诗人",一位与人民同甘苦的伟大诗人,他总是洋洋自得。他从不想成为消极的,没有承诺着的"坐着的诗人"。在历史的关键时刻,他的声音总是在揭露国家的非正义和困难,但又从不忽视任何外来的呼唤,支援各国被压迫的人民。

---

① 被中国作家协会邀请的西语作家还包括西班牙作家布拉斯·德·奥特罗(Blas de Otero,1916—1979)、古巴诗人尼古拉斯·纪廉(Nicolás Guillén,1902—1989)和危地马拉作家米格尔·安赫尔·阿斯图里亚斯(Miguel Ángel Asturias,1899—1974)。

　　1957 年对中国的访问对阿尔贝蒂的创作产生了深刻的影响。毛泽东使中国产生的进步，中国的风俗习惯和古老文化，中国奇特的风景，她的人民，她的女人们"樱桃般"鲜嫩的皮肤……无不令他惊诧。在北京他拜访了令人尊敬的九十九岁高龄的画家齐白石，后者送给他一幅漂亮的裱好的水彩画，一幅画家晚年的作品。他还结识了诗人艾青。他给他们二人写下了很美的诗。

（阿松森·马黛奥，2009:10）

　　阿尔贝蒂夫妇除了与中国拥有共同的政治理想外，还对中国文化和社会怀有钦佩之情。飞机还未落地，他们的心已在期待："睡意朦胧/缓慢、单调的风景/和迫不及待地/要结束/旅行/并到达北京。北京！北京！天空明亮。/一切就好像/太阳使中国的微笑/绽放在她旗帜的唇上。"（拉菲尔·阿尔贝蒂，2009:23;赵振江译）。他眼中的中国是美好的，他写道：

中国在微笑

中国在微笑……多么美妙，
多么宝贵的微笑！
黎明在微笑……太阳
是一个长长的微笑。
河水在微笑……田野
是一个长长的微笑！
孩子在微笑……星星
是一个长长的微笑。
中国在微笑…世界
是一个长长的微笑。
在中国的花园里
鲜花开了。

（拉菲尔·阿尔贝蒂，2009:25;赵振江译）

　　在他的诗中，中国是一幅历史悠久、欣欣向荣、百花齐放、人民安居乐业的画。他赞美中国的京剧、中国的大好河山、中国的劳动者、中国的乡村……他的诗是甜美和轻快的。

从上海到杭州

鲜花,鸟儿,树木:
一切都像刺绣。
稻田上水牛
拉着犁仗走。
平地上是果园,
山地上是梯田。
桥上垂钓者
形只影自单。
水湾的翠竹间
停泊着小船。
佛教的宝塔
灰色的砖。

(拉菲尔·阿尔贝蒂,2009:93;赵振江译)

　　在这本诗集中,阿尔贝蒂还写了 7 首《致诗人艾青(读他的诗作〈我的父亲〉)》。艾青早在 30 年代就知道这位西班牙诗人,在戴望舒翻译西班牙抗战谣曲时,他曾与戴通过书信交流过西班牙诗人的创作,其中就包括阿尔贝蒂。阿尔贝蒂在中国之旅中会见了艾青,两人结下了深厚的友谊,这一关联也是因为两人共同的好友——智利诗人聂鲁达。阿尔贝蒂是巴勃罗·聂鲁达的知心好友,而聂鲁达曾三次到访中国,第二次来华受到了艾青的接待与陪同。艾青也在 1954 年去智利参加了聂鲁达 50 岁的生日庆祝活动。也许因为拥有一个共同的朋友,也因为互相拜读了对方的诗作,这两位中西诗人互相欣赏,结下了不解之缘。在离开中国回到南美洲以后,阿尔贝蒂写下了这几首诗表达对艾青的思念。

　　I

艾青,我的朋友:
中国已经那么遥远,我在
美洲这冰冷的夜晚将你思念,
在一根燃烧的木桩旁边,
一棵美丽坚强的树,
像一位倒下的可怜的战士,

抵御着追杀他的火红的剑。

（拉菲尔·阿尔贝蒂,2009:125;赵振江译）

Ⅶ

艾青,我的朋友,现在我和你,

也和你父亲那平静的影子告别,

在美洲这冰冷的树林里,我将一朵

西班牙的康乃馨放在你心窝,

请你抱紧它,直至肯定有一天,我的手,

在目前依然被捆绑的土地上

接待你,请等着我。

（拉菲尔·阿尔贝蒂,2009:145;赵振江译）

很遗憾,两位诗人未能再见面,艾青也没能读到阿尔贝蒂写给他的诗,但是两位诗人的深厚友谊成为中国和西班牙文学交流史中灿烂的一笔。

第三章　现代性视域下的中国体验 与东方魅力

在 19 世纪末和 20 世纪初,东方主义作为现代主义文学潮流中的异国情调在西方文学中盛行,"异国情调是一种影响所有世纪末感性的现象"(Litvak,1986:12)①。值得注意的是,日本先于中国对欧洲文学产生了深刻影响②。这种影响首先来自商业活动。1850 年左右,日本被迫向国际开放自由贸易,同时期中国也遭受了被迫开放口岸开展对外贸易的打击。由商业贸易引起的追寻异国情调的热潮席卷了整个欧洲。自 1851 年以来,东方艺术作品不断出现在伦敦和巴黎万国博览会,备受关注。1867 年巴黎万国博览会的开幕被认为是文化交流的一个关键点,当时日本政府选送的当代日本绘画让西方艺术家们耳目一新。这些作品启发了一批收藏家和画家,很多画家模仿了这种日本画风及主题,如莫奈、德加、伯蒂、龚古尔兄弟、左拉、亨利·蒂索、尚弗勒里等。这种美学被许多艺术家所吸收,最终影响了新艺术运动的出现。梵高就是最具代表性的人物之一,他也启发了印象派的创造者克劳德·莫奈。

不可否认,绘画与文学和音乐有着相互促进的关系,绘画中的印象主义和象征主义也启发了文学灵感:"波德莱尔关于 1845 年和 1846 年沙龙的文章标志着当代绘画热情的开始[…]。马拉美有来自两个学派的朋友,例如雷东、惠斯勒、高更、蒙克和马奈。魏尔伦也跟马奈相熟,他在 1870 年至 1874 年期间写的《无言的浪漫》(*Romances sans paroles*)中的印象派技巧经常被人们注意。"(Gayton,1975:22-23)

---

① 此书中来源于外文书刊的直接引用均为本书作者从英语或西班牙语直接翻译成中文的。

② 许多学者研究过这个课题,如 Lily Litvak。日本俳句诗歌和能剧的影响在当时的许多文学文本中都很明显,例如在西班牙文学中,费德里科·加西亚·洛尔迦、豪尔赫·路易斯·博尔赫斯、奥克塔维奥·帕斯等人都实践过使用俳句。

这些艺术流派强调主观印象而不求精确,并利用纯色和光的功能等推动了 19 世纪下半叶绘画、音乐和文学领域的发展变革。这种审美手法有点类似于在佛教和道教的影响下对东亚艺术产生的审美方法,即通过视觉感知来传达意识形态。

东方主义的另一方面表现在对东方物品的追求上。例如在莫奈的一幅画作中,他的妻子穿着和服,背景是日本纸扇,反映了欧洲对具有异国情调的纺织品、陶瓷、家具等的热情,符合世界主义和资产阶级消费者的新态度:

> 在大西洋彼岸的资产阶级中,有一个真正的奢侈品市场,需要跟上时代,了解从巴黎传来的时尚潮流。资产阶级寡头的工业和经济发展唤醒了当时不存在的消费习惯,这体现在室内装饰、装饰品、家具……
>
> (Rodríguez,2007:15)

在商业利益的推动下,中国馆出现在 1888 年巴塞罗那万国博览会上,见图 3.1。

图 3.1　1888 年巴塞罗那世界博览会中的中国馆

此照片最初被发表于杂志 *La Ilustración. Revista Hispano Iberoamericana*,año IX,No. 404,发布日期为 1888 年 7 月 29 日。图片来源于《中西档案(1800—1950)》中的"中国部分,巴塞罗那世博会"。

同年,香港的著名商店广昌安店(Kwong Chong On)在巴塞罗那费尔南多大街(今天的费兰大街)开设分店,售卖中国商品。该商店曾多次在报纸上登广告,例如出现在 1890 年 9 月 18 日的《巴塞罗那日报》。

与日本元素一样,中国元素在象征主义、帕纳西斯主义和现代主义文学中,象征着奢华、遥远而孤独的花园、异国情调、深奥和神秘主义。此时期的西班牙文学深受法国象征主义的影响,而法国象征主义中无不浸透着异国情调,出现了许多中国意象。这进而促进了中国古典文学,尤其是中国古典诗歌的译介与传播,使得中国文学成为西方现代主义文学的一部分的影响因素。

本部分将在实在性关系和创造性转化层面探讨中国文学是如何滋养和启迪西班牙文学的。此时期西班牙受现代性、反传统的叛逆气候影响,文学上疲于创新。在此背景下,中国古典诗歌及中国古典文化在文学创造形式和思想层面为西班牙文学注入了活力,尤其是启发了一批西班牙现代主义诗人的诗歌创作。此外,中国素材作为现代主义文学中重要的"异国情调"在西班牙文学中屡见不鲜。鲁文·达里奥(Rubén Darío)虽是尼加拉瓜人,却是西班牙现代主义运动最杰出的代表性人物。中国主题是他诗歌和散文想象、意境创造的基本元素之一。巴因-克兰(Valle-Inclán)、洛尔迦无疑都是达里奥的追随者,中国意象也频繁出现在他们的诗歌创作中,对此需要进行认真的梳理和研究。皮奥·巴罗哈(Pío Baroja)是"九八一代"的另一位传奇作家,他塑造了西班牙巴斯克民族的民族精神。这位西班牙作家对中国及中国文化表现出了浓厚的兴趣,他耕耘二十载之久的系列杜撰历险记里的冒险家奇米斯塔船长就游历到了东方的菲律宾和中国。书中有大量对中国形象的塑造,这些意象从何而来? 中国文化及文学是如何渗透到西班牙文学中的? 这是本部分需要阐释并尝试解答的问题。

第一节　鲁文·达里奥之中国印象
与他者想象

尼加拉瓜诗人鲁文·达里奥(Rubén Darío,1867—1916)的创作中经常出现中国意象。他从 18 岁起,就用诗歌赞美中国。他虽然不是西班牙人,却被公认为西班牙语文学世界现代主义诗人的最高代表,是 20 世纪西班牙诗歌领域影响最大和最持久的诗人。他的文集《蓝》(*Azul*)发表于 1888 年,也是他初出茅庐、初露锋芒的作品,标志着美洲现代主义的形成。他的另一代表作《世俗的圣歌》(*Prosas profanas y otros poemas*)发表于 1899 年,是他最杰出的诗集。他本人也于 1896 年第一次到达西班牙,并深刻地影响了一批西班牙文人,为疲惫不堪、缺乏创新力的西班牙文学注入了新的写作视角、意象以及写作技巧[①]。评论家迪亚斯-普拉哈(Díaz-Plaja)说:"如果没有西语美洲的影响,何谈西班牙的现代主义?"(Díaz-Plaja,1979:271)从这两部作品都能清晰地看见其受法国帕纳西斯主义影响的影子,作品《蓝》的第二版由当时西班牙著名作家胡安·瓦莱拉(Juan Valera)作序,他写道:

> 阅读《蓝》的书页……,我发现您深受最新的法国文学的影响,例如雨果、拉马丁、穆赛特、波德莱尔、勒贡特·德·列尔、泰奥菲尔·戈蒂耶、保罗·布尔热、苏利·普吕多姆、都德、左拉、巴尔贝·多尔维利(Barbey d'Aurevilly)、卡蒂尔·孟戴斯(Catulle Mendes)、罗利纳(Rollinat)、龚古尔(Goncourt)、福楼拜(Falubert)等诗人和小说家。您对他们的研究和理解都非常透彻。
>
> (Juan Valera,1977:12)

上述这些法国作家已经在西班牙广为人知,被克拉林、阿索林和瓦莱拉,以及马查多兄弟提到过,拉蒙·希梅内斯(Ramón Jiménez)在巴黎逗留期间还与法国象征主义者有过直接和间接的接触。而且 19 世纪末大部分的西班牙作家都讲法语,他们可以直接阅读法语文本。拉蒙·希梅内斯也证实了这一点,说在阅读鲁文·达里奥之前已经用法语阅读过魏尔兰(Ferreres,1975:64)。但却是鲁文·达里奥吸收借鉴了这些法国作家的精华,将其与西班牙语及西班牙语文化统一起来,用富有感染力的热情融入自己的创作中,形成了他独特的风格。他的作品如一股新流在西语文学中脱颖而出,用瓦莱拉的话说:"您既不浪漫,也不自然主义,不神经质,不颓废,不象征,也不帕纳西斯。您搅动了一切:您将它们放在您大脑的蒸馏器里煮,从中提取了一种稀有的精华。"(Valera,1977:12)鲁文·达里奥用西班牙语对上述法国作家的写作思想做了独特改编,其语言技巧是超凡的,对当时的西班牙文坛影响巨大。很多西班牙

---

①　他抛弃传统的亚历山大十一音节诗,而使用亚历山大十四行诗,对西班牙语诗坛产生了重要影响。

作家正是通过鲁文·达里奥才更好地吸收借鉴了法国的象征主义文学,推动了西班牙现代主义文学的发展。例如,1900 年出版的曼努埃尔·马查多(Manuel Machado)的《灵魂》(*Alma*)被认为是法国象征主义和鲁文·达里奥风格的融合。在巴因-克兰的几首诗中也有相似特点,体现为主题的同化和"具有鲁文·达里奥根源的神秘词汇",正如他的诗歌《玫瑰诗》("Rosa métrica")和《草药店》("La Tienda del Herbolario")中所展示的那样,这让人想起波德莱尔的风格(Valle-Inclán,2017b:15-16)。同样,他启发了后来的洛尔迦:"通过鲁文,并且在很大程度上通过鲁文,洛尔迦吸收了伟大的法国象征主义者,包括波德莱尔、韩波、魏尔兰和罗特亥阿蒙。他们非常清晰地在洛尔迦的第一部作品中产生了共鸣。"(García Posada,2004:11)他同样对 1956 年获得诺贝尔文学奖的西班牙诗人希梅内斯产生了深远影响,后者称其为自己的导师。

鲁文·达里奥的《蓝》是一部集短篇故事和诗歌于一体的文集,于 1888 年出版于智利,是作者最重要的作品之一。书中出现了许多中国意象。文中的第一篇《资产王》("El rey burgués")是一篇短篇故事,塑造了一位雍容华贵的国王,他拥有一座宫殿,里面到处是金银财宝,尤其是来自日本和中国的奢华珍宝:

> El rey tenía un palacio soberbio donde había acumulado riquezas y objetos de arte maravillosos.
>
>   * * *
>
> ¡Japonerías! ¡Chinerías! Por lujo y nada más. Bien podía darse el placer de un salón digno del gusto de un Goncourt[①] y de los millones de un Creso: quimeras de bronce con las fauces abiertas y las colas enroscadas, en grupos fantásticos y maravillosos; lacas de Kioto con incrustaciones de hojas y ramas de una flora monstruosa, y animales de una fauna desconocida; mariposas de raros abanicos junto a las paredes; peces y gallos de colores; máscaras de gestos infernales y con ojos como si fuesen vivos; partesanas de hojas antiquísimas y empuñaduras de dragones

---

① Edmond de Goncourt(1822—1896)于 1881 年出版了 *La Maison d'un Artiste* 一书,其中他介绍了东方艺术品,题为"东方内阁"的章节详细介绍了他家大房子里书架上的各种装饰物品(Llopesa,1996:174)。

devorando flores de loto；y en conchas de huevo, túnicas de seda amaril-
la，como tejidas con hilos de aranña, sembradas de garzas rojas y verdes
matas de arroz；y tobores, porcelanas de muchos siglos, de aquellas en
que hay guerreros tártaros con una piel que les cubre hasta los rinñones，
y que llevan arcos estirados y manojos de flechas.

（Rubén Darío，1977：30）

［译文］
国王有座华丽的宫殿，里面储存着金银财宝和奇妙的艺术品。
＊　＊　＊
如许之多的日本艺术品！如许之多的中国艺术品！却纯粹是为了摆阔。如果他高兴，完全可以装备一个符合龚古尔情致的沙龙，装备数百万个符合克雷所情致的沙龙。瞧，张着血盆大口、蜷着尾巴的青铜怪兽，奇里古怪、妙不可言地分群陈列；京都的瓷器，上面镶嵌着奇花异草的枝叶和陌生的动物；靠墙放着的古怪扇子上，装点着蝴蝶。那里有光怪陆离的鱼和公鸡，有相貌吓人、眼如活人一般的假面具；有十分古老的戟，戟柄上镶着几条正在吞噬荷花的龙；有蛋壳瓷、黄花袍（像是用蜘蛛丝织成的，上面绣着红鹤和绿稻）；还有那些有几百年历史的大瓷花瓶，瓶身上画着腰系兽皮、一手持弓一手握箭的鞑靼武士。

（鲁文·达里奥，2012：2；刘玉树译）

这一东方意境无疑取自法国象征主义、帕纳西斯和现代主义文学，逃避现实和世界主义是这些文学流派的一大特征，东方恰恰象征着异国情调、神秘、奢华和遥远的不可抵达的地方。达里奥十分憧憬东方，具有深厚的东方情节。前辈学者赵振江评价道，在他的作品中，"中国主题是其想象、意境和比喻的基本元素之一"（2021：xi）；"他笔下的中国形象都是优美的、高贵的、理想化的"，有时是为了"衬托环境、烘托气氛而设置的"（2021：xv）。

《蓝》中的另一篇故事《中国女皇之死》（"*La muerte de la emperatriz de la China*"）也出现了中国元素。"中国女皇"指的是文中主人公雕塑家雷卡雷多的朋友送给他的来自香港的精美的中国瓷器半身像，这个半身像是造成他妻子嫉妒的祸根，因为她的丈夫痴迷于日本和中国物品，日夜观察这个美丽的半身像而不能自拔。这一形象高贵、典雅、魅力四射，表达了达里奥对中国的向往。达里奥不仅对中国及中国物品感兴趣，还被中国文学吸引。文中主人

公雕塑家的爱好不局限于对象表面,他还对相关的文学作品感兴趣:

> Recaredo amaba su arte. [...] ¡ Y, sobre todo, la gran afición!
> Japonerías y chinerías. Recaredo era en esto un original. No sé qué
> habría dado por hablar chino o japonés. Conocía los mejores albums;
> había leído buenos exotistas, adoraba a Loti y aJudith Gautier, y hacía
> sacrificios por adquirir trabajos legítimos de Yokohama, de Nagasaki,
> de Kioto o de Nankín o Pekín: los cuchillos, las pipas, las máscaras feas
> y misteriosas, como las caras de los sueños hípnicos, los mandarinitos
> enanos con panzas de curcubitáceos y ojos circunflejos, los monstruos de
> grandes bocas de batracio, abiertas y dentadas, y diminutos soldados de
> Tartaria, con faces foscas.

(Rubén Darío, 1984:107-108)

[译文]

雷卡雷多热爱自己的艺术。[……]特别值得一提的是他独特的爱好,他喜欢日本和中国艺术! 在这方面他简直有怪癖,我可以说,为了能讲汉语和日语,他什么都舍得。他掌握这方面最好的资料,研读过这方面出色的著作。他崇拜洛迪和朱迪思·戈蒂耶。他费了很大劲从横滨、长崎、京都或南京、北京弄来真品,其中有刀子,烟斗,神秘丑陋的面具,南瓜肚、子三角眼的矮个儿满清官僚,张着血盆大口的魔鬼,古铜色面孔的鞑靼小兵等等。

(鲁文·达里奥,2012:75;刘玉树译)

文中提到这位雕塑家崇拜法国小说家皮埃尔·洛蒂(Pierre Loti)和法国女诗人朱迪思·戈蒂耶(Judith Gautier),这两位便是当时著名的东方文化爱好者与传播者。皮埃尔·洛蒂曾作为海军上尉在中国海域服役过,曾亲自到过北京。他著有小说《东方的怪影》(1892)和纪实随笔《北京的末日》(1902)。后者记录了英法联军火烧圆明园,为中国鸣不平。朱迪思·戈蒂耶即是最早将中国唐宋诗词译成法文的著名汉学家。她翻译的《白玉诗书》(le Livre de jade)是欧洲知名度最高的中国唐诗宋词之一,产生了巨大的影响。

达里奥《蓝》中的短篇故事《白鸽与褐草鹭》("Palomas blancas y garzas morenas")讲述的是主人公痴恋于他的表姐伊奈丝,并对她产生了种种幻想:

Yo, extasiado, veía a la mujer tierna y ardiente, con su cabellera castaña que acariciaba con mis manos, su rostro color de canela y rosa, su boca cleopatrina, su cuerpo gallardo y virginal, y oía su voz queda, muy queda, que me decía frases cariñosas tan bajo como que sólo eran para mí, temerosa quizá de que se las llevase el viento vespertino. Fijos en mí, me inundaban de felicidad sus ojos de Minerva, ojos verdes, ojos que deben siempre gustar a los poetas. Luego erraban nuestras miradas por el lago, todavía lleno de vaga claridad. Cerca de la orilla se detuvo un gran grupo de garzas. Garzas blancas, garzas morenas, de esas que cuando el día calienta llegan a las riberas a espantar a los cocodrilos, que con las anchas mandíbulas abiertas beben solo sobre las rocas negras. ¡Bellas garzas! Algunas ocultaban los largos cuellos en la onda o bajo el ala, y semejaban grandes manchas de flores vivas y sonrosadas, móviles y apacibles. A veces, una sobre una pata se alisaba con el pico las plumas o permanecía inmóvil, escultural y hieráticamente, o varias daban un corto vuelo, formando en el fondo de la ribera llena de verde o en el cielo caprichosos dibujos, como las bandadas de grullas de un parasol chino.

Me imaginaba junto a mi amada que de aquel país de la altura me traerían las garzas muchos versos desconocidos y soñadores. Las garzas blancas las encontraba más puras y más voluptuosas, con la pureza de la paloma y la voluptuosidad del cisne; garridas, con sus cuellos reales, parecidos a los de las damas inglesas que junto a los pajecillos rizados se ven en aquel cuadro en que Shakespeare recita en la corte de Londres. Sus alas, delicadas y albas, hacen pensar en desfallecientes sueños nupciales, todas—bien dice un poeta—como cinceladas en jaspe.

(Rubén Darío, 1977:87)

[译文]

我喜不自禁地看着那温柔而热情的姑娘，我的手轻抚着她的褐发，她的脸兼有肉桂和玫瑰的颜色，她的嘴像埃及艳后克莱奥帕特拉的嘴，体形显得纯贞而有风姿。我听她细声细气地对我倾诉柔情蜜意，声音低得好像只说给我一个人听，或许害怕黄昏的风会把她的情话吹走了。她凝望着我，那米涅瓦一样的眼睛，绿色的眼睛，总受诗人青睐的眼睛，使我沉浸在巨大的幸福之中。然后,我们的目光投向湖中,漫视白茫茫的水面。湖堤不远处栖息着一群鹭鸟。有白鹭,有苍鹭,天热起来,它们就到水边来吓唬那些在黑石上张着大嘴晒太阳的鳄鱼。好美的鹭鸟!有些把修长的脖颈埋在水波里或藏在翅膀下,像一大朵一大朵粉色的鲜花在湖面上悠然漂移。有时候,一只鸟单脚独立,鸟喙梳理着羽毛;或者一动不动,宛似一尊静穆的雕像。有时候,好几只鸟作短暂飞行,在浓绿的湖堤抑或天空的背景里任意挥洒出一幅幅图画,仿佛中国阳伞上的鹤群。

(鲁文·达里奥,2013:57;戴永沪译)

据评论家洛佩萨所说,鲁文·达里奥对东方的执着与热情一方面源于阅读,但更多地来自现实,达里奥本人在智利圣地亚哥的豪华大厅中看到了像在《资产王》中描述的玲琅满目的东方艺术品。也就是说,达里奥在文中复制了他所看到的,再现了现实,提供了对一个时代的见证(Llopesa, 1996:178)。他本人确实也作为《民族报》的记者参加过巴黎万国博览会。

前辈学者赵振江是达里奥在中国著名的译者、研究者和传播者。他从马德里阿吉拉尔(Aguilar)出版社 1967 年版的《鲁文·达里奥诗歌全集》中选译了《最初的旋律(1880—1886)》《蓝藜(1887)》《秋声(诗韵)(1887)》《蓝(1880)》《世俗的圣歌及其他的诗(1896)(1901)》《生命与希望之歌、天鹅及其他的诗(1905)》《流浪之歌(1907)》等数篇达里奥的诗歌,集合在商务印书馆 2021 年出版的译著《生命与希望之歌》中。如赵老师在此译著的前言中所述,达里奥的文学作品中贯穿着中国元素。在诗歌中亦是如此,他指出在《蓝》中,就有两首十四行诗歌中出现了中国意境,一首是《维纳斯》,一首是《冬日》。前者中,中国以诗人的爱神的形象出现,是一位"东方的女王";后者中,诗人使用"中国的大瓷瓶"来渲染一个叫卡罗琳的巴黎富贵女性的周围环境。他提到,这些诗中的中国意象都是一些传统而典型的有关中国的想象,但是在诗歌《神游》中,里面却是完全描写中国风情的,表达了诗人对中国公主的爱慕与追求(2021:xiv):

Divagación

¿Los amores exóticos acaso…?

Como rosa de Oriente me fascinas:

Me deleitan la seda, el oro, el raso.

Gautier adoraba a las princesas chinas.

¡Oh bello amor de mil genuflexiones：
torres de kaolín，pies imposibles，
tazas de té，tortugas y dragones，
y verdes arrozales apacibles！

Ámame en chino，en el sonoro chino
de Li-Tai-Pe. Yo igualaré a los sabios
poetas que interpretan el destino；
madrigalizaré junto a tus labios.

Diré que eres más bella que la Luna；
que el tesoro del cielo es menos rico
que el tesoro que vela la importuna
caricia de marfil de tu abanico.

（Rubén Darío，1979：21）

神游

难道是异国的情意绵绵……
像东方的玫瑰使我梦绕魂牵：
丝绸、锦缎、黄金令人心花怒放
戈蒂耶拜倒在中国公主面前。

啊，令人羡慕的美满姻缘：
玻璃宝塔，罕见的"金莲"，
茶盅、神龟、蟠龙，
恬静、柔和、翠绿的稻田！

请用中文表示对我的爱恋，
用李太白的响亮的语言。
我将像那些阐述命运的诗仙，
吟诗作赋在你的唇边。

你的容颜胜过月宫的婵娟，

> 即使做天上的厚禄高官
>
> 也不如去精心照看
>
> 那不时抚摩你的象牙团扇。

（鲁文·达里奥，2021:109-110;赵振江译）

如诗中所示,丝绸、锦缎、黄金代表着中国的富饶,茶盅、神龟和蟠龙的形象则是跟帝王相关,稻田指人民生活安居乐业。诗人提到戈蒂耶,是指法国作家泰奥菲尔·戈蒂耶,作者以他自比。这位法国作家的女儿是《白玉诗书》的译者朱迪思·戈蒂耶,父女两人都是中国文化的爱好者。朱迪思·戈蒂耶从小师从一位在法居住的清代中国文人学汉语。达里奥即是通过阅读朱迪思·戈蒂耶译著的《白玉诗书》来了解中国诗歌知识的。

达里奥的这篇《神游》不光神游到了中国,还神游了希腊、罗马、法国、意大利、德国、西班牙、日本、印度等,这正是他世界主义和无政府主义思想的体现。他曾说过:

> 在我的血液中有一滴非洲的、乔罗特卡人或纳格兰达人的血? 或许是,尽管这有悖于我侯爵的双手;不过,那我在我的诗中会看到公主、国王、皇宫中的器物、遥远或罕见国度的风光:你们要怎么样呢! 我厌恶自己的时代和生活;对一位共和国总统,我不能用歌唱你的语言向他致敬,啊,哈拉巴卡尔! 我在梦中记得他的王宫——黄金、丝绸、大理石……
>
> (倘若我们美洲有诗歌,她在古老的事物中:在巴伦克和乌塔特兰,在具有传奇色彩的印第安人和细腻多情的印加人身上,在坐着金交椅的伟大的蒙德祖玛身上。其余的则属于你:民主的沃尔特·惠特曼。)
>
> 布宜诺斯艾利斯:世界性都市。
>
> 而明天!

（鲁文·达里奥，2021:96;赵振江译）

在《中国烹调艺术》一文中,达里奥再次提到朱迪思·戈蒂耶,羡慕她的中文知识。引人注意的是,中国饮食这一题材多次出现在此时期的西班牙文学中。在达里奥的这篇短文中,他讲述了去一家开在巴黎的中餐馆吃饭的场景。店里的伙计穿着打扮同巴黎的任何一家无异,菜谱是翻译版的,有燕窝和鲍鱼,有爆炒的青菜,有牛肉丸子、枣子、豆糕,有正宗的不加糖的绿茶,还有鱼翅和狗肉,尤其是狗肉,使他感到有点不适。

朱迪思·戈蒂耶也出现在达里奥的《伦敦白教堂中国展览》一文中。这篇短文第一段讲的是达里奥在巴黎和伦敦观看了反映中国战争的滑稽剧。从第二段开始文章讲述的是伦敦白教堂的中国展览中的物品。他"看到帝国的黄龙旗,极其精美的黄色丝绸,上面的方块字令我嫉妒朱迪思·戈蒂耶夫人或亚历山大·乌拉尔的中国学问"(鲁文·达里奥,2021:359;赵振江译)。文中展现了诸多达里奥对中国文化的见解,讲到货币时,他还引用了《马可·波罗游记》中某章的一句话:"这座城市的居民崇拜偶像,使用纸币。"可见达里奥对中国的想象也受《马可·波罗游记》的影响,认为中国是一个梦中的黄金国。

在《中国人和日本人》一文中,达里奥为中国人打抱不平,说他是中国迷。他鄙视日本人全盘西化,否定自己的文化,而中国人"具有世俗气质的贵族精神"。虽然"中国人确实派出了一个名叫陈季同的极其罕见的西化的例子到巴黎。此公写日记,玩三十和四十点,过于频繁地光顾红磨坊。但是在他的祖国,那可怜的家伙差一点被判斩首而要身首异处"(鲁文·达里奥,2013:357;戴永沪译)。达里奥对当时中国驻法大使是有了解的。陈季同(1851—1907)是清末外交官,曾在巴黎居住长达 16 年之久,精通法文、英文、德文和拉丁文。他了解西方文化,且具有深厚的国学修养。为了增进西方人对中国的了解,他书写和翻译了 7 种法文书,如法语本《中国故事》(Les contes chinois,1885)、《中国戏剧》(Le théâtre chinois)、《聊斋》等,在当时的西方影响很大。

达里奥的《驻法公使裕庚》一文讲述的是中国驻法大使裕庚(？—1905)驻法国巴黎时的生活场景。这位中国大使身穿清朝官服,妻子是英吉利人,秘书是意大利人,两个千金是中西混血,"可谓欧化的扇中美人,小巧玲珑,奇美无双"(鲁文·达里奥,2013:364;戴永沪译)。他的侍童身穿英国王家侍从穿的制服,"红裤子,高统白丝袜,绣金蓝底燕尾服。那位侍童像煞一株郁金香,身材纤细,穿戴得五颜六色,光彩照人,却有一颗奇大的脑袋,仿佛由某个远东的艺术家刷刷两笔一挥而就"(鲁文·达里奥,2013:364;戴永沪译)。

鲁文·达里奥的中国情结无疑对西班牙同时期的文人产生了重大的影响。他对中国的认识一部分基于现实中亲眼所见的中国物品,一部分则基于文学文本及纪事文学。这些纪事文学大部分由曾到过中国的旅行者及外交官所写。如本书中第一章第三节"文学报刊中的中西文学交流"中所述,恩里克·加斯帕尔(Enrique Gaspar)和路易斯·瓦莱拉(Luis Valera)的书籍都在西语世界中传播。

第二节　加西亚·洛尔迦诗歌中的中国意象

　　费德里科·加西亚·洛尔迦(Federico García Lorca，1898—1936)是西班牙"二七一代"中最重要的诗人、戏剧家和散文家。他出生于西班牙南部格拉纳达市的小村庄牛郎喷泉(Fuente Vaqueros)，父亲是一个开明又有修养的庄园主，母亲是一位小学老师。他自幼学习钢琴，喜爱音乐胜过文学。然而，由于他的音乐老师去世，他停止了音乐学习。成年后，他在格拉纳学习哲学和法律专业。1919 年起，他搬到马德里，在富有"西班牙牛津剑桥"盛名的马德里寄宿学院学习。那里群英荟萃，他结实了诸多未来西班牙重要人物，如诗人拉菲尔·阿尔贝蒂(Rafael Alberti)、画家萨尔瓦多·达利(Salvador Dalí)和著名电影导演路易斯·布努埃尔(Luis Buñuel)等。他从 19 岁开始写诗，从 1819 年至 1921 年间，他写出了第一本诗集，名为《诗集》(*Libro de poemas*)，里面收录了他创作的最初的组曲("*Suites*")，并在《蝴蝶的诱惑》(*El maleficio de la mariposa*，1920)等剧作中在马德里排演。他最初的几本诗集风格相似，都运用了传统的韵律和现代主义相结合的写作手法。1936 年，他在西班牙内战中被弗朗哥党徒秘密枪杀。在其短暂的一生中，他创作了如《歌集》(*Canciones*，1921)、《深歌集》(*Poema del cante jondo*，1921)、《吉普赛谣曲》(*Romancero gitano*，1928)、《诗人在纽约》(*Poeta en Nueva York*，1930)等七部脍炙人口的诗集。他还先后创作了《古怪的鞋匠婆子》(*La zapatera prodigiosa*，1930)、《血的婚礼》(*Bodas de sangre*，1930)、《叶尔玛》(*Yerma*，1934)、《贝纳尔达·阿尔瓦之家》(*La casa de Bernarda Alba*，1936)等 12 个剧本。这些剧本广受欢迎，标志着 20 世纪西班牙戏剧的巅峰。

　　在洛尔迦的诗歌创作中，中国意象是一个重要的元素。洛尔迦曾在十余首诗中运用了中国元素，例如在《两个水手在岸上》("Dos marinos en la orilla")、《中国花园》("Jardín chino")、《欧洲的中国歌》("Canción china en Europa")、《三个朋友的寓言和轮回》("Fábula y rueda de los tres amigos")等诗歌都出现了中国意象。这些中国意象一部分来源于他在日常生活中所接触的中国物品。在洛尔迦位于格拉纳达小镇(San Vicente)的家中(现为洛尔迦故居博物馆)，就收藏了几件精美的中国瓷器，上面装饰有小河、小桥、五彩缤纷的小鸟、杨柳、建筑等图案。洛尔迦在诗歌《欧洲的中国歌谣》中描绘了一位手拿扇子过小桥的小姐,这个场景可能就是受家中中国瓷器图案的启发。

CANCIÓN CHINA EN EUROPA

La señorita
del abanico,
va por el puente
del fresco río.
Los caballeros
con sus levitas,
miran el puente
sin barandillas.
La señorita
del abanico
y los volantes

busca marido.
Los caballeros
están casados,
con altas rubias
de idioma blanco.
Los grillos cantan
por el Oeste.
(La señorita,
va por lo verde).
Los grillos cantan
bajo las flores.

欧洲的中国歌谣

一位小姑娘
走在桥面上
手中拿折扇
河水多凄凉。
各位绅士们
身上着盛装
桥上无栏杆
他们在张望。
这位小姑娘
身穿花衣裳
手中拿折扇
意在找夫君。

那些先生们
都已结过婚
苗条金发女
谈吐多清纯。
蟋蟀叫唧唧
声音来自西。
(这位小姑娘
足踏绿草地)
蟋蟀叫唧唧
藏在花丛里。
(那些先生们
向北方走去)

(加西亚·洛尔卡,2022:184-185;赵振江译)

这首诗由八节组成,前四节成对押韵,后四节也成对押韵。这样的结构带有浪漫的谐音韵律,是适合歌唱的流行形式①。每行有五个音节,与唐代中国诗歌中的五言绝句风格一致。也就是说,这首诗具备了中国诗歌的简洁特点,尽管这可能只是一个巧合。

值得一提的是,洛尔迦的挚友拉菲尔·阿尔贝蒂在诗集《中国在微笑》中写有一首《中国的中国歌谣》,诗歌的副标题是"致费德里戈·加西亚·洛尔卡",作为对洛尔迦这首诗的回应:

中国的中国歌谣

致费德里戈·加西亚·洛尔卡

朋友啊,

月亮

是一颗稻粒

在中国的

田野上。

朋友啊,

你的月亮

是一颗麦粒,

在格拉纳达的田野上。

朋友啊,

你的月亮

何等的悲伤,

啼哭在麦田上!

(拉菲尔·阿尔贝蒂,2009:101;赵振江译)

洛尔迦的中国元素一部分受法国象征主义的影响。洛尔迦深受法国象征主义诗人魏尔伦、西班牙现代主义导师鲁文·达里奥(这位尼加拉瓜籍诗人也深受法国象征主义者的影响)及其他西班牙现代主义诗人的影响。法国象征主义作家高度赞赏对景观的关注,并将这种影响转移到西班牙现代主义作家身上。遥远的花园等异国情调意象被鲁文·达里奥、安东尼奥·马查多、曼努

---

① 事实上,洛尔迦写的很多诗歌都是用来传唱的。他自小喜欢音乐,师从钢琴老师梅萨(Antonio Segura Mesa)。成年后,他与著名的西班牙作曲家法亚相识,创作了《深歌集》。而戴望舒在西班牙旅行时,之所以深受洛尔迦的影响,并立志将其诗歌译入中国,就是因为当时在西班牙的广场、酒馆、村市中到处都能听到由洛尔迦作词的美妙歌曲。

埃尔·马查多、巴因-克兰、胡安·拉蒙·希梅内斯等文人广泛地当作一个创作主题。上述这些诗人都是洛尔迦崇拜的作家。

洛尔迦在其诗歌中融合了东方美学,并运用俳句的形式进行创作。关于这个话题,莉莉·利特瓦克(Lily Litvak)指出了日本主义对西班牙现代主义诗人的影响:

> 欧洲人在他们的艺术中加入了大量自文艺复兴以来从未使用过的植物和动物。新的风格使他们现在可以使用各种生物,包括卑微和最受鄙视的生物,并将它们变成装饰品,例如青蛙、蜻蜓、猫、乌鸦、蜥蜴、蛇和简单的野花。一些带有异国情调和形式复杂的动植物也被添加到这些图案中,它们非常适合作为现代主义艺术基础的蔓藤花纹的审美。百合、牡丹、兰花、菊花、天鹅和鹤……,被融入现代主义,以至于所有关于它们东方起源的概念都消失了,它们几乎成了时代的象征。
>
> (Lily Litvak,1986:121)

日本诗词,尤其是俳句备受欧洲现代主义诗人的青睐。但是,日本文学在文学借鉴方面与中国文学有着密切的关系,日本作家自公元 7 世纪以来就将汉语作为诗歌创作的语言。例如,日本学家芬诺洛萨(Fenollosa)甚至在不懂中文的情况下翻译了中国诗歌。与中国诗歌一样,日本诗词中大量书写自然。而对自然的崇拜在中国文学中有着悠久的传统,贯穿整个中国文学传统。从《诗经》《楚辞》《老子》《孟子》到山水派诗人陶渊明、谢灵运,再到唐朝山水田园派诗人王维、孟浩然等诗人的诗歌中,都以描绘自然风光而著称。吉列尔莫·瓦伦西亚(Guillermo Valencia)在他翻译的《国泰东方诗集》[*Catay*,1928 年,根据弗朗茨·杜桑(Franz Toussaint)的法文版《玉笛》(1920)而译]序言中揭示了中国古典诗歌的主要主题:

> 它(中国诗词)诗意的植物群不过十几种,其中包括桃树、竹子、柳树和睡莲。诗中几乎从不提及罂粟,那是从失落的伊甸园中幸存下来的精粹。
>
> 十几种动物,与凤凰鸟在大树的寂静下和平地老去,组成了中国诗歌的动物群。当作家拿起笔时,许多其他可见的存在不断地出现在他的记忆中。雕琢的文字,用来歌唱爱、忠诚、勇气、厌恶、破坏和美丽。
>
> (Guillermo Valencia,1955[1928]:254)

在前拉斐尔派、帕纳西派、象征主义者、现代主义者等的倾向中,自然的精神与欧洲价值观非常吻合。尽管在这一时期,自然作为某些影响的组成部分确实不能被视为新奇事物,因为在浪漫主义文学中,自然元素已经成为定义这一文学趋势的标志,例如时间的流逝、忧郁、多愁善感和阴郁的基调等。德国浪漫主义的代表作家"魏玛的孔夫子"歌德在他的诗集《中国-德意志时代》中融入了大量的自然元素,该诗集共 14 首,与中国古代诗歌一样,每八行或四行为一节,无论从结构上还是从内容上都可以看出对中国诗歌的借鉴。从主题上看,歌德在诗中突出了中国独特的自然元素,如不断引用柳树等,并将中国元素与欧洲文化元素相结合。

在歌德看来,中国文学中的自然与欧洲文学中的自然的不同之处在于它与人物形象的联系更紧密。确切地说,是象征主义者改变了对自然这一概念的理解,因为"象征主义将自然视为表达内在愿景、灵魂状态或宇宙力量启示的起点"(Litvak,2013:137)。正是出于这个原因,象征主义和现代主义被引入中国并立即被接受:

> 它(现代主义)于一个危机时刻来到中国,(……)。这里并没有什么西欧先进诗歌降临落后地区的局面,思想上如此,艺术上也如此。即便从写作技巧上讲,欧洲现代主义诗人也几乎没有什么可以教给中国诗人的东西。除了大城市节奏、工业性比喻和心理学上的新奇理论之外,一个有修养的中国人会觉得大部分西方现代主义写作技巧都似曾相识,会认为中国古典文学大师们早已用更精简的方式达到相似的效果了。这足以说明为什么中国诗人能够那样容易地接受西方现代主义的风格技巧,这也说明为什么他们能够有所取舍,能够驾驭和改造外来成分,而最终则是他们的中国品质占了上风。

> (王佐良,2015:137)

电影是洛尔迦诗中中国意象的另一个来源。洛尔迦曾参加了 1929 年 4 月 15 日西班牙电影俱乐部(Cineclub Español)举办的主题为"东方和西方"的活动。在此活动上,他第一次观看了两部在西班牙上映的中国主题电影,一部是《复活的玫瑰》(1927),另一部是《西厢记》(1927)(Zhang Yue,2018:136;Gubern,1999:296)。两部电影都以爱情为主题,洛尔迦尤其喜欢第二部电影。电影里面出现了大量的中国元素,如寺庙和山等景物。在洛尔迦的《三个朋友的寓言和轮回》("Fábula y rueda de los tres amigos")一诗中便出现了这样的意境,诗中中国的意象是"三座中国山"。洛尔迦经常将中国意象与童年世界相联系,"中国"象征着遥不可及的远方,这里"三座中国山"极有可能用来表述童年的远去。

在《两个水手在岸上》一诗中,"中国海里的鱼"表达的也是对远方的渴望。

两个水手在岸上

——寄华金·阿米戈

一

他在心头养蓄
一条中国海里的鱼。
有时你看见它浮起
小小的,在他眼里。
他虽然是个水手,
却忘记了橙子和酒楼。
他对着水直瞅。

二

他有个肥皂的舌头,
洗掉他的话又闭了口。
大陆平坦,大海起伏,
千百颗星星和他的船舶。
他见过教皇的回廊,
古巴姑娘的金黄的乳房。
他对着水凝望。

(加西亚·洛尔卡,2022:217-218;赵振江译)

洛尔迦诗中中国意象的另一个来源是他同中国人的亲身接触。1929 年,他前往纽约,在纽约唐人街时,他得以近距离观察这些东方移民。在纽约期间,他写下了《纽约的盲目全景》("Panorama ciego de Nueva York"),里面就提及了中国人:

Nosotros ignoramos que el pensamiento tiene arrabales
donde el filósofo es devorado por los chinos y las orugas
y algunos niños idiotas han encontrado por las cocinas
pequeñas golondrinas con muletas
que sabían pronunciar la palabra amor.

(García Lorca,2021)

[译文]
我们不懂得思想总有外延
哲学家在那里会被中国人和蠕虫吞用
而一些弱智儿童在厨房里

> 找到了带拐杖的小燕子，
>
> 它们会说的字眼却是爱情。
>
> （加西亚·洛尔卡，2022:334;赵振江译）

当他在纽约时,他的情绪是极坏的,在纽约,他不仅有语言障碍,上百万的人口、令人晕眩的生活节奏、钢筋水泥的高楼大厦等也都使他厌恶和绝望。在那里,他非常思念家乡、亲人和朋友。这种消极情绪表现在这首《纽约的盲目全景》中。他写道:在纽约,哲学家都被中国人和毛毛虫吃掉了。这里,毛毛虫意味着简单自然的生活,"弱智儿童"代表着孩子的天真无邪,而将中国人同哲学家关联起来,则代表了洛尔迦对中国人的同情。中国人同他一样,都是纽约这个大都市的边缘人群,"中国人"在这里代表了牺牲,是纽约这个城市的牺牲品。当时很多中国人都是作为苦力移居到美国的,他们在纽约备受歧视,受到不公正的对待。

第三节　巴因-克兰作品中的异国情调及中国印象

巴因-克兰(Ramón del Valle-Inclán,1867—1936)是西班牙白银世纪文学中又一位文坛巨匠。他颇具文学天赋,不仅是小说家、诗人、剧作家,还是散文家和记者。他也是第一个深刻讽刺当时西班牙社会的现代主义作家。他出生于西班牙西北部的加利西亚地区,那里西临大西洋,北临坎塔布里亚海,有着连绵不断的降雨和绿色植被,这使他自幼充满了幻想。他的一生是传奇的一生。他出生在加利西亚的里亚德阿罗萨河上,这颇有点像西班牙流浪汉小说《托美斯河的小拉撒路》中的主人公小拉撒路,这也注定了他一生颠沛流离、穷困潦倒的命运。父亲早逝迫使他必须自谋生路,而他走上文学之路其实也是冒险。他本想靠所学的法律知识谋生,但是因为缺乏律师资格而四处碰壁。无奈之下,他只得靠不需文凭的文学来谋生,最终走上了文学创作之路。

1890 年末,年仅 23 岁的他独自去马德里闯荡,经常光顾各种咖啡馆里的文学聚会。他才华横溢,口才极佳,经常妙语连珠,逐渐在马德里各种社会活动和茶话会中崭露头角,毛遂自荐在《环球报》(*El globo*)当见习作家。1892年,他去墨西哥做了《西班牙人报》(*El Correo Español*)和《宇宙报》(*El uni-*

versal）的撰稿人，同时开始了文学作品的创作。他在墨西哥只待了一年，便决定离开那里返回故土。在返回途中，他还去古巴旅行了几周，在1893年返回西班牙之后，全身心投入文学创作之中。经过一年多的努力，他在1895年出版了人生中的第一本书——短篇小说集《女性：六个爱情故事》（*Femeninas. Seis historias de amor*）。这部作品虽然反响一般，但是使他坚定了一生从事写作的决心，也因此结识了阿索林、巴罗哈、鲁文·达里奥、倍那文德、乌纳穆诺、马埃斯图、马查多兄弟、维拉埃佩萨（Villaespesa）、戈麦斯·卡里略（Gómez Carrillo）、亚历杭德罗·萨瓦（Alejandro Sawa）等同时代的西班牙语文坛巨匠。他是马德里众多咖啡馆茶话会的座上客，还认识和影响了如毕加索等一批青年艺术家。

他创作了十几部小说、二十余部剧作和六部诗集。他的代表作有系列小说《秋天奏鸣曲》（*Sonata de otoño*，1902）、《夏天奏鸣曲》（*Sonata de estío*，1903）、《春天奏鸣曲》（*Sonata de primavera*，1904）和《冬天奏鸣曲》（*Sonata de invierno*，1905），还有现代主义小说集《圣洁之花》（*Flor de santidad*，1904），反独裁小说《暴君班德拉斯》（*Tirano Banderas*，1926），历史小说《伊比利亚之界》（1927）。他的剧作包括《四月的故事》（*Cuento de abril*，1910）、三部曲《野蛮喜剧》（*Comedias bárbaras*，1906—1922），《波西米亚之光》（*Luces de bohemia*，1920）等。诗歌集有《传奇的香·赞美圣隐士的诗句》（*Aromas de leyenda. Versos en loor a un santo ermitaño*，1907）、《大麻屑烟斗》（*La pipa de kif*，1919）、《旅客。抒情诗》（*El pasajero. Claves líricas*，1920）等。

戴望舒在《西班牙近代小说概观》中是这样评价巴因-克兰的："被认为是近代文学倾向的创始者的拉蒙·德尔·伐列英克朗（Ramón María del Valle-Inclán），在本质上是一名诗人。他的作品不多，但每一篇都是惨淡经营，人们并不能发现那些作品里的雕琢痕迹，作者是把这些痕迹用更多的苦心巧妙掩饰了过去。从来不采用重大的题材，他在个性上是没有这种对大物件的感受力；他所注意的只是那些极度细微的，充满了诗恋的东西！想在这些作品里面找寻大的Sensation的人们是无疑不会失望的。"（戴望舒，1999c：145）不管他是创作小说、诗歌还是戏剧，字里行间都诗意盎然，妙笔生花。

他是继鲁文·达里奥之后又一位现代主义作家。和许多同时代的现代主义作家一样，他的作品中也充满了异国情调，在多部作品中运用了中国意象。例如，在他的诗集《大麻屑烟斗》（*La pipa de kif*，1919）中，有一首题为《烟草店》（"La tienda del herbolario"）的诗就写到了中国：

¡Adormideras! Feliz neblina,
humo de opio que ama la China.

El opio evoca sueños azules,
lacas, tortugas, leves chaúles.

Ojos pintados, pies imposibles,
lacias coletas, sables terribles.

Verdes dragones, sombras chinescas,
trágicas farsas funambulescas.

Genuflexiones de Mandarines,
sabias Princesas en palanquines.
y nombres largos como poemas
que evocan flores, astros y gemas.

(Valle-Inclán，2017c:257)

［译文］
罂粟! 快乐的烟雾,
中国喜爱的鸦片烟。

鸦片唤起蓝色的梦想,
漆器,乌龟,飘逸的丝绸。

画着浓妆的眼睛,畸形的小脚,
下垂的长辫子,可怕的军刀。

绿龙,中国剪影,
悲惨的滑稽闹剧。

中式的跪拜传统,
乘坐轿子的英明公主。

长如诗的名字，

让人联想到鲜花、星星和宝石。

　　这首诗将中国和鸦片联系在一起，其中，中国在诗中是一幅人造天堂的景象。用酒、大麻和鸦片勾画"人造天堂"的景象是现代主义文学的一大特点。在 19 世纪，中国鸦片泛滥，出现了上千万的吸食者，数量之大令人震惊。很多社会上层人士都过着吸食鸦片的醉生梦死的瘾君子生活。当时西方对中国形象的感知是一种享乐主义的空间；而中国人认为自己是"天子"，加上深陷吸食鸦片的泥潭，这种景象与以颓废和放荡不羁为特征的世纪末语言艺术完美契合。这类文学作品还将颜色和声音融入其中。喝酒，吸烟，吸食鸦片、大麻等会让人产生陶醉、梦幻的状态，通常用"天堂"这个词描绘这种幻象。而"人造天堂"（paraíso artificial）这一名词最早是由波德莱尔提出的。早在 1851 年，波德莱尔就发表了《论酒与印度大麻》；1860 年又出版了《人造天堂》一书，详细描绘了印度大麻、鸦片、酒的作用。他的基本思想是：这些麻醉品造成的幻境只能持续几分钟到十几分钟，并不能造就一个真正的极乐世界。

　　波德莱尔的《恶之花》一书中有一首诗歌——《毒》，里面写到了鸦片带来的幻象：

毒

葡萄酒善于把最肮脏的破屋

用豪华与神奇装饰，

让许多令人难以置信的柱廊

浮出于金黄的红雾，

仿佛一轮落日在多云的天上。

鸦片能扩大无边无际的东西，

而且能把无限延长，

它加深了时间，还把快乐增强，

用阴郁沮丧的快意

装满我们的灵魂，超过其能力。

所有这一切都比不上那种毒

流自你的眼，绿的眼，

> 那两口湖,我的灵魂颤抖,倒看……
>
> 我的梦幻蜂拥塞途,
>
> 来此苦涩的深渊把干渴解除。

(夏尔·波德莱尔,2019:89;郭宏安译)

其实,早在波德莱尔之前,英国作家托马斯·德·昆西就写了一本《一个英格兰鸦片吸食者的自白》(*Confessions of an English Opium Eater*,1921),爱伦·坡也曾写过关于酒、毒品等麻醉剂的文章,这些作品都被波德莱尔评价过。与波德莱尔同时代的魏尔伦等作家也创作过此类作品。西班牙语现代主义作家都深受上述作家的影响,通过毒品寻找新的艺术创作意象,创作出了一批"毒品文学"(literatura drogada),以弗朗西斯科·维拉埃佩萨(Francisco Villaespesa)、曼努埃尔·古铁雷斯·纳赫拉(Manuel Gutiérrez Nájera)、鲁文·达里奥(Rubén Darío)、拉蒙·戈麦斯·德拉塞尔纳(Ramón Gómez de la Serna)等人的作品为代表。迪亚斯-普拉哈(Díaz Plaja,1979:13)曾说,"这种'病态'是大城市生活'中毒'——酒、烟草、鸦片、大麻——的结果,是现代生活的烙印并将其推向疲惫的极限"。这类今天被称之为毒品的东西,在19世纪末20世纪初因为认知所限,像普通物品一样融入人们的日常生活中。可卡因、印度大麻等经常作为药品出现在报刊的广告中;吗啡等除了医用之外,也极易获得。这些毒品与香烟、糖等都是资产阶级新的炫富标志,并在上层社会流通。

1875年,何塞·马蒂(José Martí)在《世界杂志》(*Revista Universal*)发表了诗歌《大麻》("Haschisch")。该诗是西班牙语文学界开始"毒品文学"创作的先锋,并且奠定了将毒品与爱情主题相关联的传统,尤其是与东方女性的关联,塑造了一些典型的东方特征,无不是对东方女性的一种扭曲。正如萨义德在《东方学》中所指出的,"东方几乎是被欧洲人凭空创造出来的地方,自古以来就代表着罗曼司、异国情调、美丽的风景、难忘的回忆、非凡的经历"(萨义德,2021:1)。东方的女性在文本中被"东方化",她们不能表达自己,相反,是西方的"他"在替她们说话,把她们表现成这样,支配着她们的身体(萨义德,2021:8)。

例如,鲁文·达里奥于1888年发表了一篇短篇故事《大烟斗的烟》("El humo de la pipa"),文中描绘了诗人"他"在男性友人富兰克林的会客厅吸了鸦片之后,对成功和爱情的幻想。他幻想置身于东方,吸第一口之后,一个东方女性哼着歌出现,身旁有一群跳着舞的女奴。而此后他每吸一口,眼前出现的地方和女人都不一样。吸完第二口后,他身处美洲的大森林,看到的是一个长着翅膀的女人。吸完第三口后,他置身于一个热带雨林,看到的是一个皮肤黝黑的女人。吸完第四口后,他仿佛游离于现实之外,来到了一个仙境。一管烟结束之后,他又重新回到了现实之中。

在 1878 至 1885 年间,西班牙外交官亨利·加斯帕(Enrique Gaspar)曾任职西班牙驻澳门领事馆,他在《中国记》(1887)中写过他认识的好几位中国有钱人吸鸦片,有的人甚至把身体吸坏了。他还讲述了鸦片的吸食方式。

现代主义作家恩里克·戈麦斯·卡里略（Enrique Gómez Carrillo,1873—1927）[①]也写了好几部"毒品文学"作品。他本身也有吸食毒品和酗酒的经历,但是从未成瘾,只是为了社交、逃离现实,体验一下自我麻醉、放浪形骸、颓废的浪子生活。他作品中的毒品主题几乎总是与女性有关。他写了一篇在新加坡鸦片馆吸鸦片的故事,名叫《在一个安南鸦片馆》（"En una fumería de opio anamita"）,这是他最有名的一篇"毒品文学"作品。该作品用象征主义的手法,将味觉、视觉、听觉等感官融为一体,具有强烈的感染力。他的这篇文章中写到了中国人吸鸦片的场景,以及典型的"东方化"的东方女性形象。文章在开头交代"我"以及同伴受到鸦片馆门口香气的召唤,不自觉地被吸引住:

> Pero nuestro guía nos tranquilizó, asegurándonos que era imposible confundir aquellas casas.
>
> —Es por el aroma—nos dijo. —Basta con haberlo sentido una vez para no olvidarlo nunca. Los mismos espíritus de los muertos, cuando vuelven á pasearse por la ciudad, se detienen en las puertas de las fumerías en cuanto perciben el aroma de la buena droga
>
> （Gómez Carrillo,1912:114）.

［译文］

但是我们的导游安抚了我们,他确定他不可能认错那些房子。

"这是凭着香气,"他告诉我们,"感受过一次就永远不会忘记这味道。就算是死了的灵魂,当他们回到城里漫步时,一闻到这毒品的香气,也会在鸦片馆门口停留的。"

---

①　出生于危地马拉,是一名作家、记者和文学评论家,被认为是当时最著名的西班牙语作家之一,作品被广泛阅读。

这个鸦片馆内光线昏暗,每个席子上都躺满了人,大部分是中国人:

Los fumadores, con sus lamparillas apagadas, dormían el sueño divino del opio. Eran chinos flacos, de rostros inteligentes. En sus trajes, ninguna indicación de castas. Todos vestían los amplios pantalones negros y los pijamas lustrosos comunes á los tenderos de Che-Long y de Saigón. Inmóviles, con los ojos cerrados y los brazos en cruz, parecían figuras de cera fabricadas en el mismo molde. Sólo allá en el extremo del aposento, bajo las luces del altar, descubrimos, al fin, una humareda blanca. Era una joven anamita que acababa de fumar su última pipa

(Gómez Carrillo, 1912:114).

[译文]

烟民们将身旁的小灯熄灭,沉睡在鸦片的神圣梦境中。他们是瘦骨嶙峋的中国人,有着聪明的面孔。从他们的着装看不出任何阶级门第。他们都穿着车龙和西贡的店主常见的黑色宽裤和闪亮的睡衣。他们一动不动,闭着眼睛,交叉着双臂,就像是同一个模子里的蜡像。唯有在房间的尽头,在祭坛的灯光下,我们才看见一股白烟。她是一个年轻的安南女孩,刚刚抽完最后一支烟斗。

这位年轻的东方女性即代表了"东方化"的他者形象,具有异国情调的美、性感、神秘,让人充满幻想。作者结合自己吸食鸦片的幻想,把她想象成一位仙女,因为据说仙女们会吃罂粟,而且据说鸦片会将现实变得更密集和微妙:

¡Oh, aquellos ojos! ¡Aquellos ojos de ensueño y de misterios, de voluptuosidad y de tristeza! ··· Contemplándolos largo tiempo, comprendí los arcanos del opio tan bien por lo menos como mis amigos que, habiéndose hecho preparar numerosas pipas, saboreaban en una habitación contigua el supremo placer de la embriaguez divina

(Gómez Carrillo, 1912:114).

[译文]

哦,那双眼睛! 那双梦幻而神秘的眼睛,既性感又悲伤! ……凝视了那双眼睛许久,我终于体会到了鸦片的奥秘,像我的朋友们一样,在吸食了一个又一个烟斗之后,在房间里享受着神圣的陶醉。

西班牙外交官、现代主义作家路易斯·瓦莱拉也曾创作过中国人吸鸦片的文学作品。他在《隐秘的神殿》(*El templo de los deleites clandestinos*,1910)中,杜撰了两个欧洲人在新加坡华人鸦片馆发生的故事。

上述几位作家,如鲁文·达里奥和戈麦斯·卡里略等,都是巴因-克兰的朋友,他们的作品必定也对他产生过影响。实际上,巴因-克兰也亲自体验过麻醉品。他第一次去美洲时,就染上了大麻的毒瘾。美洲的生活经历对他影响巨大,他过上了放荡不羁的花花公子的生活。1910 年 6 月 28 日,在阿根廷国家剧院举办的一次讲座上,他曾讲述自己吸毒致幻的经历。他说:"我承认我曾在不知其副作用的情况下,通过医学处方,大量吸食过……我的个体分解成两个不同的个体。我看到事物的新的特征:不协调是如何产生的,有时是一种虚幻的景象…… 这些幻觉中最可怕的是对那些死人的回忆,就像电影影片一样在我的记忆中播放。正是这种幻觉让我下定决心戒掉大麻。"(Valle-Inclán, 1977:143-144)在 1916 年 2 月鲁文·达里奥去世时,他曾哀悼道:"太糟糕了! 我现在跟谁分享我的奇幻之灯? 鲁文喝着他的威士忌,我享用着我的印度大麻,一起沉入神秘之中。"

巴因-克兰的诗集《大麻屑烟斗》(*La pipa de kif*,1919)描写了他关于酒和毒品的体验,具有享乐主义色彩和逃避现实的倾向。而其中一首名为《烟草店》的诗歌,则象征着鸦片贸易和资产阶级殖民者的消费。他将这个商店称为"洞穴",供给他各种享乐的东西,包括烟草、古柯叶、龙蛇酒、巴拉圭茶、鸦片、大麻、香水草等一切罪恶的制造"人间天堂"的东西。诗中的中国形象和中国女人都是西班牙现代主义文学中典型的"他者"形象。

第四节　皮奥·巴罗哈笔下的奇米斯塔船长中国猎奇记

鲁迅是第一个译介皮奥·巴罗哈的中国作家,但是他或许不知道这位西班牙作家也深深地被中国文化吸引。巴罗哈在好几本游历冒险小说中,杜撰了游历冒险到中国探险的故事情节。

　　皮奥·巴罗哈(Pío Baroja,1872—1956)是西班牙"九八一代"的代表性作家。他一生著述颇丰,创作了近百本作品,小说、戏剧、散文、传记、回忆录均有涉猎,其中小说就有 66 部。他的主要代表作品包括:短篇小说集《阴郁的生活》(Vida sombría，1900);小说三部曲《为生活而奋斗》(La lucha por la vi-da，1904),包括《寻找》《莠草》《红霞》;《种族》(La raza)三部曲,包括《流浪的女人》(1908)、《雾都》(1909)和《知善恶树》(1911);《过去》(Pasado)三部曲,包括《慎者的集市》(1905 年)、《冒险家萨拉卡因》(1909 年)、《桑蒂·安迪亚的担忧》(1911 年);四部曲《巴斯克土地》(Tierra vasca);四部曲《幻想生活》(La vida fantástica);以及 22 卷本的系列长篇小说《行动者的记忆》(1913—1935)[①]。

　　他 1872 年出生于西班牙北部巴斯克地区圣·塞巴斯蒂安市的一个中产阶级家庭。父亲是工程师,母亲是家庭主妇。七岁时,他跟随父母及家人迁居到马德里。在马德里期间,他父亲经常参加马德里太阳门广场附近的文学茶话会,也经常邀约一些作家来家里做客。虽然那些作家都是二流作家,但巴罗哈从小耳濡目染,嗜书成癖。他幼年时痴迷于连环小说及少年读物,深受罗伯特·路易斯·史蒂文森、儒勒·凡尔纳、托马斯·梅恩里德和丹尼·尔笛福等一批游历冒险小说家的影响。因为父亲工作的关系,他家多次迁徙,直到1886 年重新回到马德里居住。他在马德里完成了高中学业,大学时主修医学专业,在瓦伦西亚大学获得本科学位,后又返回马德里深造,在马德里大学获得医学博士学位。毕业后,他在一个偏远的山区当赤脚医生,农村的落后与贫穷使他极为震惊。几年后,因身体和精神原因返回马德里,与哥哥经营一家面包店,但生意不好,亏本停业。这段经历使他近距离接触了许多社会上形形色色的人物,为以后写作提供了灵感。在人生失意的时候,他遇到了阿索林。在后者的帮助下,他开始为一些杂志报纸撰稿,逐渐走上文学之路。他曾游历过欧洲,但是他人生的大部分时间都生活在马德里。

　　他的出生地圣·塞巴斯蒂安市是一个邻海的风景秀丽的巴斯克小城。蓝色的大海带给他无限的幻想,加上幼时读的游历冒险小说,他对航海旅行表现出特别的兴趣,写下了海上游历冒险小说四部曲《海上》(En el mar)。这四部曲的第一部是《桑迪·安迪阿的不安》(Las inquietudes de Shanti Andía),于

---

　　① 鲁迅很喜欢皮奥·巴罗哈。他曾数次在文中介绍过巴罗哈,并在《促狭鬼莱哥美台奇》中提到:"他(巴罗哈)那连续发表的《一个活动家的记录》,早就印行到第十三编。"这里的《一个活动家的记录》就是我们所说的巴罗哈的《行动者的记忆》,共 22 卷本,在鲁迅译介巴罗哈时还未完结。

1911 年出版；1923 出版小说《美人鱼的迷宫》（*El laberinto de las sirenas*）；
1929 年出版《远洋领航员》（*Los pilotos de altura*）；1930 年出版《明星船长奇米斯塔》（*La estrella del capitán Chimista*）。这一系列的最后两本讲述的是两个巴斯克水手何西·奇米斯塔（José Chimista）和伊格内修斯·恩比尔（Ignacio Embil）的航海冒险经历。在最后一本小说《明星船长奇米斯塔》中的第五和第六部分，这两个主人公一路游历到了中国。

　　《明星船长奇米斯塔》这本书一共分为七部分。其中第五和第六部分讲述了主人公在中国的旅行经历。第五部分"中国海域"（"El mar de la China"）讲述了他们从马尼拉航行到澳门、香港、广州，再返回马尼拉的经历。第六部分"贪婪者和海盗者的故事"讲述了他们从马尼拉到厦门的经历。整本书的主线是根据两个主人公的航行路线展开，他们游历了古巴、太平洋附近的巴西、秘鲁等，一路航行到东方，游历了菲律宾、中国等地。书中讲述了很多奇闻逸事，如经历海盗攻击、疾病以及遇到了一些奇怪的人等。巴罗哈的写作目的就是供人们消遣娱乐，为枯燥的日常生活增添一些想象空间，使人逃离尘世的烦恼。这些故事的来源一部分是他姨姥姥和姨姥爷们的口述，他们是出生在 19世纪 20 年代左右的航海商人，在 1840 至 1860 年间经常往来于西班牙的加的斯和菲律宾开展贸易。另一部分则是他通过阅读获得的，他特别喜欢英国的冒险小说，深受罗伯特·路易斯·史蒂文森、丹尼·尔笛福、爱伦·坡等作家的影响；他还查阅了大量的百科全书、杂志、报刊等，这些都为他提供了写作素材。

　　这本书以一封信作为开头，信中交代书中的正文是一本真实的航行日记，作者的这番用意是使读者相信书中内容的真实性，但其实文中充满了巴罗哈的杜撰。正文中的叙事者"我"是恩比尔，他在奇米斯塔船长的带领下驾船从菲律宾来到澳门。澳门不仅存在鸦片走私和苦力贩卖，还有很多赌场和妓院，治安很差。他们在澳门认识了一位老乡，这位西班牙人娶了当地一位女子，并生下了几个具有中国样貌的孩子。

　　巴罗哈被中国文化吸引，除了因为从小听家人讲述航海逸事，还很有可能是因为他与清朝驻西班牙使馆外交官黄履和交好。清朝外交官黄履和曾在 1898 年左右跟随伍廷芳出使西班牙，任使馆秘书，1903 年搬迁到哈瓦那，后于 1905 年回到马德里，任清朝驻西班牙全权公使，直到 1913 年全家迁回北京，先后在马德里生活长达 15 年之久。当时领事馆位于马德里维拉斯凯斯大街上，而他们一家就居住在马德里斗牛广场附近。黄履和就像一朵异国情调的花，他的学识吸引了当地的一批政客文人。他经常出席马德里的各种公众演出、文化协会和聚会闲谈,光顾文艺圈(Círculo de Bellas Artes,马德里著名的文人聚集地)、政客的会客室[他与西班牙罗曼尼伯爵(conde de Romanones)交好,回到中国后他还将伯爵撰写的《军队和政治》(*El ejército y la política*)翻译成了中文],以及戏剧演出等。他就是在一些文人聚谈会上与作家巴桑(Emilia Pardo Bazán)和巴罗哈相识并交好的(Ojeda Marin,2020)。巴罗哈极有可能通过跟黄履和的往来知晓了一些中国文化传统,这丰富了他的三本虚构游记小说《严斯宝或金万字》(*Yan-Si-Pao o la esvástica de oro*,1928)、《远洋领航员》(*Los pilotos de altura*,1929)和《明星船长奇米斯塔》(*La estrella del capitán Chimista*,1930)。

因为对中国的印象是通过文学阅读及别人的描述所得,所以巴罗哈在这本书中对中国的塑造免不了受到他者的东方视角以及个人价值观的影响。比如,他通过丑化中国的宗教来宣泄自己的反教权主义:

La ciudad antigua era curiosísima, con su muralla y sus edificios religiosos. Nos mostraron el templo de los seiscientos dioses, y otro de los horrores, en donde estaban representados los suplicios del infierno budista. En la entrada de este último templo vimos una infinidad de desharrapados, al parecer mendigos y saltimbanquis

(Pío Baroja,2003:188).

[译文]

老城的城墙和宗教建筑极其特别。他们向我们展示了六百位神的庙宇,以及另一个恐怖的地方,那里代表着佛教地狱的刑讯室。在最后一座寺庙的入口处,我们看到了无数衣衫褴褛的人,看上去是乞丐和流浪汉。

他专门写了一章节介绍中国人的奇怪之处,例如,中国人对欧洲人既害怕又厌恶,见到欧洲人路过时,会咒骂他们;在广东的中国人会将房子彻底打扫干净,用熏香和纸钱祈祷驱除贫穷。巴罗哈还在文中借用叙述者恩比尔的口吻,说关于中国人的奇怪行为在很多西方人的游记里已经提到过,不同地方的中国人习惯大不相同。他在文中讲到的中国人奇怪的行为确实与好几位西班牙语作家写的中国游记中的内容有重叠。

第六部分第二章讲到他们从马尼拉旅行到厦门,在厦门参加节日聚会和去一个中国人家中吃大餐的情景。当时的西方作家,只要写到中国,一定会特别提及中国人的饮食,巴罗哈也不例外。他们登陆厦门时,正好赶上中国的新年,非常热闹。他们亲眼见证中国人是如何过新年的:第一天人们去坟地祭祖求拜;第二天人们再次去坟地,放上祭祀的食物;第三天则是欢庆的一天,人们大吃大喝,在天上放着龙蛇等形状的风筝,晚上放烟花,大户人家家里会搭戏台表演。在厦门期间,他们被一个叫 Liang-Fu 的当地有钱人邀请到家中做客,这位有钱人是一名厨师,既会做中国菜,也会做西方菜,而且是一个无神论者,无论是儒家思想还是佛教,他统统都不感兴趣。在 Liang-Fu 家中,他们观看了戏剧表演,品尝了美食,令他们感到惊奇的是中国人会娶好几房老婆,每个老婆生的女儿都是千金小姐,不需要干活,大多数时候只是坐着,出门要坐轿子,而且要把脚缠得像羊蹄一样。中国人会花很多钱在吃饭上,有时候招待二三十个客人吃饭会准备五六十盘不同的菜肴,这也让他们感到惊奇。

在这位有钱人家里做客结束后,在厨师 Fang-Li 的带领下,他们去街上闲逛,看到了一些不可思议的事情:有人挑着担子卖水果;有人挑着臭气熏天的尿桶卖尿给农户浇菜园。上层老爷坐轿子上街时,沿街的人们会摘下帽子向轿子上的人行礼。有的富商家里院子很大,有很多大理石桌子,上面不是摆着蚕虫和桑叶,就是晾着茶。

巴罗哈还在文中写中国人吃鱼翅、燕窝,这也在伊巴涅斯及亨利·加斯帕等西班牙作家的书中出现过,是西方人都很熟悉的一些中国见闻,可见巴罗哈对中国文化的描写相当一部分源于他的阅读。

恩比尔他们走时,从厦门载了 70 个肮脏不堪、长着疥疮的中国人,这一幕揭露了当时中国下层社会的贫苦与落后。巴罗哈借此批判人类无人性、残忍的一面。事实上,他不是针对中国人,就算是马德里人,或者其他地方的人,他都会从中挖掘社会阴暗的一面来借机讽刺批判一番。巴罗哈深受叔本华和尼采哲学的影响,对人类持有一种悲观失望的情绪,经常在其文中描绘底层社会人民的阴暗生活。

恩比尔在中国旅行的最后一站是上海。上海是一个大都市,河岸附近是欧洲租界。在上海,恩比尔成了受害者。一个中国人骗他用很高的价格买下一个古董人像,最后又伙同其他人将人像偷走。这一插曲使游历冒险记情节跌宕起伏。

曼纽尔·巴约说,巴罗哈是同时代作家中少有的将故事发生地设置在中国这个遥远国度的西班牙作家,后世虽然出现了其他更新近的中国游历冒险记,但是很少有作家像巴罗哈这样将故事写得如此精彩(Bayo,2013:41)。

第五节　其他近代西班牙文学作品中的
中国形象

　　恩里克·戈麦斯·卡里略（Enrique Gómez Carrillo，1873—1927）虽然是危地马拉人，但是却像尼加拉瓜的鲁文·达里奥一样，在西班牙颇具影响力。他是当时的畅销书作家、记者、文学评论家、外交官，一生笔耕不辍，写过八十余部作品，尤为擅长写散文，是一位不可多得的现代主义作家。除了在文学上的成就，他还是一位旅行家，阅历丰富，曾游历过很多国家，包括中国。

　　1905 年，日本取得日俄战争的胜利，恩里克·戈麦斯·卡里略说服阿根廷两家报刊的负责人支持他赴远东旅行，目的是向《自由报》和《国家报》的读者介绍日本这一战胜国的情况、战后的影响和日本在战争中所采取的策略等。在那次旅行中，他还访问了其他亚洲国家，他的报道并不只局限于所到国家的政治、社会问题，还包括当地的色情习俗和其他传统习俗。这次旅行之后，他出版了两本书，一本是《从马赛到东京：埃及、印度、中国和日本之旅的感想》（De Marsella a Tokio：sensaciones de Egipto，la India，China y Japón，1906），一本是《日本之魂》（El alma japonesa，1907）。其中，第一本书就描写了他对中国的印象，跟同时代很多诋毁中国的文人不同，他笔下的中国形象大多是正面的。

　　这本书是一本文采飞扬的旅行见闻录，记述了作者从马赛出发一路游历到东方的经历。中国形象第一次出现在书中的第一章"情与景"（"Paisajes y emociones"）中。其中描写了作者在坐船去往东方的轮船上遇到的一位中国人。这位中国人在人群中鹤立鸡群、气宇不凡，是一位好学的学者形象：

　　　　En esta Cosmópolis flotante, entre los egipcios de perfiles de ave de presa y los indos de grandes ojos ojerosos, entre los japoneses cortos de talle y los anamitas femeniles, un personaje singular, suntuoso, grave y enigmático, interesa especialmente. Los oficiales franceses se acercan a él con respeto, y los niños, viéndole desde lejos, abren sus bocas deliciosas.

　　　　Es un chino.

　　　　Pero no es un chino vulgar, un mercader, un banquero, no, ni siquiera un diplomático, sino un sabio chino, un chino doctoral, un chino que si no fuera imponente, sería caricaturesco. Su túnica negra, cubierta de dibujos áureos, deja descubiertos los pies descalzos. Sus lentes son redondos, como los que, en los retratos de Quevedo, miran con insolencia; pero muchísimo más grandes. Su trenza, en fin, su blanca trenza encanecida por el estudio, es una cola de rata interminable.

Se llama Ta-Yen.

(Carillo，2020)

[译文]

在这个漂浮中的大都市中，在长着猛禽外形的埃及人和长着憔悴大眼睛的印度人之间，在矮小的日本人和有点女性化的安南人之间，一个与众不同、庄严、严肃和神秘的男人特别引人注目。法国军官们恭敬地走近他，孩子们远远地张着嘴巴看着他。

他是一个中国人。

但他不是一个庸俗的中国人，也不是商人，一个银行家，不，甚至不是外交官，而是一个中国学者，一个中国大师，一个若不是威风凛凛，就会被讽刺的中国人。他的黑色长袍上绣着金色的图案，双脚赤裸着。他的眼镜是圆的，他的神情是傲慢的，就像在克维多的肖像画中的那样，但是更有气场。他的辫子，他那被书房染成灰色的白色辫子，像是一条长长的老鼠尾巴。

他的名字叫田严。

这位中国人会说英语、法语、意大利语、葡萄牙语和西班牙语，其中西班牙语是他最擅长的语言，因为他准备用西班牙语写一本书，告诉世人美洲大陆是中国人发现的，不是哥伦布。他在日内瓦待了一年，还计划前往西班牙、墨西哥、美国的加利福尼亚寻找证据。他有气定神闲的笑容和宠辱不惊的淡定，一副气宇轩昂的智者形象。

中国形象在书中第二次出现是在第二章节，"新加坡"（"En Singapur"）这一篇中。戈麦斯·卡里略讲述了中国人在新加坡受到西式教育后，在商业方面表现突出，给西方人以危机感。文章开头说，比起在北京研究"黄祸论"，在新加坡更能体会到受到西式教育后中国人的才能，就像一个武装起来的菩萨、一个兵马俑、一个带着匕首和马刀的武士，一个像成吉思汗一样骑着骏马舞枪弄棒的人。但是这种威胁是和平的：

El peligro es pacífico. No amenaza los puertos de guerra, sino los puertos comerciales. Sus naves, en vez de cañones, llevan fardos de sedas, de lacas, de porcelanas, de esencias; y pronto llevarán también cargamentos de lanas y algodones, de carbón y de hierro, de drogas y cristales, de joyas y adornos, de granos y bebidas, de todo lo que la tierra y la industria producen, en fin. Se trata, tal vez, de pocos años. Pero esto no debiera sorprender a los europeos. ¿Acaso no son ellos los que se han empeñado en educar a ese inmenso pueblo que antes vivía contento en su retiro? Después de abrir brechas a cañonazos en la gran muralla, han exigido que se les permita traficar. Han fundado bancos, almacenes, depósitos, compañias, vías férreas, fábricas.

(Carillo, 2020)

[译文]

中国人带来的威胁是和平的。他们威胁的不是战争港口,而是商业港口。他们的船装的不是大炮,而是成捆的丝绸、漆器、瓷器、香精;很快,他们还将运载羊毛和棉花、煤炭和铁、药物和水晶、珠宝和装饰品、粮食和饮料;总之,土地和工业生产的一切。也许几年就能实现。但这不应该让欧洲人感到惊讶。难道不是他们在一直坚持教育中国曾经自足自乐的成千上万人吗?他们用炮火攻破长城后,要求允许他们进入内地。在那里建立了银行、百货商店、仓库、公司、铁路、工厂。

戈麦斯·卡里略评论道,这些黄皮肤的中国人并不神秘,也不是空想家。他们动手能力强,工作起来坚忍不拔,做生意讲诚信,很有礼貌,且模仿能力极强。所有人都听说过广东裁缝的故事:一个欧洲人让一个中国裁缝做衣服,不管给他什么样的样衣,那个中国裁缝都会一模一样地照做出来,连原来衣服上的破洞、污渍都完全仿造出来。中国人很擅长做生意,从事的领域很广泛,无论是新加坡的舒适旅馆、服务一流的饭店、干净整齐的商店、兑换钱币的商铺,还是工厂、作坊,这些地方的主人无不是中国人,那里的财富都属于中国人。中国厨师做的饭菜非常可口;中国商店里卖的东西物美价廉,店员服务一流,商品可供顾客随意触摸,如果顾客什么也不买,店员也不会像巴黎的店员那样态度冷淡。中国人有很强的适应能力和顺从的品性。

戈麦斯·卡里略还讲到,中国有很多地方差异和语言差异,但是对死人怀有敬畏之心是一致的。在中国修建铁路时,首先遇到的阻挠就是不能让铁轨穿过一些坟墓,因为这会让逝去的祖先不能安息。

在"上海"这一章节中,戈麦斯·卡里略留下了他对中国上海的印象。他熟悉上海,如同他熟悉欧洲的一些海港城市:

¿Es acaso la entrada de Amberes por el Escault verde gris, bajo un cielo de lluvia?…¿Es Róterdam y sus húmedas costas bañadas por el Mosa? ¿O es más bien el Elba de Hamburgo, envuelto en una tibia bruma de primavera?… Algo del norte es, en todo caso; algo ya visto en las excursiones frecuentes y en los cuadros familiares; algo que no tiene nada de exótico, ni de lejano, ni de raro. Ningún follaje extraño aparece en las riberas, y en el horizonte ningún color luce violento. Es un panorama de paz laboriosa, como los que, todos los días, vemos en Europa.

［译文］
是雨天下灰绿色的埃斯科特河边的安特卫普入口吗? ……是鹿特丹和被默兹河冲刷的湿润海岸吗?还是汉堡的易北河,被温暖的春雾包裹着? ……即便都不是,说它是来自北方的东西准没错;是在频繁的旅行和家庭照片中已经看到过的东西;既不是异国的,也不是遥远的,更不是罕见的东西。岸边没有出现奇怪的树叶,地平线上也没有突兀的色彩。这是一幅勤劳和平的全景图,就像我们在欧洲每天看到的那样。

上海是一座工业城市,是中国生产丝绸、棉制品和铁制品的地方,有数不胜数的工厂和成千上万的工人,是"工作的中国,工业的中国"。"中国工人跟欧洲工人一样灵巧和勤奋",他们可以工作十二甚至十四小时。(Cómez Carrillo, 1912:115)

第四章　现代主义思潮下的
中西文学关系

　　本部分将从文学思潮的层面研究中西文学关系。20 世纪上半叶,受到外国各种文艺思潮、理论和创作的影响,中国文学经历了史无前例的变革与探索。现代主义作为一种不可抵抗的潮流直接或间接地影响了一批文人的作品创作,促生了一批中国的现代派作家,如戴望舒、穆时英、施蛰存、刘呐鸥等。同时期的西班牙文学受欧洲思潮和外在经济、社会的冲击,传统道德价值颠覆,吸收并实践了欧洲主流现代主义文艺思潮。在相同的文学思潮影响下,可在两国这一时期的文学作品中发现一些共同特征,如世界主义、颓废主义、色情主义、城市文化等。有鉴于此,笔者将对几组中国和西班牙作家,包括鲁迅—巴罗哈、穆时英—阿索林、戴望舒—洛尔迦、郁达夫—巴罗哈做深入的对比分析,探究现代主义思潮在两国中的不同吸收、变异及调适,以期更为具象化地凸显两国更为丰富和更为多元的文学互融关系。

　　现代主义是西方现代文艺。它产生于应对 19 世纪末文学创新匮乏的背景,是传统到现代形态的转换,具有反传统趋向,追求新的艺术形式。在文学中,它表现在对文学语言、文学形式、文学主题的创新,反映了当时社会背景下的哲学观、政治观和社会观。现代主义深受法国象征主义的影响,其发展路线可分为欧洲北部国家群和以巴黎为中心的国家群。其中,前者更注重对精神的探索,后者更注重对外在形式的探索。

　　身处欧洲的西班牙,其现代主义文学一方面受来自法国象征主义及其后发展到英、美、爱尔兰等国以叶芝、乔伊斯、伍尔夫等为代表的现代主义的影响,另一方面受法国象征主义及其后发展到拉丁美洲以鲁文·达里奥为代表的现代主义的影响。与此同时,西方的现代主义思潮也影响了中国一代作家。在同一文学运动或文学潮流下,我们在这一时期的中国和西班牙文学中发现了一些共同特征,如世界主义、颓废主义、色情主义和城市文化等。

　　近一百年来,关于现代主义是文学流派、文学思潮还是文学时期,仍众说纷纭。自 20 世纪七八十年代以来,西班牙学术界越来越趋同于英美学者。这些英美学者故意混淆 modernism 同 modern、ultramodern、new、experimental 之类的形容词,赋予"现代主义"更宽广的含义,视其为多个文学思潮的集合,使其更具有包容性,承认其世界性和国际性。

　　现代主义文学与历史上发生的一系列新旧文学改革——文艺复兴、巴洛克、浪漫主义等文学趋势的不同之处在于,它标志着新文学现象的开始,即全球文学资源的共享与交流。但丁、莎士比亚、歌德、塞万提斯、李白、杜甫等作家的作品,不再只是植根于某个时空之下的民族产物,而是跨越国界成为具有普遍性的世界文化产品。现代主义文学与尼采、维克多·雨果、魏尔兰、波德莱尔等同时代杰出人物的作品融为一体,提供了全球视野和世界人文主义的集体发展,共同开启了走向现代的新篇章。也就是说,各个民族的文学作品都具有真正普遍性,不受时间和空间的限制。它们被同化、更新,并被用来创造一种新的一致的艺术形态,正如里卡多·古隆(Ricardo Gullón,1980)所言的现代主义的两种关系:一种是"现代主义和普遍主义",另一种是"现代主义和世界主义"。

　　《恶之花》的作者波德莱尔写道:"现代性是艺术昙花一现、难以捉摸、不可预料的一半,艺术的另一半是永恒和不可改变的……"(转引自 Calinescu,1991:16)波德莱尔指出的瞬时性和永恒性这两极构成了整个艺术,可以阐释如何理解现代主义运动。也就是说,现代性代表着一种新的审美趣味,新的写作技巧、题材等,力求与过去饱和的艺术拉开距离,但它本身的特点是具有瞬时性。另一方面,经典的特点是具有一定的稳定性和结构性,但这种形式会根据新审美进行改革。根据冈萨雷斯·德尔·巴耶(González del Valle)(2002:73),波德莱尔所暗示的两个时期之间的关系应该理解为:"在探索新事物的同时寻找永恒的美,表现当下最新近的现实的美,同时又自相矛盾地从短暂中剔除永恒。"波德莱尔的现代性美学观点是矛盾的,但它传达了现代艺术家脱离过去的固定标准,用创造性的想象来表现现代性的启示的思想。

　　西方对现代主义的解读无疑影响了汉语学术界探讨中国现代主义文学的方向。当前的汉学家经常使用这些术语来划分发生在 19 世纪末和 20 世纪上半叶之间的文学时期。王德威在 *Fin-de-siècle Splendor: Repressed Modernities of Late Qing Fiction*,1849—1911(1997)一书中将 1849 至 1911 年这段时期归纳为被压抑的现代性,他认为具有颓废性和色情主义的晚清小说是现代性的表现。这与普遍接受的现代文学始于五四运动的观念相异。现代性是一个具有一定模糊性的术语，"如果我们追根究底，以现代为一种自觉的求新求变意识，一种贵今薄古的创造策略，则晚清小说家的种种实验，已经可以当之"（王德威，2017:6）。在《剑桥中国文学史》第六章"1841—1937 年的中国文学"中，王德威强调了以"五四"为开端的现代分界线的重要性，指出改革派对各种西方思想持开放态度。这种革命意识并非一蹴而就，而是经历 19世纪缓慢、复杂的改革过程的结果："改革者热切吸收西方思想，博采众家：从马克思主义到自由主义，从尼采思想到弗洛伊德精神分析法；并介绍了多种文学概念，如浪漫主义、现实主义、自然主义和象征主义，来进一步完善他们的观点，即文学的发展必然一路前行，不可逆转。"（孙康宜、宇文所安，2014:518）他指出"新感觉派的出现标志着中国现代主义第一次浪潮的到来"（孙康宜、宇文所安，2014:577）。这些以新感觉派为写作风格的现代派作家，主要以刘呐鸥、施蛰存、穆时英、杜衡和戴望舒等人为代表。他们的作品往往运用极其刺激的新语言，企图唤起读者的感性，主题多取自都市物质文化生活（孙康宜、宇文所安，2014:576）。

受马泰·卡林内斯库《现代性的五副面孔：现代主义、先锋派、颓废、媚俗艺术、后现代主义》（2015）一书的启发，李欧梵将中国现代性的探索坐标定在中国上海：

> My own point of departure is to consider decadence as aesthetic style and to place it in the urban cultural context of Shanghai. Viewed in this light, decadence was definitely one of the characteristic features of Shanghai modernist literature, both fiction and poetry. The inspiration certainly came from Europe, and the works of such figures as Baudelaire, Verlaine, Schnitzler, Wilde, and Beardsley were quite popular as they were introduced by Xu Zhimo, Shao Xunmei, Shi Zhicun, Ye Lingfeng, and others
>
> (Lee, 1999:21).

［译文］

我的出发点是将颓废当成美学风格，并将它放置于上海都市文化背景中。从这个角度看，颓废是上海现代主义小说和诗歌的显著特征之一。这一灵感来源于欧洲，诸如波德莱尔、魏尔伦、施尼茨勒、王尔德和比尔兹利的作品被徐志摩、邵洵美、施蛰存、叶灵凤等人译介流行。

李欧梵在《上海摩登》一书的前言中说：

> 从晚清到"五四"，从现代到当代，到处都是由现代性而引起的问题，我不可能一一解决，但我认为现代性一部分显然与都市文化有关。我又从另外几本西方理论著作中得知西方现代文学的共通背景都是都市文化；没有巴黎、柏林、伦敦、布拉格和纽约，就不可能有现代主义的作品产生。那么，中国有哪个都市可以和这些现代大都市比拟？最明显的答案当然就是上海。
> 于是我又开始着手研究上海。
>
> （李欧梵，2017:3）

在《现代的诱惑：书写半殖民地中国的现代主义(1917—1937)》一书中，史书美将中国的现代主义定位于 1917 年至 1937 年之间，也就是以 1917 年为开端，到 1937 年抗日战争全面爆发为结束，探索这 20 年之间中国文学的现代主义。在这本书中，史书美指出现代主义是西方对中国施加文化权力的一种表现形式。五四运动后，中国作家自觉地采用了西方和日本现代主义作品的写作技巧、形式和情感，并受如尼采、柏格森和弗洛伊德等的西方现代哲学思想的影响。中国传统和西方现代性在文化层面上产生了二元对立的关系，导致中国出现急于西方化的思想倾向。也就是说，中国文学的现代化进程具有西方化的走向。对当时的许多知识分子来说，整个中国代表着过去和落后，相反，西方代表着现在和现代。当时的中国文学在各种文学体裁，不管是诗歌、小说还是戏剧，都受到了西方文学的影响。她在书中第三章以刘呐鸥、穆时英、施蛰存等作家为代表，探索了上海新感觉主义这一中国现代主义文学。

在西班牙学术界，越来越多的学者受到英美世界对"现代主义"概念解读的影响。这无疑消解了西班牙学术界以往刻板地将"现代主义"和"九八一代"两极对立的局面。这两派对决率先由萨利纳斯(Pedro Salinas)在 20 世纪 40 年代提出来，尽管一经提出就遭到了很多学者的质疑。例如，胡安·拉蒙·希梅内斯(Juan Ramón Jiménez)认为"现代主义"应该被视作一种态度、一段时期、一种文艺方式；拉因·恩特拉尔戈(Laín Entralgo)认为"九八一代"比"现代主义"概念更广，后者应从属于前者；阿隆索(Dámaso Alonso)则认为"现代主义"是一种写作技巧，而"九八一代"是一种世界观。虽然质疑声不断，两派对决在迪亚斯-普拉哈(Díaz-Plaja)著述的《现代主义和九八一代面对面》(*Modernismo frente a noventa ocho*，1951)一书中得到进一步巩固。迪亚斯-

普拉哈认为,两派对决是纯文学和非纯文学的较量,一派关注道德观("九八一代"),一派关注美学形式("现代主义")。基于此,他认为"九八一代"的英雄崇拜者是马里亚诺·何塞·德·拉腊因(Mariano José de Larra),精神引路人是尼采,流派代表人物是乌纳穆诺(Unamuno);"现代主义"的英雄崇拜者是爱伦·坡和波德莱尔,精神引路人是魏尔伦,流派代表人物是鲁文·达里奥(Díaz-Plaja,1979:184)。洛美柔·洛佩斯(Romero López,1998:54)指出,"九八一代"与"现代主义"是基于美学与道德标准的对立,"现代主义"蕴含着"阴柔的"、"外国的"、"病的"、"外向的"、"美的"、"避世"和"浪漫主义";"九八一代"则意味着"阳刚的"、"民族主义的"、"理性主义的"、"内向的"、"有道德情操的"、"批评主义"和"自然主义"。

虽然仍然能在西班牙图书馆里的许多老教科书中看到将"现代主义"定义为单一的文学潮流,其狭隘的定义是使用精美的语言描写各种花草、珍奇异种、异域风情、奢靡的环境等,但这备受现代学者的批判。里卡多·古隆(Gullón,1990:5-6)指出,如果单纯将作家分为美学派和道德派,当深入研究这些作家作品时就会发现,这两派的界限是趋于消失的。例如,如何安置巴因-克兰(Valle-Inclán)?说他是美学派还是忧国忧民的道德派?达里奥·维拉纽瓦(Villanueva,2005:132)认为"九八一代"应该从属于"现代主义",是国际危机在西班牙的表现,是依存于现代性存在的普遍问题。只有将文学流派、文学运动、文学时期这三个概念合起来才能让西班牙的现代主义含义更广泛,而不需要将某些作家排除在研究范围之外(Romero López,1998:62)。今天,"现代主义"和"九八一代"这一对立局面应该被遗忘,应将"九八一代"作家作品纳入欧洲现代主义的研究框架之中(Platas Tasende,2007:426)。

从时间上来看,西班牙学术界将 1902 年视为一个重要的时间点。文学史家何塞·卡洛斯·迈纳(José Carlos Mainer)将 1902—1939 年间的西班牙文学归为白银世纪文学。这期间出现了一批灿若星辰的文学家,尤其是 1902 年出现了四部重量级小说,分别是:乌纳穆诺的《爱情与教育学》(*Amor y pedagogía*)、巴罗哈的《完美之路》(*Camino de perfección*)、阿索林的《意志》(*La voluntad*)以及巴因-克兰的《秋天奏鸣曲》(*Sonata de otoño*)。这些小说都与 19 世纪的现实主义小说截然不同。

中国的现代主义文学发轫于 20 世纪二三十年代,晚于西班牙的现代主义文学。《小说月报》《无轨列车》《新文艺》《现代》《文艺风景》《文饭小品》《文艺月刊》等杂志介绍了法国象征主义、超现实主义、英美意识流、日本新感觉主义等思潮,译介和介绍了包括瓦莱拉、保尔·穆行、阿索林、乔伊斯、马拉美、欧内斯特·道森、沃尔夫、横光利一、福克纳、洛尔迦和艾略特等现代派作家。可以说,中国的现代文学是附属于欧洲文学系统的,是"世界化"的文学(严家炎,1995:17)。

尽管现代主义纷繁复杂,对其解读众说纷纭,但毋庸置疑的是,它对艺术进行了革新。在相同的文学运动和文学思潮下,通过考察这一时期两国文学作品,尤其是在一些中国作家和西班牙作家的作品中,我们发现了某些共同特征。我们将通过对几组中西作家作品的对比分析来探讨中国和西班牙现代主义文学中的文学变革。

第一节　沉沦:郁达夫与皮奥·巴罗哈

西班牙现代主义与法国象征主义密切相关。它代表一个过渡时期,表现在对文学的更新以缓解世纪末的表达危机,是对 19 世纪现实主义和自然主义的颠覆。现代主义的鼻祖波德莱尔认为"整个社会不过是一具腐烂的尸体",由此催生出的现代主义被视作是对 19 世纪高度发展的理性主义的声讨。道德沦丧、绝望成为现代主义的重要特征,许多作家被悲观主义笼罩,尼采、叔本华、柏格森的哲学思想都深深影响了现代主义文学的发展,弗洛伊德的"潜意识"精神分析论提供了人们认识自己心灵深处的理论依据。

就中国现代主义而言,由于它是在日本和西方双重殖民的背景下发生的,因此对它的描述和定义更加复杂。中国文学现代化进程意味着对西方伦理形态和价值观的同化,改革以更加激进甚至暴力的方式发生。在资本主义侵略危机和内部抵制封建统治的复杂的背景下,西方文化的现在和过去共同影响和催生了中国现代文学。这种模仿甚至是无批判性的,由于知识分子致力于摆脱世纪之交中国社会陷入的社会和精神危机,在某种程度上,它缺乏深度和反思。胡兰成(2003:28)曾评价说:

> 今之文化人讲科学,疏外了大自然。讲民主,断绝了知性。此始自五四时,而战后为甚。先是把中国言语的美来破坏了,跟着是道德大堕落,于是中国人身体的线条与容貌的美亦丧失了。中国文明的刚柔与方圆之理,几千年来表现在人体上,现在可是都像西洋人的硬直的线条了。史上对一个民族的这种破坏的全过程,要经过一百五十年乃至三百年才能达

成的,现在即是以电视与收音机与报章杂志与美国式学校,在短短的三十年中就都达成了。今写诗歌小说的作家,有否注意到人物身体的线条与容貌表情都成了西洋人的模造品?

　　原来女子的体格线条,还有比中国女子更柔的,那就是日本女子,但我觉得还是中国女子的体格线条柔中有劲直洒脱,胜如日本的。老庄说的柔弱,本来是刚强的姿态,所以带一种轩豁。

(胡兰成,2003:28)

　　这段话出自胡兰成的《中国文学史话》,他总结了中国近代西洋小市民的文学特征:

　　近代西洋小市民的文学,是由三种东西构成的:一、物理学的条理章法,包括立体的、投影的、与统计学的描写方法。二、动物的肉体的感触,包括生命力与情欲的心理分析与行为上的映像的描写坐标。三、巫魇的情绪,包括怪力乱神的旋律与破裂的描写展开。这些完全是无明。而中国现在文坛在模仿的,即是这一种西洋文学。

(胡兰成,2003:48)

　　在胡兰成看来,中国文学的精髓在于崇敬自然。自古以来,中国的文学有四个表征:一是对大自然的感激,二是忠君,三是娱乐,四是喜欢反思。但这一切都被现代化和西方化打破了。

　　如前文所述,城市文化被认为是中国现代主义的一个重要方面,它本身就构成了具有西方特色的异国环境。受西方现代主义文学的影响,在这个空间中弥漫着一种颓废的氛围,充斥着性压抑、对女性身体的幻想和肉体接触等与情色密切相关的主题。城市文化中的物质主义带来了空虚、孤独和忧郁,使个人主义得到不断的探索,技术上体现为独白、记忆、自传、循环时间等写作方式的运用。

　　不可否认的是,西班牙现代主义是西方现代主义的一部分。亲历过这一时期的西班牙作家更愿意用现代主义这一概念来指代一种时间概念,即用现代主义指代在此期间内发生的所有文学运动,而不愿意单独用其限定某个特定的流派。他们倾向于用现代主义来描述"颓废主义之后诞生的过渡性运动"(Ugarte,2016:43)。在 1907 年 3 月发表的《西班牙和美洲的现代主义》一文中,诺道(M. D. Nordau)认为现代主义是"一股让年轻作家对不入流的、矫揉

造作的、可笑的法国纨绔子弟文学进行令人遗憾的奴性模仿的潮流。[……]
这就是为什么优秀的鲁文·达里奥先生仍然致力于吟诵魏尔伦式的神秘主义
的长篇大论,仿佛这种天真无邪的狂热是最后呐喊,以及为什么其他人再现波
德莱尔的恶魔主义,让往年的雪或于斯曼的欣喜若狂、脱节和色情的天主教感
到振奋,这也属于旧月的范畴。但是,如果精准定义的话,我们会说:"现代主
义是向西班牙输入法国样式,这些样式在法国已不再流行。"(Martín Ramos,
2016:37)

颓废主义被视为反现代化的一个显著特征,与其关联的词汇通常有"颓
废""病态""无力""堕落"等,是个人主义的产物,表现为精神上的堕落与不振
奋,以及因个人意志的丧失而产生的各种视觉、气味等联觉。在文学形式上,
它倾向于打破与其他艺术之间的隔阂;主题上,多表现一些患有精神性疾病、
意志消沉、自我陶醉、与外界不相融、被边缘化、悲观厌世、面容憔悴、无精打采
的人物形象,且这些颓废主义者大多是不道德的。颓废主义的另一个特征表
现为世界主义的世界观,是对本国传统道德的冲击。在这类文学中经常会出
现一些异国情调的元素。

皮奥·巴罗哈在他的作品里就展现出了一幅颓废的景象。他最重要的作
品、小说《完美之路》(Camino de perfección,1902)展现了他对西班牙颓废现
象的担心。男主人公费尔南多·奥索里奥(Fernando Ossorio)是一名年轻的
医学生,但是很快因为厌倦而放弃学业,转而从事艺术。他身材瘦高,肤色黝
黑,沉默寡言,有一双不安的眼睛,总是一副忧郁的样子。他对学习不感兴趣,
认为自己是堕落的。小说的开头描绘了一幅费尔南多的画作,这幅画意味深
长,画名叫《沉默的时刻》(Horas de silencio)。画面里是四个穿着黑色衣服
的年轻人,个个面容枯槁,隐约能看出他们的形象儒雅,但是他们定是经历了
一些很痛苦的事情。置身在一间凄凉的被废弃的房间里,他们面对的是首都
悲惨的生活和工作,远处的景象预示着一场可怕的灾难。那座有着大烟囱的
大都城仿佛是吞噬被遗弃的兄弟们的怪物一般。这幅画将世纪末面对进步的
痛苦生动地呈现出来。小说以主人公费尔南多离开堕落的马德里,去其他地
方寻找完美之路而终结。

巴罗哈的小说《科学之树》(El árbol de la ciencia,1911)也凸显了马德
里在19世纪90年代里的颓废气息,里面描写了各种娱乐、恶习、妓女等题材。
该作品暗示当时西班牙深受法国纨绔子弟文学的影响,例如对胡里奥·阿拉
西尔这一人物的刻画:

A Julio le molestaba todo lo que fuera violento y exaltado: el patrio-
tismo, la guerra, el entusiasmo político o social; le gustaba el fausto, la
riqueza, las alhajas, y como no tenía dinero para comprarlas buenas, las
llevaba falsas y casi le hacía más gracia lo mixtificado que lo bueno.[…]

Con su sentido previsor de hormiga, calculaba la cantidad de placeres
obtenibles por una cantidad de dinero. Esto constituía una de sus
mayores preocupaciones. Miraba los bienes de la tierra con ojos de tasa-
dor judío.[…]

Julio leía novelas francesas de escritores medio naturales, medio
galantes; estas relaciones de la vida de lujo y de vicio de París le encantaban.

(Pío Baroja, 2001:64-65)

[译文]

胡里奥对暴力和狂热之外的一切都感到厌烦,包括爱国主义、战争、
政治和社会热情。他喜欢奢华、财富、珠光宝气,因为他没有钱去买真品,
只能佩戴和穿着假冒品,而且他对这样以假乱真感到有趣。[……]

凭借他蚂蚁般的远见卓识,他计算着用金钱所能获得的乐趣。这是他
最大的担忧之一。他用犹太估价师的眼光看着这片土地上的货物。
[……]

胡里奥读的是自然与风流偶傥参半的法国作家的小说;巴黎的奢华
与罪恶生活交织的这些关系使他感到高兴。

在这本书"性与色情"这一章节中,巴罗哈展现了法式文学对西班牙人的
影响,并讽刺地揭示了镇上书店唯一出售的书籍就是那些"法式小说;色情、淫
邪、带一定心理描写的,专供军人、学生和没有什么头脑的人阅读的色情小说"
(Pío Baroja,2001:216)。这些封面上是裸体女郎的色情小说被堂而皇之地摆
在书店中,这与落后的小镇上的天主教道德约束背道而驰。巴罗哈在书中借
主人公安德烈斯的口吻做了如下反思:

Qué paradoja ésta de la sexualidad pensaba Andrés al ir a su
casa. En los países donde la vida es intensamente sexual no existen moti-
vos de lubricidad; en cambio, en aquellos pueblos como Alcolea, en
donde la vida sexual era tan mezquina y tan pobre, las alusiones eróticas

a la vida del sexo estaban en todo.

　　Y era natural; era en el fondo un fenómeno de compensación.

(Pío Baroja，2001:216-217)

[译文]

　　安德烈斯在回家的路上想，这些色情书籍可真荒谬。在那些充满性生活的国家，润滑剂没有存在的必要；但是，在阿尔克来阿这样的城镇，性生活如此匮乏和贫瘠，却到处都是对性生活的色情暗示。

　　这也是自然的，究其本质是一种补偿现象。

　　在 20 世纪上半叶作家的作品中，如此大胆地出现性主题，究其原因，不得不承认弗洛伊德精神分析论带来的影响。弗洛伊德认为性是本能，人的欲望并非罪恶，压抑欲望才是罪恶。当性压抑得不到释放时，会引发病理学问题。这使得"发泄"行为被认为是合理的。库纳曾说，如果没有弗洛伊德，许多现代主义思想是不可想象的。

　　此外，巴罗哈的这本小说采用半自传体，以第三人称叙事者作为叙事视角，只展示一个单一角色的内心情感，故事情节呈线性发展。从中可以看出，他的作品一方面保留有传统的写作方式，比较忠实地再现了他所生活的社会风貌（他所描写的故事发生在 1887 年至 1896 年间，距他写作的时间有 20 年的时间差），一方面又对语言以及写作视角进行了创新。达里奥·维拉纽瓦（Darío Villanueva）（2005:53）曾评价说："巴罗哈、乌纳穆诺和阿索林等人都曾对 19 世纪作家兼叙述者的无所不知和无所不在的这种全知全能写作视角持相反的见解；他们的叙事增加了叙事时空的层次，包括同时或是连续的叙事，塑造人物的方式也不同；他们的写作破坏了人物的连贯性，强调人物的主观意志；他们甚至毫不犹豫地放弃了用故事情节来塑造小说中的角色，取而代之的是对日常生活的超然升华。"这种新的叙事话语与颓废的主题也体现在其他同时代的作品中，如毛姆的《人性的枷锁》、菲茨杰拉德的《伟大的盖茨比》等小说，都表现出了相似的小说变革趋势。

　　在同时代的中国作家中，郁达夫被认为是最早且最有影响力的颓废主义风格的作家。他的短篇小说集《沉沦》出版于 1921 年，在中国文坛引起了不少喧哗，褒贬不一。他是弗洛伊德精神分析论的支持者，他的作品中有大量露骨的情欲描写，叙述了一个年轻人被肉欲折磨的经历，包括偷窥和手淫等私密行为。他认为这些都是一些健康的发泄，但这与当时盛行的社会道德相悖，因此遭到了当时文人知识分子的猛烈抨击。

　　郁达夫深受外国作家及文艺家的影响,如瓦格纳、欧内斯特·道森、华兹华斯、爱默生、梭伦、海涅、果戈里、詹姆斯·汤姆森、莱奥帕尔第、歌德、王尔德、魏尔兰等人的名字都在他的文中出现过,其中相当一部分都是颓废主义文艺家。他还经常用英语或德语原文引用这些作家的作品,作为文中主人公独白的一部分。其中也不乏对法国情爱小说的引用。

　　例如,在他的《银灰色的死》中,他引用了瓦格纳的歌词,借此抒发主人公内心的苦闷:

> Dort ist sie;—nahe dich ihr ungestoert!
> So flieht fuer dieses Leben
> Mir jeder Hoffnung schein!
> (Wagner's tannhaeuser)

> (你且去她的裙边,去算清了你们的相思旧债!)
> (可怜我一生孤冷! 你看那镜里的名花,又成了泡影!)

(郁达夫,2003:8)

《银灰色的死》描写了一个二十四五岁、在日本留学的中国学生。他颓废,萎靡不振,苦闷,病态,遭受亡妻之痛,孤独,为情所困,最后惨死于脑溢血:

> 　　他近来的生活状态,比从前大有不同的地方,自从十月底到如今,两个月的中间,他总每是昼夜颠倒的要到各处酒馆里去喝酒。东京的酒馆,当炉的大约都是十七八岁的少妇。他虽然知道她们是想骗他的金钱,所以肯同他闹,同他玩的,然而一到了太阳西下的时候,他总不能在家里好好的住着。有时候他想改过这恶习惯来,故意到图书馆里去取他平时所爱读的书来看,然而到了上灯的时候,他的耳朵里,忽然会有各种悲凉的小曲儿的歌声听见起来。他的鼻孔里,也会脂粉,香油,油沸鱼肉,香烟醇酒的混合的香味到来。他的书的字里行间,忽然会跳出一个红白的脸色来。一双迷人的眼睛,一点一点的扩大起来。同蔷薇花苞似的嘴唇,渐渐儿的开放起来,两颗笑靥,也看得出来了。洋磁似的一排牙齿,也看得出来了。他把眼睛一闭,他的面前,就有许多妙年的妇女坐在红灯的影里,微微的在那里笑着。也有斜视他的,也有点头的,也有把上下的衣服脱下

来的,也有把雪样嫩的纤手伸给他的。到了那个时候,他总会不知不觉的跟了那只纤手跑去,同做梦的一样,走了出来。等到他的怀里有温软的肉体坐着的时候,他才知道他是已经不在图书馆内了。

(郁达夫,2003:2)

　　这篇文章采用第三人称的叙事视角,突破了全知全能的写作方式,只聚焦于展示单一人物的内心情感。主人公借酒精游离于现实之外,在梦境与现实之间摇摆,只有在与女人发生肉体接触时,才能恢复意识,这似乎是他找到自己存在的唯一途径。他的躯体和灵魂是分开的两部分。他过着昼夜颠倒的生活,晚上总是到各处酒馆喝酒。他去图书馆看书时,会产生各种联想,女人、美食和各种酒味飘进他的鼻孔里,他闭上眼睛时会浮现出许多妙龄妇女,"也有斜视他的,也有点头的,也有把上下的衣服脱下来的,也有把雪样嫩的纤手伸给他的。到了那个时候,他总会不知不觉的跟了那只纤手跑去,同做梦的一样,走了出来。等到他的怀里有温软的肉体坐着的时候,他才知道他是已经不在图书馆内了"(郁达夫,2003:2-3)。

　　《沉沦》是郁达夫同名小说中的一篇,它给郁达夫带来了巨大的成功和声誉,使他的作品热卖。故事讲述了一个在日本的中国留学生(看起来非常像作者自己的传记),他性压抑,受辱,害怕,是一个年轻的忧郁症患者。他认为他患病跟中国国力的衰弱有关,"祖国呀祖国!我的死是你害我的!你快富起来,强起来吧!你还有许多儿女在那里受苦呢"(郁达夫,2003:50-51),最后的这几声呐喊使小说的主题得到升华。郁达夫还在文中将色情主义合理化。"'五四'知识分子将精神分析学说、尼采的存在主义和柏格森的生命哲学视作有前途的现代性,并赋予这些学说以合法性,因为对现代性的追求正是'五四'目的论的基础"(史书美,2012:77)。郁达夫的有关性压抑和手淫的看法,以及尼采等哲学的运用都是他在这一新领域的尝试。例如,在《沉沦》这篇小说中,主人公将自己视作查拉图斯特拉,他认为性欲是人类的自然需求:

　　然而到了这一邪念发生的时候,他的智力也无用了,他的良心也麻痹了,他从小服膺的"身体发肤""不敢毁伤"的圣训,也不能顾全了。他犯了罪之后,每深自痛悔,切齿的说,下次总不再犯了,然而到了第二天的那个时候,种种幻想,又活泼泼的到他的眼前来。他平时所看见的"伊扶"的遗类,都赤裸裸的来引诱他。中年以后的 madam 的形体,在他的脑里,比处女更有挑发他情动的地方。他苦闷一场,恶斗一场,终究不得不做她们的俘虏。

（郁达夫，2003：32）

郁达夫短篇小说集中的故事通常发生在日本和中国，故事中对性欲主义的描写因不同的语境而有不同的含义。在他以中国为背景的小说中，性挫败的描写代表着对压抑个人性欲的严厉的道德观的批判，而在以日本为背景的小说中，性挫折暗示着民族的弱点（史书美，2012：131）。

这本短篇小说集的另一个值得注意的特点是采用了大量的独白。独白是自传体叙事中常见的文学表现形式，直观地表现人物在某一时刻的思想情感，注重心理描写和心理分析。独白可以使叙述者的角色被暂时省略，人物角色就掌握了自己的命运。独白的运用会创造现实世界与梦境混淆的效果，在 19世纪末 20 世纪上半叶的文学运动中得到广泛运用，因为独白可以对个人主义进行探索与挖掘，被认为是对 19 世纪现实主义和自然主义的对抗。后者的轴心在于捕捉整个社会，正如加尔多斯和巴尔扎克的作品那样。许多批评家认为，个人主义是颓废文学反现代行为的表现。例如，何塞·德莱托·伊·皮努埃拉（José Deleito y Piñuela）将现代主义定义为"与社会解体相对应的有机解体"（转引自 Litvak，1990：113）。

独白也是巴罗哈小说中惯常使用的手法。在《完美之路》中，巴罗哈用大量独白表现主人公费尔南多的精神世界。费尔南多遭遇了各种不如意，他脑子里时常想不如就一直睡过去，他自言自语地说：

《¿Qué es la vida? 》《¿Qué es vivir?》Moverse, ver, o el movimiento anímico que produce el sentir? Indudablemente, es esto: una huella en el alma, una estela en el espíritu, y, entonces, ¿qué importa que las causas de esta huella, de esta estela, vengan del mundo de adentro o del mundo de afuera? Además, el mundo de afuera no existe; tiene la realidad que yo le quiero dar. Y, sin embargo, ¡qué vida ésta más asquerosa!

（Pío Baroja，1920：110）

［译文］
生活是什么？什么是活着？行动起来，旁观，还是产生感觉的心理运动？生活无疑是这样：是灵魂中的痕迹，也是精神中的痕迹。那么，这个痕迹的起因，是来自内在的世界还是来自外在的世界又有什么关系呢？

而且,外部世界并不存在;它有我想给它的现实。然而,这是多么令人作
呕的生活!

费尔南多这一番对生活希望的幻灭即是对叔本华哲学的回应,是现代主
义文学中美学和哲学交融的体现。

乌纳穆诺的小说《迷雾》也采用了大量的独白来表现人物个性。这本小说
是对存在主义的探索,里面有大量心理描写。乌纳穆诺对客观世界不感兴趣,
他认为小说应该贴近生活的形式,即缺乏结构性。意识流小说正是建立在这
样的基础上的,将心理描写扩展到潜意识的描写。《迷雾》这本小说运用柏拉
图对话的模型,具有更精细的辩证张力。独白的运用允许作者在没有特别的
写作计划的情况下写作,将不同的主题融入其中,指出人的精神和存在是一团
迷雾。

《¿Sueño o vivo? se preguntó embozándose en la manta. ¿Soy águila
o soy hombre? ¿Qué dirá el papel ese? ¿Qué novedades me traerá el
nuevo día consigo? [...]》. Y diose media vuelta en la cama.

¡La correspondencia!... ¡El vinagrero!... Y luego un coche, y
después un automóvil, y unos chiquillos después.

《¡Imposible! volvió a decirse Augusto. Esto es la vida que vuelve. Y con
ella el amor... ¿Y qué es el amor? ¿No es acaso la destilación de todo es-
to? ¿No es el jugo del aburrimiento? Pensemos en Eugenia; la hora es
propicia》.

Y cerró los ojos con el propósito de pensar en Eugenia. ¿Pensar?

(Unamuno, 1996:128)

[译文]
"我是在梦中还是醒着?"他问自己,同时用被子蒙住了脸。"我是鹰还
是人? 那个家伙说的什么? 新的一天为我带来了什么消息? 这个夜晚一
场地震吞噬了科库比翁吗? 为什么不吞噬莱比锡呢? 啊,概念的富有诗意
的联系,品达式的混乱! 世界真是一个万花筒。逻辑是人造出来的。至高
无上的艺术是偶然。那么,让我们再睡一会儿吧。"他在床上翻了一下身。

"信……!"卖醋的人! 然后是一辆马车,接着是一辆汽车,最后是几
个男孩。

"不可能!"奥古斯托又自然自语起来。"这是生活,它回来了。爱情也随着它回来了……什么是爱情呢?难道不是这一切的流淌吗?不是厌倦的液汁吗?让我们想想欧亨尼娅吧。时间是合适的"。

他合上眼睛,打算想一下欧亨尼娅。想?

(乌纳穆诺,2016:29;朱景东译)

在乌纳穆诺的小说《迷雾》中,男主人公是一副病态的的样子,他求爱不得,总是郁郁寡欢,经常疯疯癫癫,极端痛苦,最后死去。

由此可见,颓废主义在西班牙和中国现代文学中都得到了展现,且都与法国象征主义等西方颓废主义运动相关联。在当时两国的颓废主义文学中,"颓废"与"不道德"相对等,与情色意识息息相关,都试图揭露传统道德掩护下的丑陋现实,表达了对社会不公的反叛情绪。在颓废主义文学中,主人公往往是孤独抑郁的形象,饱受情感和精神的折磨。独白及碎片式的写作方式将这些主人公痛苦、苦闷以及逃避现实等情感态度表现得淋漓尽致,在叙述时间、叙述结构、人物塑造等方面颠覆了传统的形式与技巧。

第二节　象征主义:鲁迅与皮奥·巴罗哈

鲁迅非常喜欢皮奥·巴罗哈,是第一位将这位西班牙作家引入中国的译者。他翻译了巴罗哈的《山民牧唱》(今作《阴郁的生活》[①]),这是巴罗哈踏入文坛之后于 1900 年出版的第一本著作,西班牙语原名为 *Vidas sombrías*。鲁迅参照的是 1924 年日本新潮社出版的《海外文学新选》第十三编《跋司珂牧歌调》,里面多是由笠井镇夫和永田宽定所译的短篇小说。鲁迅在《〈山民牧唱·序文〉译者附记》中写道:

作者巴罗哈(Pío Barojo y Nessi)以一八七二年十二月二十八日生于西班牙的圣绥巴斯锵市,从马德里大学得到 Doctor 的称号,而在文学上,则与伊本纳兹齐名(今作伊巴涅斯)。

但以本领而言,恐怕他还在伊本纳兹之上。即如写山地居民跋司珂

---

① 最新的中译本是戴永沪 2017 年翻译的《巴罗哈小说散文选》,由漓江出版社出版。

族(Vasco)的性质,诙谐而阴郁,虽在译文上,也还可以看出作者的非凡的手段来。

(鲁迅,2006:243)

自 1929 年起,鲁迅陆续在《译文》《文学》《新小说》《奔流》等当时最知名的报刊中发表了十几篇巴罗哈的《阴郁的生活》中的短篇故事译作。他曾多次在不同场合表达对皮奥·巴罗哈的喜爱。在《〈面包店时代〉译者附记》中,他说"巴罗哈同伊本纳兹一样,是西班牙现代的伟大的作家",之所以不如伊巴涅斯有名是因为后者的《血与沙》被好莱坞搬上屏幕并在上海上映过:"他的不为中国人所知,我相信,大半是由于他的著作没有被美国商人'化美金一百万元',制成影片到上海开眼。"鲁迅为了给皮奥·巴罗哈鸣不平,亲自翻译了巴罗哈的作品。由于鲁迅的推介,巴罗哈逐渐被当时的读者所熟悉。在 1934 年的《〈少年别〉①译者附记(12 月 29 日)》中,鲁迅写道:

> 《少年别》的作者 P.巴罗哈,在读者已经不是一个陌生人,这里无须再来介绍了。这作品,也是日本笠井镇夫选择的《山民牧唱》中的一篇,是用戏剧式的形式来写的新样式的小说,中国还不多见,所以就译了出来,算是献给读者的一种参考品。

(鲁迅,2014a:316)

鲁迅翻译的巴罗哈的《山民牧唱》于 1938 年第一次完整收录在《鲁迅全集》中。此后,人民文学出版社在 1973 年至 2013 年间至少再版了 7 次。而《山民牧唱》单行本于 1953 年由人民文学出版社出版,这个版本还被巴罗哈的侄子卡罗·巴罗哈(Caro Baroja)收藏。在 1955 年西语版的《阴郁的生活》的序言中,卡罗·巴罗哈指出巴罗哈的这本著作在东方先被译成日语,然后再从日语译成中文。他手里的人民文学出版社 1954 年版《山民牧唱》得赐于他的朋友智利作家尤金·马图斯(Eugenio Matus,1929—1997)(Caro Baroja,1975:13-14)。

鲁迅翻译的巴罗哈的短文包括:

"Elizabide el Vagabundo"《放浪者伊利沙辟台》

"El carbonero"《烧炭人》

---

① 《少年别》是巴罗哈的短篇小说集《阴郁的生活》中的一篇。

"Playa de otoño"《秋的海边》

"Las coles del cementerio"《一个管坟人的故事》

"Marichu"《马理乔》

"Noche de médico"《往诊之夜》

"Bondad oculta"《善根》

"La venta"《小客栈》

"Lecochandegui, el jovial"《促狭鬼莱哥羌台奇》

"El charcutero"《会友》

"Caídos"《少年别》

"Errantes"《流浪者》

"Mari Belcha"《黑马理》

"Hogar triste"《移家》

"Angelus"《祷告》

"Elogio de acordeón"《手风琴颂》

鲁迅和皮奥·巴罗哈两人的人生相似，都有弃医从文的经历，都具有忧国忧民的情怀。巴罗哈的《阴郁的生活》写于 1892 年至 1899 年之间，大部分的篇章是他在巴斯克地区 Cestona 的小山村当山村医生期间完成的，那里的生活让他觉得漫长且无趣。当时他有一个大笔记本，除了记录一些出诊记录，还余下很多空白页，于是他将那些空白页写满故事来打发时间。他在那里写下了《往诊之夜》《马理乔》《黑马理》《秋的海边》《祷告》《烧碳人》等篇章，都是取材于他近距离接触到的当地生活，具有浓郁的巴斯克地方色彩。还有几篇写于他居住过的瓦伦西亚附近的一个村庄，他父亲曾在那里的一个矿场做过一段时间的工程师，在那里他写下了《善根》等故事。还有几篇写于他从塞斯岛返回马德里期间，如《移家》。巴罗哈的《阴郁的生活》贴近群众，具有无政府主义和虚无主义的倾向。他的作品多关注一些社会问题，受叔本华和尼采的影响，充满悲观主义色彩。无论是在农村还是在城市，人民的生活无一例外，都是阴郁的、悲惨的、暗淡的，被生活所困。例如，在《烧碳人》中，他讲述了一个年轻烧碳工，在山区矿场从十几岁工作到二十几岁，看不到未来；《流浪者》描写的是社会上一群无家可归的人，包括补铜匠、乞丐、挑夫、无业游民等；《移家》讲述的是城市里一对夫妇因丈夫失业生活一贫如洗的故事。书中人物受压迫的生存状态让鲁迅感同身受，让他想到了受压迫的中国人。鲁迅接触到巴罗哈的作品时，中国正处于北伐战争时期，鲁迅在文中经常传递着他对中华民族命运的担忧。

　　鲁迅欣赏巴罗哈的另一个原因是巴罗哈高超的写作技巧。巴罗哈的短篇故事中充满了诗歌元素。他受法国象征主义影响，又结合了艾伦·坡、陀思妥耶夫斯基、狄更斯等作家的叙事技巧。巴罗哈在 1955 年西语版《阴郁的生活》的《前言》中说，那时候他喜欢读的作家是雨果、巴尔扎克、欧仁·苏（Eugenio Sue）、乔治·桑（George Sand）、大仲马、蒙特平（Montépin），最喜欢读且深刻影响他的作家是艾伦·坡、狄更斯、司汤达、托尔斯泰、陀思妥耶夫斯基和尼采（巴罗哈，1997：70）。如瓦克斯·萨莫拉（Váquez Zamora）所评价的："巴罗哈是个水平极高的叙述家。他总是在叙述、讲述、编织一段段的故事，他在书中如此，在他的日常生活中也是如此。所以，他的大部分短篇小说都能写成长篇小说，其中不少是可以被拆成几段，继续被续写。就像被安装了一个叙述设备，可以不停地工作或者可以随意暂停。因此，说巴罗哈的短篇小说是短篇，这是相对的。"（Baquero Goyames，1972）巴罗哈的很多长篇小说其实是很多短篇小说的集合。在他的作品中，既有人性的美，也有丑，既有善，也有恶，但是都浸透着忧郁的灰色的调子。就像其他 20 世纪的短篇小说作品一样，他的这部短篇小说集中，故事性或者说动作冲突都淡化了，不像 19 世纪以故事为主导的短篇小说那样，有核心凝练的故事情节。发表在 1900 年的巴罗哈的这本故事集，如一股新流、弄潮儿，文中充满诗歌元素，由一篇一篇的叙事散文诗构成，故事的结局多是开放的，或者没有结局。"在巴罗哈最初的几部小说中，…… 有许多几乎是现代主义式的抒情描写和延展。"（Alberich，转引自 Baquero Goyanes，1972）在《阴郁的生活》中，可见许多现代主义文学的特征，例如颓废、阴郁、压抑的环境描写和主题。

　　秋天代表哀伤，这也是现代主义文学中比较偏爱的一个季节。巴克罗·戈亚内斯（Baquero Goyanes，1972）指出，秋的意境在巴罗哈的《阴郁的生活》中出现多次。在巴罗哈的《秋的海边》《往诊之夜》《黑马里》等篇章中都出现了秋天的景象。例如，《秋的海边》一文中虽然没有冲突的故事情节，但整篇文章都通过大量的环境描写来衬托马理亚·路易莎婚姻不幸的忧郁情绪：

　　　　这真是象个秋天的亮星夜。纱似的，光亮的雾气，笼罩着周围。听不到一个声音，感觉不着一些活气，来破这微明的幽静的，什么也没有。只从远处，传来了缓缓的，平静的，安稳的大海的低声……

　　　　村子，海，群山——所有一切，都给已在早风中发起抖来的灰色的烟霭抹杀了。

　　　　马理亚·路易莎一面沉思，一面凝视着遮住眼睛，不给看见远方的不透明的浓雾,就觉到了一种平安。在暗中放大了的瞳孔,逐渐的看出一点东西来,有些是轮廓也不分明的一个影,有些是海边的沙地的白茫茫。烟霭的团块一动弹,那些无形的各种黑影便忽而显出来,忽而隐了去。

风是陆风,潮湿,温暾,满含着尖利的臭气和由植物发散出来的蒸热。因为时时有海气扑鼻而至,就知道其中还夹着海风。

曙光从浓雾的灰色薄绢里射了出来了。于是模糊的、没有轮廓的东西,也就分明的决定了模样。还有村庄,吉普斯科亚海岸的许多黑色房屋的那村庄,也从它所站着的冈子上面显出形相来了。村中的人家,是都攒在教堂的旧塔的四近的,站着,傍眺了海——总是掀起着大波,喧嚣着,总是气恼的唠叨着,喷着白沫的那北方的暗绿的海。

(……)

面前看着这样肃静的、切实的生活;澎湃的海和钟声,又使她在近旁感到开口说话的宗教,马理亚·路易莎的心里,就浸透了一种淡淡的哀愁。直到太阳的光线射进屋子里面时,她这才觉得气力。自己向镜中去一照,在两眼里,看见了做梦似的,含着悲哀的,柔和的表情。

(皮奥·巴罗哈,2014:329-330;鲁迅译)

鲁迅曾说过,"注重翻译,以作借镜,其实也就是催进和鼓励着创作"(2014:81)。我们在鲁迅的《野草》中发现了他跟巴罗哈的很多相似之处,这种感应和共震不仅体现在相似的文学主题上,也体现在写作技巧上,都运用了象征主义写作手法,且运用大量诗歌的元素。王佐良就曾评价说:"《野草》中他(鲁迅)成了抒情诗人,一篇篇散文诗喷薄而出,其怀旧柔美令很多读者无限缱绻。"(王佐良,2016:57)鲁迅的《野草》出版于 1927 年,里面收录了 23 篇极具诗意的散文,分别书写于 1924 年至 1926 年间北洋军阀的统治之下。而日本笠井镇夫(Kasai Shizuo)的日语版的巴罗哈的《阴郁的生活》恰巧在 1924 年出版。从时间上来看,鲁迅的《野草》是有可能受到巴罗哈的影响的。鲁迅的《野草》中有很多环境描写,运用了许多象征主义的写作手法,且不强调故事性。他的文章优美有韵律,富有哲学性,字里行间充溢着孤独和忧郁,是对灵魂、对道德、对人类生存的探索,揭露了世间的无情和黑暗。其思想受柏格森的影响,他眼前的这个世界是无奈的、无依无靠的、命运多舛的和绝望的,但他坚信能找到一条生存之路。而巴罗哈的作品流露着对西班牙社会的不满情绪,有一种虚无的悲观主义的色彩。鲁迅自己曾说过巴罗哈是一位"具有哲人底风格的最为独创底的作家"(1958:296)。

鲁迅《野草》中的《秋夜》一文,正是采用了秋天的意象,描写的是一个秋夜,"我"看到院中两棵枣树时的遐想,用物象暗示内心世界:

> 在我的后园,可以看见墙外有两株树,一株是枣树,还有一株也是枣树。
>
> 这上面的夜的天空,奇怪而高,我生平没有见过这样奇怪而高的天空。他仿佛要离开人间而去,使人们仰面不再看见。然而现在却非常之蓝,闪闪地映着几十个星星的眼,冷眼。他的口角上现出微笑,似乎自以为大有深意,而将繁霜洒在我的园里的野花上。
>
> 我不知道那些花草真叫什么名字,人们叫他们什么名字。我记得有一种开过极细小的粉红花,现在还开着,但是更极细小了,她在冷的夜气中,瑟缩地做梦,梦见春的到来,梦见秋的到来,梦见瘦的诗人将眼泪擦在她最末的花瓣上,告诉她秋虽然来,冬虽然来,而此后接着还是春,胡蝶乱飞,蜜蜂都唱起春词来了。她于是一笑,虽然颜色冻得红惨惨地,仍然瑟缩着。
>
> 枣树,他们简直落尽了叶子。先前,还有一两个孩子来打他们别人打剩的枣子,现在是一个也不剩了,连叶子也落尽了。他知道小粉红花的梦,秋后要有春;他也知道落叶的梦,春后还是秋。他简直落尽叶子,单剩干子,然而脱了当初满树是果实和叶子时候的弧形,欠伸得很舒服。但是,有几枝还低亚着,护定他从打枣的竿梢所得的皮伤,而最直最长的几枝,却已默默地铁似的直刺着奇怪而高的天空,使天空闪闪地鬼映眼;直刺着天空中圆满的月亮,使月亮窘得发白。
>
> (鲁迅,2018:6-7)

这篇《秋夜》最初发表于 1924 年 12 月 1 日《语丝》周刊第 3 期,当时中国陷于北伐战争的动荡之中。开头写墙外有两株树,是两株枣树,却分开写,强调"一株是枣树,还有一株也是枣树",表达了孤独的战斗精神。"星星的眼,冷眼"显示出对反动势力的蔑视之情。"她在冷的夜气中,瑟缩地做梦,梦见春的到来,梦见秋的到来,梦见瘦的诗人将眼泪擦在她最末的花瓣上,告诉她秋虽然来,冬虽然来,而此后接着还是春,蝴蝶乱飞,蜜蜂都唱起春词来了。她于是一笑,虽然颜色冻得红惨惨的,仍然瑟缩着。"这表达了坚忍不拔的不屈精神。鲁迅跟巴罗哈一样,擅长用景物描写烘托和抒发情感。巴罗哈经常在散文中用色彩、感觉和一瞬即逝的遐思制造联想(Mainer,1998:21)。例如,在《善根》一文中,巴罗哈描写山上黑沉沉的景象,用来影射人内心的黑暗:

山上满是堆高的黑沉沉的矿渣。到处看见倒掉的矿洞的进口,也有白掘了的矿洞。含铅的水,使植物统统枯槁了。槲树和橡树曾经生得很是茂盛的森林故迹上,只剩了一片硗确的荒场。这是萧条而使人伤心的情景。

矿渣之间,连一株郎机草,或是瘦长的有刺的金雀枝也不见生长。树木全无,只有妖怪一般伸着臂膊,冷淡的屹立着的大索子的木桩,排在地面上。

(皮奥·巴罗哈,2014:341;鲁迅译)

鲁迅评价巴罗哈的《阴郁的生活》,认为这本书"诙谐而阴郁,虽在译文上,也还可以看出作者的非凡的手段来"。鲁迅抓住了巴罗哈"阴郁""诙谐"的笔调,以及他精短的语句。虽然其译文在今天看来有一些明显的误译,但不失为一部精彩的译著。巴罗哈的作品中有许多象征主义和自然主义的描写,鲁迅都将其很好地译出,直到现在读来都能感受到其译文的魅力。以下我们将截取鲁迅译的《烧碳人》中的语段,与戴永沪从西班牙语直接译出的语段进行对比:

Y se deslizaban las horas, siempre iguales, siempre monótonas; la noche se acercaba, el sol descendía con lentitud entre nubes rojas, y el viento del anochecer comenzaba a balancear las copas de los árboles.

Se oía ese grito de los pastores para llevar al aprisco las ovejas, que parece una carcajada sardónica, larga y estridente; se entablaban diálogos entre las hojas y el viento; los hilos de agua al correr por entre las peñas resonaban en el silencio del monte como voces del órgano en la nave solitaria de una iglesia.

Y la noche avanzaba y las sombras en masa subían del valle. Densas humaredas se escapaban del horno y a veces montones de chispas.

Garraiz contemplaba el abismo que se extendía ante él y, sombrío y taciturno, ensennaba el puño a aquel enemigo desconocido que tenía poder sobre él, y, para manifestarle su odio, tiraba hacia la llanura las grandes piedras del borde del precipicio.

(Baroja, 1998:111)

[译文]

就是这模样,经过着始终一样的单调的时间。夜近来了。太阳慢慢的落向通红的云间,晚风开始使树梢摇动。

小屋子里,响亮着赶羊回来的牧人们的带着冷嘲的叫嚣,听去也象是拉长的狂笑。树叶和风的谈天开始了。细细的流水在山石间奔波,仿佛是无人的寺里的风琴似的,紧逼了山的沉默。

白天全去了,从山谷里,升起一团影子来。乌黑的浓烟从炭窑里逃走了。还时时夹着火花的团块。

喀拉斯凝视着展开在他的前面的深渊。而且阴郁地,一声不响地,对着于他有着权力的未知的敌,伸出了拳头;为要表示那憎恶,就一块一块的向着平野,踢下峭壁紧边的很大的石块去。

（皮奥·巴罗哈,2014:329;鲁迅译）

时间流逝,永远不变,永远单调。夜晚临近,太阳在红云之间逐渐下沉,傍晚的风开始吹得树冠晃动起来。

风中传来吆喝声,那是牧羊人在赶羊群入圈,听起来像是含着嘲讽的悠长而且刺耳的大笑。树叶和风对起话来。泉流激石的声音在沉寂的山中听着就像管风琴在空荡荡的教堂大殿里轰鸣。

夜色越来越深,大团大团的黑暗从山谷里上升。烧碳炉里冒出一团团浓烟,有时候还溅出一堆堆火星。

加莱斯脸色阴沉、一声不响地注视着在他前面伸展开去的万丈悬崖,对那个操纵他命运而他却不认识的敌人挥舞着拳头。为了表示自己的仇恨,他不停地从悬崖边上把大石头朝平原投去。

（皮奥·巴罗哈,2021:38;戴永沪译）

从西班牙语原文中可以看出,巴罗哈的文风简洁、清新、鲜活。两个译本中,戴永沪的译文更忠实于原文,尊重原文的语序、句子结构,而鲁迅的译文因为是日译本的转译,有些地方缺少准确性。例如:"iglesia"翻译成"教堂"比"寺"更恰当。但是鲁迅仍能抓住原作的精髓,例如"太阳慢慢地落向通红的云间,晚风开始使树梢摇动"中的"落向"、"晚风……使树梢要等",比"太阳在红云之间逐渐下沉,傍晚的风开始吹得树冠晃动起来"中用的动词更生动活泼,更具有象征主义色彩。

鲁迅很欣赏巴罗哈的写作技巧。巴罗哈简练的文风也是鲁迅所欣赏的。鲁迅自己的文风就是这样的,郁达夫曾这样评价:"鲁迅的文体简练得像一把匕首,能以寸铁杀人,一刀见血。重要之点,抓住了之后,只消三言两语就可以把主题道破。"(鲁迅等,2009:139)

在《〈会友〉译者附记》中,鲁迅说巴罗哈在《会友》一篇中,"用诙谐之笔,写一点不登大雅之堂的山村里的名人故事","我要介绍的就并不是文学的乐趣,却是作者的技艺。在这么一个短篇中,主角选士尔辟台不必说,便是他的太太拉·康迪多,马车夫马匿修,不是十分生动,给了我们一个明确的印象么?假使不能,那是译者的罪过了"。

鲁迅翻译了巴罗哈的短篇小说《少年别》,因为这篇新式小说采用了戏剧式的写作形式,这在当时的中国还不多见。受巴罗哈启发,鲁迅创作了戏剧体小说《起死》。在鲁迅的《野草》中,也有一篇以戏剧形式写成的短篇小说《过客》。巴罗哈的《少年别》讲的是一个失败的绘画青年拉蒙与一个堕落的女青年德里妮在酒吧的对话。拉蒙不在意德里妮失足女的身份,想跟她在一起,但是她却因为他太贫穷而拒绝了他。剧中的人物都掉入了生活的泥沼,无法自拔,充满着虚无主义和尼采的悲观哲学。剧中的堂倌感叹道:"那也是的。不过也没有法子。人生就是这样的东西呀。想通些就是了……因为是什么也都要过去的,而且实在也快得很。真的呢。"(皮奥·巴罗哈,2014:371;鲁迅译)尼采在《查拉图斯特拉如是说》中说过:"生命不过是一个承受苦痛的过程。"鲁迅的《过客》以戏剧形式讲述了一个约 70 岁的老翁和一个约 10 岁的小女孩遇到一个三四十岁的过客所产生的对话。这个过客"状态困顿倔强,眼光阴沉,黑须,乱发,黑色短衣裤皆破碎,赤足著破鞋,胁下挂一个口袋,支着等身的竹杖"。老翁不知道他叫什么名字,也不知道他要去哪里,只知道他从记事起就不停地走,一个人孤寂地往前走,走到一个未知的地方。这个具有象征主义的故事使人联想到尼采的《查拉图斯特拉如是说》。查拉图斯特拉在三十岁那年,告别故乡,一路独行,走了十年,途中一个人也遇不到。但是在森林里遇到了一位耄耋老人,老人劝他留下来一起隐居在森林中,说"留下来吧,和我一起在森林中隐居,我真不明白,你为什么不愿意停留,走进人群,比走进兽群更可怕。人类社会比自然还残酷,我宁可去教导野兽,也不愿意去指引人类"。在鲁迅的《过客》中,老翁让他回头走,过客说"料不定可能走完?……(沉思,忽然惊起,)那不行!我只得走。回到那里去,就没一处没有明目,没一处没有地主,没一处没有驱逐和牢笼,没一处没有皮面的笑容,没一处没有眶外的眼泪。我憎恶他们,我不回转去!"(鲁迅,2018:40)鲁迅的这篇文章,如尼采的《查拉图斯特拉如是说》一样,讲述的是人类的可怕;"人类是需要被克服的一种生物"(尼采,2017),不停的走,走向的是超人,"人就像是一根悬系在深渊之上的绳索,一头连着动物,一头连着超人,这种连接,这种穿越,危险重重;这条道路,这条捷径,危机四伏;这种回顾,这种战栗,这种不自然的驻足,危如累卵"

（尼采,2017）;"我要朝着自己的路前进了,我的目标明确,踌躇的人、拖沓的人都不可能成为我的伙伴,我会跳过他们,他们会没落的,因为,我在一直向前。"（尼采,2017）在巴罗哈的《流浪者》这篇故事中,也出现了类似的影响。故事讲述了四处流浪的一家人,在黑夜袭来时找到一个安身之处,得以过夜。"外面是寒风吹动,呻呼","川水以悲声鸣着不平",即使身子疲惫不堪,第二天早晨也要上路:"第二天的早晨,骑着马,抱着婴儿的女人和那丈夫和男孩子,又开始前行了。这流浪的一家,愈走愈远,终于在道路的转角之处,消失了他们的踪影了。"（皮奥·巴罗哈,2014:373;鲁迅译）

　　从上文可以看出,鲁迅和巴罗哈的创作都受到了一些共同元素的影响,比如,都受到了法国象征主义的影响。鲁迅在 1924 年翻译过日本厨川白村的文艺理论著作《苦闷的象征》,里面就介绍了象征主义这一概念。鲁迅在《〈苦闷的象征〉引言》中说过,"生命受了压抑而生的苦闷懊恼乃是文艺的根柢,而其表现乃是广义的象征主义"。但是"所谓象征主义者,绝非单是前世纪末法兰西诗坛的一派所曾经标榜的主义,凡有一切文艺,古往今来,是无不在这样的意义上,用着象征主义的表现法的"。这也是鲁迅能自然接受象征主义的原因。厨川白村的这本书中还讲到了法国象征主义诗人波德莱尔,以及他的散文诗《窗户》（Les Fenêtres）。他说颓废派现代诗人波德莱尔认为作品中有视觉和听觉（颜色和音调）还不够充分,在他的作品里还充斥着令人不快的嗅觉。通过这本书,鲁迅对波德莱尔产生了很大的兴趣。他还复制了一张波德莱尔的自画像。"《野草》提供了一个罕有的机会令人一窥他痛苦的灵魂。因为对鲁迅而言,颓废确实是一种悲剧性折射,一种对时间和进化的悖论性注释。（……）波德莱尔的散文诗是鲁迅拓展散文诗这种新形式的重要灵感来源,甚至鲁迅的'散文诗'概念都可能是借自波德莱尔,尽管是间接的。"（李欧梵,2017:293）而当时西班牙大部分作家都受到了法国象征主义,包括波德莱尔一代法国作家的影响,巴罗哈也不例外。

　　巴罗哈受到托尔斯泰、托耶夫斯基等俄国文学家的影响,而"五四"以后,译介俄国文学一直是中国文学翻译界工作的重中之重,鲁迅自然不能逃脱俄国文学的影响。巴罗哈和鲁迅还受到哲学家尼采的共同影响。鲁迅翻译过尼采的《查拉图斯特拉如是说》,在鲁迅的许多文学作品中都能看到尼采的影子,而巴罗哈深受尼采的影响。事实上,当时中国文坛受尼采、波德莱尔影响的作家数不胜数。鲁迅曾在《〈中国新文学大系〉小说二集》的序中有这样一段话:"但那时觉醒起来的智识青年的心情,是大抵热烈,然而悲凉的。即使寻到一点光明,'经一周三',却是分明的看见了周围的无涯际的黑暗。摄取来的异域的营养又是'世纪末'的果汁：王尔德（Oscar Wilde），尼采（Fr. Nietzsche），波特莱尔（Ch. Baudelaire），安特莱夫（L. Andreev）们所安排的。"（鲁迅等，2009:83）

鲁迅和巴罗哈共同的审美、价值观促成了鲁迅对巴罗哈作品的共鸣。两人都试图在作品中探讨人生的目的和价值，他们用象征主义等表现手法实现对现实人生的关怀。

第三节　都市与物化：穆时英与阿索林

都市与物化是工业文明的产物。20 世纪初，资本主义矛盾加剧，19 世纪高度发展的理性支柱崩塌，取而代之的是精神上的怀疑、恐惧、焦虑和绝望。因此，许多作家陷入悲观主义的深渊。现代主义被认为是对理性精神的讨伐。在这一阶段的文学中，现代生活的一些重要特征在文学中得以体现。舒尔曼评价说："当时令人眼花缭乱和激进的社会文化变动在新的语言代码中得到体现。出现了两种相互竞争的话语——两种都是现代化生活的象征。一方面，作家们铭刻了资产阶级权力的标志，即初期现代化进程中的重商主义和工业标志的霸权价值观；另一方面，对立的价值观，即对自给自足的渴望——试图摆脱占主导地位的话语的重压，然而，奢华和精致的象征却滑入了这种所谓的反话语中。"（Schulman，2002:11）。诚然，工业化的进步促成了不可逆转的社会和物质转型，由此产生了新的刺激和对新生活方式的担忧。现代主义作家对资产阶级唯物主义持有两种摇摆不定的态度。一部分作家对城市消费和商业化带来的令人不安的挑战持积极态度，拥抱它，接受它；而另一部分作家则持拒绝的态度，对现代性的人类生活表现出悲观和存在主义的看法。城市与乡村在现代主义文学中成为两个对立的空间，前者代表现代化与商业化，后者代表落后与传统。

穆时英同刘呐鸥、施蛰存等其他新感觉派作家一样，将现代主义与都市物质主义联系在一起。阿索林也在其作品中对现代化带来的生存危机作出了反思。

在西班牙，阿索林被认为是塑造民族精神的典型的"九八一代"作家，就连他自己都对此表示认可，并亲自写了《九八一代》（La generación del 98，1961）一书。很多学者注意到了他精湛的语言功底，认为他具有象征主义派的敏感度。奥特加·伊·加塞特（Ortega y Gasset，2016:245）"赞其文于平淡中彰显着优美"(primores de lo vulgar)。略萨(Mario Vargas Llosa，1996：12)说阿索林的《堂吉诃德之路》是他阅读过的最迷人的一本书,一部精湛的金银匠艺术作品。同时,他认为阿索林是西班牙语世界最高贵的语言匠人。而阿索林首先引起中国作家和读者注意的应该是他新颖的写作风格。例如,周作人读完徐、戴合译的阿索林的《塞万提斯的未婚妻》后,就感叹道:"要到什么时候我才能写这样的文章呢?"(阿左林,2013:196)。师陀的短篇小说《邮差先生》《说书人》以及汪曾祺的短篇小说《磨灭》《大妈们》等都跟阿索林的写作方式极其相似。汪曾祺在他的短篇《西窗雨》中还写道:"我很喜欢西班牙的阿索林,阿索林的意识流是覆盖着阴影的,清凉的,安静透亮的溪流"(汪曾祺,2008:34)。需要指出的是,意识流被认为是西方现代主义潮流中最具革新性的写作技巧。而阿索林早在他的小说《伊内斯夫人》(*Doña Inés*，1925),和之后的《唐璜》(*Don Juan*，1940)以及《奥尔贝纳的救世主》(*Salvadora de Olbena*，1944)就已经实践过这种写作技巧。

穆时英善于使用新感觉派的写作手法,极力追求新形式,也曾探索和实践意识流手法,被视作"新感觉派奇才"和"中国新感觉派圣手"。新感觉派这一术语虽来自日本,其源头却是法国的象征主义及现代主义。无论是从思想主题还是美学特征来看,我们在两位作家的作品中都发现了很多相似性。在穆时英的短篇《Pierrot》中提到了阿索林,小说中的主人公"胁下挟了本精装的阿佐林文萃":

笼罩着薄雾的秋巷。

在那路灯的,潮润的,朦胧的光幕底下,迈着午夜那么沉静的步趾,悄悄地来了潘鹤岭先生,戴着深灰色的毡帽,在胁下挟了本精装的阿佐林文萃,低低地吹着:

"Traumeri"——那紫色的调子,疲倦和梦幻的调子。

(穆时英,2008:93)

值得注意的是,此文的副标题是《寄呈望舒》,而戴望舒既是穆时英的妹夫,又是阿索林短篇小说集的译者。穆时英极有可能通过戴望舒知晓这位西班牙作家,并受其影响。这篇小说被视为穆时英最富哲学性的一部作品,而阿索林也经常在其作品中投射哲学思想。接下来我们将从两个方面对比这两位作家及其作品。

一、对现代人灵魂的探索

穆时英和阿索林都在其作品中对现代人的灵魂进行了探索。在穆时英的《Pierrot》中,存在的忧虑体现在主人公潘鹤龄的精神游荡轨迹上。主人公潘鹤龄是作家、文学评论家、美国文学及电影鉴赏家。他知晓现代主义、弗洛伊德理论、唯物主义、印象派绘画、神秘主义、尼采的超人以及悲观主义等。故事讲述了主人公在城市生活空间中追求爱情、友谊、个人和社会的发展,但都以失败告终,于是他从城市去了乡村,处在颓废和悲观的境地。生活上的失意、情人的背叛和不忠、朋友们对他作品的不解、他为革命牺牲和奉献自己却因此受到惩罚,这一系列的遭遇使他产生了信仰危机。尽管物质文明实现了疯狂的发展和进步,但精神文明却无法达到同样的步伐和高度,从而导致人与人之间缺乏精神联系和信任,个人在社会中遭到孤立和边缘化。正是由于这种孤独,他更渴望获得爱的慰藉。但是,女人的物质主义和朋友的误解使他无法如愿。爱和友谊都无法挽救他颓废的灵魂。于是,他陷入了无尽的黑暗深渊,在经历了一系列事件之后,最终变成了一个完全的虚无主义者,一个愤世嫉俗的白痴,只懂得笑。

跟《Pierrot》主人公一样,阿索林的小说《意志》中的主人公也是文学评论家。事实上,阿索林在现实生活中就是一位激进的社会和文学批评家,他写下了众多文学评论。除此相似之处外,在这部西班牙小说中,还处处可见叔本华悲观哲学的影响。小说从第三部分开始以第一人称为叙事方式,在形式上类似于日记,以自传方式重现日常生活。通过运用日记、回忆、独白等碎片式的方式,以主观主义挖掘个人内心深处的灵魂情感。主人公也是从城市到乡村,通过这两个对立的空间,描写社会变革对现代人造成的信仰危机和个人对存在意义的追求。现代主义的物质生活并没有提供一个可靠的信仰寄托,主人公逐步成为虚无主义者。

值得一提的是,在穆时英的小说中,潘鹤龄作为文学评论家和西方文化文学的鉴赏家,却对中国文化一无所知;相比之下,小说《意志》里面的文学评论家于斯特(Yuste)谈论了克维多(Quevedo)、维森特·埃斯皮内尔(Vicente Espinel)、弗雷·路易斯·德·莱昂(Fray Luis de León)、塞万提斯(Cervantes)、加尔多斯(Galdós)等西方作家[①],以及唯物主义、唯心主义、怀疑主义等

---

① 上述作家都是西班牙历代著名作家。

思想家如柏拉图、亚里士多德、笛卡尔、斯宾诺莎、黑格尔、康德、尼采、叔本华……也就是说,这两个人物虽然有一些共同的知识,但一个表现出否定自身文化价值的意图,而另一个则突出这种价值。

根据因曼·福克斯(Inman Fox,1997:6)的评价,主人公的遭遇代表着西班牙一代人的生活,记录了个人生活与所处时代背景之间的矛盾。阿索林的这部作品有着很深的自传印记,其笔名"阿索林"就来自于这部作品主人公的名字,自1904年以后他就一直使用这个笔名。他在作品中以自传的方式,通过日记、回忆、独白等零散碎片式的写作技巧重现了日常生活。

穆时英的作品亦如此。两位中西作家都强调主观主义,运用支离破碎的结构展现内心的情感与冲突。不管是《意志》还是《Pierrot》,都没有激烈的戏剧冲突和明显的故事情节。他们不关注对人物及其所处社会关系的描述。他们所关注的是揭示和表达人物内心深处的心理表现,通过人物内心的视角和感觉来表达其对现代生活的情感体验及对世界的反应。两部作品都表现了主人公对现代化生活未知、疑惑、自我矛盾的态度在一方面支持商品和工业的现代化,享受都市生活方式,另一方面持与其对立的价值观。

两位作家都从对城市和农村两个生活空间的描写中,表达了社会变革中人们的生存焦虑和对存在意义的追求。一方面,都市生活高速运转、令人晕眩,物质的巨大生产力似乎不能提供可靠的精神信仰支柱,人在都市生活中无比孤独无助;另一方面,农村代表着落后,代表着时间静止不前。两位主人公在寻找存在的意义时,无论是在城市还是农村,都遭遇了挫折,陷入了无尽的虚无主义中,无不流露出强烈的悲观主义色彩。

二、对纯文学的追求

两部作品都强调主观主义,在探索和展现个人灵魂的方式上不谋而合。在结构方面,通过日记、记忆、独白等碎片式、片段式写作技巧,任思绪飘逸,迅速转换场景,将都市生活的速度与激情描绘得淋漓尽致。穆时英的《Pierrot》分为七部分,这些部分之间没有严格的关联性。阿索林的《意志》亦如此。也就是说,两部作品都打破了19世纪拥有完整叙事结构的写实主义文学传统。

在叙事时间方面,两部作品都没有遵从时间先后顺序,而是凌乱无序的,在过去、现在、未来中灵活跳转。运用一系列简短的段落来表现人物的心理状态。这种碎片结构制造了万花筒式的眼花缭乱的眩晕感,凸显了城市生活的高速度和人在这种社会物质变革中的精神危机,无不是对意识流这一现代主义写作技巧的实践。

在《意志》中，主人公几次表现对《恶之花》的作者波德莱尔的崇拜。阿索林受到法国象征主义代表人物波德莱尔极大的影响。除此以外，他还受另一位法国象征主义代表魏尔伦的影响。这些影响表现在通感象征主义和印象感觉的描写，也就是通过对颜色、声音、气味等的渲染，刺激视觉、听觉、嗅觉、触觉等多种感官，从而产生出联想意象。

[…] Aparece un coche blanco, con una cajita blanca, con los penachos de los caballos blancos.[…]

Azorín avanza lentamente. Los barracones de las Ventas aparecen, pintarrajeados, de verde, de amarillo, de rojo, con empalizadas de madera tosca, […] Pasa un coche fúnebre blanco, pasa un coche fúnebre negro；[…]

Pasa un coche fúnebre negro, pasa un coche fúnebre blanco.[…]

[…] El telégrafo rezonguea sonoramente; un gallo canta; por la carretera van lentamente coches negros, coches blancos; vuelven precipitados coches negros, coches blancos; detrás los ripers repletos de figuras negras cascabelean, los simones en larga hilera espejean al sol en sus barnices. En frente, sobre una colina verde, destacan edificios rojizos que marcan su silueta en el azul blanquecino del horizonte, y un enrejado de claros árboles raya el cielo con su ramaje seco. A la derecha, aparecen los grandes cortados y socaves amarillentos de los tejares, y acá y allá, los manchones rojos de las pilas de ladrillos; más lejos, cerrando el panorama, la inmensa mole del Guadarrama, con las cúspides blancas de nieve, con aristas y resaltos de la lejanía suavemente; por la carretera pasan coches y coches; los cocheros gritan: ¡ya! ¡ya!; el aire en grandes ráfagas trae las notas de los organillos, cacareos de gallos, ladridos. Cerca, un rebaño pasta en el césped: las ovejas balan; se oye el silbido largo, ondulante, de una locomotora; y de cuando en cuando, incesantemente, llega el ruido lejano de cuatro o seis detonaciones.

Y Azorín, cansado de sus diez años de Madrid,[…] Van y vienen coches negros, coches blancos;[…] Azorín, emocionado, estremecido, ve pasar un coche blanco, con una caja blancacubierta de flores, y en torno al coche, un círculo de niñas que lleva cada una su cinta y caminan fatigadas, silenciosas, desde la lejana ciudad al cementerio lejano…

（Azorín，1997:256-258）

［译文］

[…]驶来一辆白色小汽车，拉着一个白色的盒子，系着白马的毛。[…]

阿索林慢慢地走着。拉斯·文塔斯(Las Ventas)的一排工棚映入眼帘，表面上涂着绿色、黄色、红色，周围是粗糙的木栅栏，[…]过去一辆白色的灵车，过去一辆黑色的灵车；[…]

过去一辆黑色的灵车，过去一辆白色的灵车；[…]

[…]电报机吱吱地响着；一只公鸡在歌唱；黑色的汽车和白色的汽车缓慢地行驶着；黑色的汽车和白色的汽车又极速地行驶着；后面，身着黑色服装的奏乐者叮叮当当地吹奏着乐器，一长列叫西蒙的人被太阳染上颜色。前面，绿色的小山上，红色的建筑在地平线的白蓝色中显得格外醒目，一排排稀疏的树木用干枯的树枝衬托着天空。右边，是砖瓦厂的淡黄色的切砖、砖砌的红色斑点到处都是。在更远的地方，是瓜达拉马山，他的巨大的、雪白的山峰和远处的天际交织在一起；公路上行驶着一辆又一辆的汽车；车夫们高喊：够了！够了！；阵阵风吹来了风琴声，公鸡鸣叫声和狗吠声。附近，一群羊在草地上；这些羊咩咩叫；能听到机车发出长而起伏的汽笛声；时不时地传来远处四声或六声爆炸声。

阿索林，厌倦了待了十年的马德里[…]黑色的汽车穿梭着；白色的汽车穿梭着；[…]激动不安，看到一辆白色的汽车驶过，上面有挂满了鲜花的白色盒子，在汽车周围，一群女孩子背着丝带，疲惫地默默地走，从遥远的城市到遥远的墓地……

在上述这段描写中，阿索林用了三种颜色组合：单一的颜色(白色)、彩虹色(绿色、红色、蓝白色、黄色)、两色交替(黑色、白色)。同样的颜色运用技巧也在穆时英的作品中体现。

抬起脑袋来：在黑暗里边，桌上有着黑色的笔，黑色的墨水壶，黑色的书，黑色的石膏像，壁上有着黑色的壁纸，黑色的画，黑色的毡帽，房间里有着黑色的床，黑色的花瓶，黑色的橱，黑色的沙发，钟的走声也是黑色

的,古龙香水的香味也是黑色的,烟卷上的烟也是黑色的,空气也是黑色
的,窗外还有个黑色的夜空。

（穆时英,2008:106）

在穆时英的这段描写中,运用了印象派的颜色技巧,大肆应用单一的黑
色,营造一股厌恶感,从而产生刺激性的视觉效果。穆时英在其他作品中也应
用过其他色彩组合,例如,在《夜总会里的五个人》中,他运用了彩虹色组合:

红的街,绿的街,蓝的街,紫的街……强烈的色调化装着都市啊! 霓
虹灯跳跃着——五色的光潮,变化着的光潮,没有色的光潮——泛滥着光
潮的天空,天空中有了酒,有了灯,有了高跟儿鞋,也有了钟……(穆时英,
2008:271)

在街道上,不同颜色暗示着夜总会舞池里霓虹灯反射出来的光芒。这种
色彩的混合表达了现实与幻想的混合,如"天空中有酒,光,脚跟,钟声"这种新
鲜的表达模糊了视觉、听觉和气味之间的界限。

此外,他还巧妙运用黑白两色的强烈对比来渲染人物,使人物跟舞池里五
彩缤纷的灯光形成鲜明对比:

白的台布,白的台布,白的台布,白的台布……白的——

白的台布上面放着:黑的啤酒,黑的咖啡,……黑的,黑的……

白的台布旁边坐着的穿晚礼服的男子:黑的和白的一堆:黑头发,白
脸,黑眼珠子,白领子,黑领结,白的浆褶衬衫,黑外褂,白背心,黑裤
子……黑的和白的…… 白的台布后边站着侍者,白衣服,黑帽子,白裤子
上一条黑镶边……

（穆时英,2008:272）

在这段描写中,黑白的单调色彩产生了强烈的视觉刺激,而且还通过制造
出爵士乐的韵律,进一步增强了人们的感官体验。除此以外,这种黑白单调色
彩还具有象征意义。即舞池五颜六色的灯光为真实的灵魂提供了避难所,这
种保护是人为的和具有欺诈性的;黑色和白色代表赤裸的灵魂,表现出现代人
面对都市生活的无聊、空虚、孤独和恐惧(害怕承认自己的失败)而又急于进入
享乐主义。物质文明诉诸外部兴奋,从而为其内部寻求庇护。聚会结束后,庇

护所也随之结束,每个人都不得不回到现实生活中。现代主义作家将香气、颜色和味道掺杂起来。

现代主义文学是一种纷繁复杂的文学流派。虽然西班牙的现代主义文学长期以来被视为"九八一代"的对立流派,但它已然渗透到西班牙现代作家的写作中。而现代主义作为世界性的文学潮流,它在中国同文艺复兴、巴洛克、浪漫主义等其他文学潮流一道,共同影响了中国的现代文学,其写作技巧也已然被一批中国作家所吸收借鉴。我们通过对比穆时英和阿索林的作品,发现了两者之间诸多相似之处。他们都直接或间接受到了法国象征主义的影响。正是因为受到了共同的美学和思想启蒙,他们的叙事技巧和视角才出现了相似性,这恰恰证明了现代主义的世界性。它打破了时空的局限,促进了世界文学的交流,使得人类共同发展、相互借鉴和创新。

第四节　欲望的表达: 穆时英与巴因-克兰作品中的女性形象

在现代主义文学中,许多旧有主题,如爱情和女性形象被这一时期的作者重新塑造:"我们在《蓝色》①一书中发现的新主题非常少,唯独色情和女性形象除外。"(Ferreres,1975b:173)一个鲜明的特征是将色情与宗教联系起来,例如恋爱中的修女形象,这是一种引起震惊和丑闻的新形象。受波德莱尔和魏尔伦的启发,鲁文·达里奥描写的女性形象迷人、感性、色情,有时候如魔鬼般堕落,有时候又充满神秘感。这种描写旨在在读者中产生强烈的影响和反差,建立现代主义女性的典型形象。这种形象在曼努埃尔·马查多、安东尼奥·马查多、巴因-克兰、胡安·拉蒙·希梅内斯等同时代的作家作品中,甚至在阿索林的一些早期作品中也能找到。

巴因-克兰的《春天奏鸣曲》(*Sonatas de primavera*,1902)就是追随了鲁文·达里奥的步伐。在这部作品中,他刻画了一个美丽动人的女子——玛丽亚·罗萨里奥(María Rosario),她的妈妈是一位公主,她的父亲刚刚去世,她是家中五个姐妹中唯一愿意进入修道院的一个。她具有圣女的外表:"她脸色

_____

①　鲁文·达里奥1888年发表的成名作《蓝》(*Azul*)被认为是西班牙语现代主义文学的开端。

苍白,黑眼睛,饱满轻盈而慵懒。"(Valle-Inclán,1989:24)她这种与宗教和死亡的关联使她具有神秘的诱人之美,成为一种能引起男人最大性兴奋的禁果:

> ¡María Rosario, en aquella hora fortuita, tal vez estaba velando el cadáver de Monseñor Gaetani! Tuve este pensamiento al entrar en la biblioteca, llena de silencio y de sombras. Vino del mundo lejano, y pasó sobre mi alma como soplo de aire sobre un largo de misterio. Sentí en las sienes el frío de unas manos mortales, y, estremecido, me puse en pie.
>
> (Valle-Inclán,1989:38)

［译文］

也许玛丽亚·罗萨里奥,在那个偶然的时刻,正在看护盖塔尼主教的尸体!当我走进充满寂静和阴影的书房时,我就有了这个想法。她来自遥远的世界,她就像一阵神秘的气息掠过我的灵魂。我感到太阳穴上有凡人之手的冰凉,我颤抖着站了起来。

被这种美色所吸引的男人不会为犯错而感到任何悔意,而是如恶魔般,以自己"唐璜般的"品性为荣:

> Salimos al corredor que estaba solo, y sin poder dominarme estreché una mano de María Rosario y quise besarla, pero ella la retiró con vivo enojo:
>
> —¿Qué hacéis?
>
> —¡Que os adoro! ¡Que os adoro!
>
> Asustada, huyó por el largo corredor. Yo la seguí:
>
> —¡Os adoro! ¡Os adoro!
>
> Mi aliento casi rozaba su nuca, que era blanca como la de una estatua y exhalaba no sé qué aroma de flor y de doncella.
>
> —¡Os adoro! ¡Os adoro! Ella suspiró con angustia:
>
> —¡Dejadme! ¡Por favor, dejadme!
>
> Y sin volver la cabeza, azorada, trémula, huía por el corredor.
>
> Sin aliento y sin fuerzas se detuvo en la puerta del salón. Yo todavía murmuré a su oído:

　　—¡Os adoro!　¡Os adoro!

（Valle-Inclán，1989：38）

　　[译文]

　　我们走出去，走进了一个无人的走廊，我无法控制自己，握住玛丽亚·罗萨里奥的手并想亲吻她，但她怒不可遏地收回了手：

　　—你在干什么？

　　—我崇拜你！我多么崇拜你！

　　她吓坏了，沿着长长的走廊逃跑了。我跟着她：

　　—我崇拜你！我崇拜你！

　　我的呼吸几乎要碰到她的脖颈，她的脖颈白得像一尊雕像，散发着不知道是什么花香的少女的气息。

　　—我崇拜你！我崇拜你！她痛苦地叹了口气：

　　—离开我！请离开我！

　　她头也不回，吓得浑身发抖，沿着走廊逃跑了。

　　她跑得上气不接下气，在客厅门口停了下来。我还在她耳边低语：

　　—我崇拜你！我崇拜你！

　　当面对男主人公布拉多明侯爵（Marqués de Bradomín）的无礼时，"玛丽亚·罗萨里奥在灯下停了下来，用受惊的眼睛看着我，脸色突然变红：然后她变得苍白，如死人般苍白"（Valle-Inclán，1989：39）。在作者笔下，她美丽而空灵，是一个病态的存在，脸色"如死人般苍白"，她的皮肤"暂白"，就像"雕像"。随着故事的展开，作者将她描述为一个具有神圣性格的女人："神圣的女人是现代主义作家作品中最常见的。她们的肉体对男性来说也是神圣的。"（Ferreres，1975b：174）正是这种美令男人着迷：

　　Yo escuchaba distraído, y desde el fondo de un sillón, oculto en la sombra, contemplaba a María Rosario: Parecía sumida en un ensueño: su boca, pálida de ideales nostalgias, permanecía anhelante, como si hablase con las almas invisibles, y sus ojos inmóviles, abiertos sobre el infinito, miraban sin ver. Al contemplarla, yo sentía que en mi corazón se levantaba el amor, ardiente y trémulo como una llama mística. Todas mis pasiones se purificaban en aquel fuego sagrado y aromaban como go-

mas de Arabia. ¡Han pasado muchos años y todavía el recuerdo me hace
suspirar!

（Valle-Inclán，1989：39）

[译文]

我心不在焉地听着，坐在扶手椅底下，躲在阴影里，我凝视着玛丽
亚·罗萨里奥。她似乎陷入了梦境：她的嘴巴因怀旧的思绪而苍白，仍然
怀着渴望，仿佛她在与看不见的灵魂交谈，而且她的眼睛一动不动，睁得
无边无际，出神地望着某处。凝视着她，我的心中升起爱意，像神秘的火
焰一样炽热而颤抖。我所有的激情都在那神圣的闻起来像阿拉伯树胶的
火焰中得到了净化。许多年过去了，回忆起来仍然让我感叹！

男主人公对这个圣女的迷恋让他产生了幻想：

Me detuve en la puerta，para acostumbrarme a la oscuridad，y poco
a poco mis ojos columbraron la forma incierta de las cosas. Una mujer
hallábase sentada en el sofá del estrado. Yo sólo distinguía sus manos
blancas：El cuerpo era una sombra negra. Quise acercarme，y vi cómo
sin ruido se ponía en pie y cómo sin ruido se alejaba y desaparecía.
Hubiérala creído un fantasma engaño de mis ojos，si al dejar de verla no
llegase hasta mí un sollozo. Al pie del sofá estaba caído un pañuelo per-
fumado de rosas y húmedo de llanto. Lo besé con afán. No dudaba que
aquel fantasma había sido María Rosario.

（Valle-Inclán，1989：52）

[译文]

我在门口停了下来，让自己适应黑暗，我的眼睛隐约地看到了一些模
糊的事物形状。台子上的沙发上坐着一个女人。我只看到一双白皙的
手：她的身体是一个黑色的影子。我想走近些，只见她悄无声息地站起
来，又悄无声息地挪开消失了。如果不是我转移视线不看她时听到了抽
泣声，我会相信她是一个欺骗我眼睛的幽灵。一条散发着玫瑰香味、被泪
水打湿的手帕掉在了沙发脚下。我热切地亲吻了手帕。我毫不怀疑那个
幽灵就是玛丽亚·罗萨里奥。

　　巴因-克兰的作品时常充满神秘感。例如,布拉多明侯爵这一男性角色具有唐璜的品性,保持了西班牙贵族的传统。从这个意义上说,他对玛丽亚·罗萨里奥的爱恋似乎是正面价值的英雄气概;然而,他的行为却向她暗示出一个没有道德性的男人对一个脆弱的圣女的恶魔般的和愤世嫉俗的态度。男主人公无法区分现实和幻想,他以为看到的是幽灵,却在沙发脚下发现一条手帕作为诱惑的线索。所有这些都是巴因-克兰想要玩弄的悬念元素。当布拉多明侯爵出现在她的卧室时,玛丽亚·罗萨里奥晕倒了,第二天她表现得像从未发生过的正常。然而,他被一名男子袭击并打伤,被指控为巫师而不得不离开。这件事情之后,玛丽亚·罗萨里奥的余生都在修道院里疯狂地祈祷着:"他(布拉多明侯爵)是撒旦!"由此可见,女性形象呈现出一个新的维度,她的存在和诅咒成为围绕着男主角的噩梦,与她原始的天使女性形象形成鲜明对比。综上所述,这场爱的征服没有成功,故事以悲惨的结局告终,"现代主义爱情本质上是对极端情况的体验:一方面是'不可能'的爱情;另一方面对于对方是'致命'的爱;此外,这两种动机相互结合"(Berg,1995:259)。

　　在巴因-克兰的《秋天奏鸣曲》(1902)中,巴因-克兰捕捉蛇蝎美人的意图更加明显,这部作品是布拉多明侯爵冒险的延续。在这本书中,女主人公尼娜·乔尔(Niña Chole)几乎汇集了现代主义的所有女性特征,代表着一种异国情调和神秘的美:

> Era una belleza bronceada, exótica, con esa gracia extraña y ondulante de las razas nómadas, una figura hierática y serpentina, cuya contemplación evocaba el recuerdo de aquellas princesas hijas del sol, que en los poemas indios resplandecen con el doble encanto sacerdotal y voluptuoso. Vestía como las criollas yucatecas, albo hipil recamado con sedas de colores, vestidura indígena a una tunicela antigua, y zagalejo andaluz, que en aquellas tierras ayer españolas llaman todavía con el castizo y jacaresco nombre de fustán. El negro cabello caíale suelto, el hipil jugaba sobre el clásico seno.
>
> (Valle-Inclán, 1989:98-99)

[译文]
　　她是一位古铜色的异国美女,有着游牧民族那种奇异的、波浪起伏的优雅,一副蛇形的、神圣的形象,她使人唤起对公主们(即太阳的女儿们)

的记忆。在印度诗歌中,这些公主们闪耀着祭司和宗教的双重魅力以及淫荡的样子。她穿得像尤卡坦克里奥尔人,她的白色长裙是一件绣有彩色图案的古老束腰外衣的土著服装,外面是一件安达卢西亚的衬裙,这种衬裙以前在西班牙土地上被传统地称呼为雅卡雷斯克。她的黑发散落下来,她的白色长裙抚摸着她美丽的胸部。

作家把女主人公尼娜·乔尔比作莉莉斯[①]:"她的笑容与莉莉斯相同,那个莉莉斯,不知道是该爱还是该恨。"(Valle-Inclán,1989:99)尼娜·乔尔唤起了男主人公对莉莉斯的联想,莉莉斯是源自宗教神话的蛇蝎美人原型,是亚当的第一任妻子。面对这样的女人,唐璜一般的男主人公通常想要退却三步,把自己变成一个厌恶女性的人,"[……]我惊恐得意识到这一点"(Valle-Inclán,1989:100)。但这一切都是徒劳,他疯狂地爱上了她,连大自然都点燃了他的激情,他们所处的热带丛林"好色又野性"。她被描绘成一个狡猾、难缠、邪恶的女人。她是罪孽的,因为她与父亲有乱伦关系;她不忠而残忍,因为她不断地与俄罗斯王子调情;她也是一个随便的、性感的女人,总是能引诱男人迷恋上她:

> Feliz y caprichosa me mordía las manos mandándome estar quieto. No quería que yo la tocase. Ella sola, lenta, muy lentamente desabrochó los botones de su corpiño y desentrenzó el cabello, donde se contempló son-riendo. Parecía olvidada de mí. Cuando se halló desnuda, tornó a sonreír y a contemplarse. Semejante a una princesa oriental, ungióse con esencias. Después, envuelta en seda y encajes, tendióse en la hamaca y esperó: Los párpados entornados y palpitantes, la boca siempre sonriente, con aquella sonrisa que un poeta de hoy hubiera llamado estrofa alada de nieve y rosas. Yo, aun cuando parezca extraño, no me acerqué. Gustaba la divina voluptuosidad de verla, y con la ciencia profunda, exquisita y sádica de un decadente, quería retardar todas las otras, gozarlas una a una en la quietud sagrada de aquella noche.
>
> (Valle-Inclán,1989:171)

---

① 莉莉斯是苏美尔神话中的人物,同时也出现在犹太教的拉比文学中,是亚当的第一个妻子、萨麦尔的情人和夜之魔女。她是一位法力高强的女巫。

［译文］

她快乐而任性,咬着我的手,命令我别动。她不想让我碰她。她自己,慢慢地,非常缓慢地解开紧身胸衣的纽扣,解开她的头发,她微笑着凝视着自己。她似乎忘记了我。当她发现自己赤身裸体时,她又笑了笑,看着自己。就像东方公主一样,她给自己涂上了精华。然后,她裹着丝绸和花边织品,躺在吊床上等待着:她的眼皮半闭着,不停地颤动着,她的嘴角总是带着微笑,今天的诗人会把那种微笑称为"有翅膀的雪与玫瑰的诗节"。我,尽管看起来很奇怪,但没有靠近。我喜欢看到她时那种神圣的快感,以颓废者的深邃、细腻和虐待狂的知识,想把其他女人都拖下来,在那神圣的寂静中一个一个地享受她们。

巴因-克兰在文中多次将尼娜·乔尔比作"东方公主",且将尼娜·乔尔与福楼拜笔下的萨郎宝相提并论:"那是古典剧中的大罪。尼娜·乔尔像密尔拉①和萨郎宝一样被施下诅咒。"(Valle-Inclán,1989:132)在福楼拜的小说《萨郎宝》(*Salammbô*,1862)中,多次出现用东方女性形象代表"他者"。受其影响,巴因-克兰在塑造尼娜·乔尔这个人物时,将她墨西哥克里奥尔人的出身与东方公主联系起来,赋予其感性、异国情调、颓废和色情的含义。在当时的文学创作中,经常将古代的东方和野蛮与奢华环境联系在一起。尼娜·乔尔与萨郎宝的身份将玛雅人与亚述人联系在一起。亚述女人是一个反复无常的异国女人,具有导致她死亡的奇异美感,是世纪末女性的象征性人物。她们普遍具有"非理性和反常的特征,是邪恶的承载者,是反常的并具有恶魔般的诱惑力"(Litvak,1986:227)。

男主人公心里很清楚这类女性的恶习:

Yo, que en el fondo de aquellos ojos creía ver siempre el enigma oscuro de su traición, no podía ignorar cuánto cuesta acercarse a los altares de Venus Turbulenta. Desde entonces compadezco a los desgraciados que, engañados por una mujer, se consumen sin volver a besarla. Para ellos será eternamente un misterio la exaltación gloriosa de la carne.

(Valle-Inclán, 1989:172)

---

① 密尔拉是希腊神话中的塞浦路斯公主,被女神阿芙萝黛蒂施下诅咒,爱上了自己的父亲喀倪剌斯,与之乱伦。

[译文]

我认为在那些眼睛的深处,我总是能看到她背叛的黑暗之谜,总是无法忽视接近动荡维纳斯的祭坛是多么的困难。从那以后,我同情那些被女人欺骗,没有再亲吻她而自尽的可怜虫。对他们来说,肉体的荣耀将永远是一个谜。

综上所述,巴因-克兰笔下塑造的女性是反面形象。这一切似乎凸显了近几个世纪女性形象的演变,体现了现代主义的历史世界观。而男性虽然仍具有传统的特征——刚强、善于征服,此时却是被女性玩弄的受害者。男主人公布拉多明侯爵一方面具有西班牙传统文学中唐璜的特质,是一个喜欢诱惑、玩世不恭、以征服女性为荣的人,另一方面又是丑陋的。他是虔诚的天主教徒,多愁善感且老气横秋。巴因-克兰故意营造这样一个新版唐璜来揭示当时的怪诞社会,借此传达巴因-克兰的政治意图:"巴因-克兰的新唐璜表达了对处于危机中的国家和社会机构的焦虑,因为就像男性身体的力量一样。"(Lev,1995:273)

在中国文学中,王德威认为晚清(1849—1911)是现代性被压抑的时期,色情主题泛滥。在陈森的《品花宝鉴》、韩邦庆的《海上花列传》、金松岑和曾朴的《孽海花》中,色情仍是传统的主题,这些作品以妓女为故事主角,以妓院为故事发生的场所,女主人公和男主人公都是理想的化身,故事情节受到儒家传统道德和伦理观念的影响。

然而,这种担忧在现代主义文学中不复存在。现代主义的女主角已经被剥去了卖淫的耻辱,自由恋爱战胜了旧的爱情观念,妓院不再是偷禁果的唯一天堂,于是,讲述自由恋爱与封建婚姻冲突的作品从此盛行(王德威,2017:179)。在这些作品中,主人公可以是学生,也可以是豪门千金,他们是现代性的产物,自然而然地、本能地适应了新的生活。女性角色是一个诱人的、神秘的、专横的、狡猾的、色情的、异国情调的人物,并且在"新"空间,尤其在夜生活中非常活跃。

与时髦现代的女性形象相比,男主人公仍然具有过时的男权道德感(Lee Leo Ou-Fan,2017:254)。这些现代女性在他们身上激起的情绪和感受,使他们陷入了感情的混乱和矛盾之中。一方面对诱惑感到兴奋,另一方面则感到对传统意识形态价值观的背叛感。这种观念会逐渐演变,性与色情不仅被视为反传统的借口,而且成为城市语境的一部分(史书美,2012:209-300)。因此,现代作品中的男性多是软弱的、多愁善感的、颓废的、忧郁的形象,认为自己是受害者。中国现代主义文学中,男性角色似乎也进行了一次异化改造。这种角色让我们想起毛姆在《人性的枷锁》中的"我",他爱上了一名咖啡馆女服务员,后来她成为一个堕落的妓女。男主人公柔弱、温柔、敏感且跛脚,完全被这个女人迷住和支配,尽管她对他撒了很多谎,还多次背叛他。菲茨杰拉德的《了不起的盖茨比》中,盖茨比也是如此,身为百万富翁的他所担心的只是河对岸那盏小小的绿灯,那是他获得黛西•布坎南爱情的希望所在。他追求的是一个以死亡告终的昂贵梦想。

在穆时英的作品中,女性形象充满现代性。例如,在《被当作消遣品的男子》中:

> 第一次瞧见她,我就觉得:"可真是危险的动物哪!"她有着一个蛇的身子,猫的脑袋,温柔和危险的混合物。穿着红绸的长旗袍儿,站在轻风上似的,飘荡着袍角。这脚一上眼就知道是一双跳舞的脚,践在海棠那么可爱的红缎的高跟儿鞋上。把腰肢当作花瓶的瓶颈,从这上面便开着一枝灿烂的牡丹花……一张会说谎的嘴,一双会骗人的眼——贵品哪!
>
> (穆时英,2010:130)

蓉子这个女人的形象充满了动物隐喻的内涵和联觉:"危险""蛇的身子""猫的脑袋""一张会说谎的嘴""一双会骗人的眼睛"等,让我们想起巴因-克兰笔下的尼娜•乔尔:有着"高贵而蛇形的身材",穿着丝绸,是一个处在"背叛的黑暗谜团"中的女人,被认为是"致命女人的原型"。

和巴因-克兰一样,穆时英特别注重对身体的描写,尤其是对女性面部的描写。例如,女主人公蓉子具有以下特征:"我觉得每一个 0 字都是她的唇印;墙上钉着的 Vilma Banky 的眼,像是她的眼,Nancy Carrol 的笑劲儿也像是她的,顶奇怪的是她的鼻子长到 Norme、Shearer 的脸上去了"(穆时英,2010:135)。这种东方女性投射出当时世界上最著名的电影女演员维尔玛•班基、南希•卡罗尔、诺姆和希勒等西方女性身上的特征,无疑是异国情调主义的体现。然而,矛盾的是,穆时英在文中其他地方又指出女主人公的眼睛非常东方,与之前描述她的眼睛和 Vilma Banky 一样的说法自相矛盾:"在宴会上,看着每一只眼珠子,想找到那对熟悉的,藏着东方的秘密似的黑眼珠子;每一只眼,棕色的眼,有长睫毛的眼,会说话的眼,都在我搜寻的眼光下惊惶着。"(穆时英,2010:150)穆时英在塑造蓉子这个女性角色时使用了双重异国情调的手法,跟巴因-克兰笔下的"东方公主"一样,神秘的东方女性形象是现代美学的一个显著特征。

此外，女主角蓉子身子羸弱，病快快的。穆时英在他的创作中塑造了好几个病态的女人。在《公墓》中，他向我们展示了一个带着神圣光环的处女形象——现代派中经常出现的人物："可是把这么天真的年龄上的纯洁的姑娘当作恋爱对象，真是犯罪的行为呢。她是应该玛丽亚似地供奉着的，用殉教者的热诚，每晚上为她的健康祈祷着。"（穆时英，2017：187），这个女人体弱多病，身患肺结核："她有一双神秘的眼睛，一张苍白的脸，脸颊微微泛红，可见她的身体不太好。"（穆世英，2017：179）病妇的形象在作品中反复出现。根据埃莱娜·西苏（Hélène Cixous）的说法："她们需要这样的女性气质，才能与死亡联系在一起；他们被吓得兴奋起来！他们需要这样的害怕。"（1995：21）

在穆时英的《白金的女性塑像》中，女主角同样体弱多病："这第七位女客穿了暗绿的旗袍，腮帮上有一圈红晕，嘴唇有着一种焦红色，眼皮黑得发紫，脸是一朵惨淡的白莲，一副静默的，黑宝石的长耳坠子，一只静默的，黑宝石的戒指，一只白金手表。"（穆时英，2010：217）她"失眠，胃口呆滞，贫血，脸上的红晕，神经衰弱！没成熟的肺痨呢？还有性欲的过度亢进，那朦胧的声音，淡淡的眼光"（穆时英，2010：218）。从她唯物主义的角度来看，她是舞厅的常客，和穆文本中的其他主角一样，她是现代商业的产物。对于当时的中国作家来说，病弱女性并不是一个新题材，这种奇特的美在古典文学中早已存在，比如《红楼梦》中的林黛玉。与传统不同的是，现代美学的女性原型被置身于城市空间，她被想象成一个西方化的、异国情调的、商品化的女人，颠覆了传统的病妇形象（史书美，2012：285），作家以此来揭示现代男女"病态"的生活。

参考文献

外文文献

Arbillaga，I.*La literatura china traducida en España*. Alicante：Universidad de Alicante. 2002.

Azorín.*La generación del* 98. Madrid：Ediciones Anaya. 1961.

Azorín.*La voluntad*. Edición de E. Inman Fox. Madrid：Cátedra. 1997.

Azorín. *Los pueblos. Ensayos sobre la vida provinciana*. Madrid：Rafael Caro Raggio. 1919.

Azorín.*Obras completas，tomo I*. Madrid：Aguilar. 1975.

Baquero Goyanes，M. "Los cuentos de Azorín"，Edición digital a partir de *Cuadernos Hispanoamericanos*，núm. 226-227，1968，pp.355-374. Consulta：2 de septiembre de 2021，http://www.cervantesvirtual.com/obra-visor/los-cuentos-de-azorin/html/d537faac-369b-41fa-9164-e1832820e175_2.html.

Baquero Goyanes，M. "Los cuentos de Baroja" .*Cuadernos Hispanoamericanos*，núm. 265-267，1972，pp. 408-426. Consulta：18 de noviembre de 2022，https：//www. cervantesvirtual. com/obra-visor/los-cuentos-de-baroja/html/3d2e3f84-34cd-48de-9a45-620a459c2ac5_4.html.

Baroja，P.*Camino de perfección*. Madrid：Rafael Caro Raggio. 1920.

Baroja，P.*Cuentos*. Prólogo de Julio Caro Baroja. Madrid：Alianza Editorial. 1975.

Baroja，P. *La estrella del capitán Chimista*. Navarra：Anaya. 2003.

Baroja，P.*Obras completas XII*. Barcelona：Círculo de lectores. 1997.

Baroja，P.*Vidas sombrías*. Introducción de José-Carlos Mainer. Madrid：Biblioteca Nueva, S. L. 1998.

Baroja, P.*Vidas sombrías*. Madrid: Afrodisio Aguado. 1955.

Bayo, M. *China en la literatura hispánica*. Taichung: Catay. 2013.

Bayo, M.*China en la literatura hispánica*.Taichung: Ediciones Catay. 2013.

Berg, W. B. "De modernista a moderno: avatares de un personaje valleincla-nesco". En Aznar, S., Rodríguez, J. (eds).*Valle-Inclán y su obra*. Barce-lona: Sant Cugat del Vallés, Associació d'Idees (Colección "El gato negro"). 1995, pp.257-267.

Blasco Ibáñez, V.*La vuelta al mundo de un novelista, 3 vols*[Digital ver-sion]. Madrid: Alianza Editorial. 2007.

Borao Mateo, J. E.*Las miradas entre España y China: un siglo de relaciones en-tre los dos países* (1864—1973). Madrid: Miraguano Ediciones. 2017.

Calinescu, M. *Cinco caras de la modernidad: Modernismo, vanguardia, decadencia, "kitsch", postmodernismo*. Madrid: Tecnos. 1991.

Cárdenes, A."El granadino que llevó el cine a China". 1 de agosto de 2011. *El I-deal de Granada*. Consulta: 19 de julio de 2022, https://www.ideal.es/granada/v/20110801/granada/granadino-llevo-cine-china-20110801. html? ref=https%3A%2F%2Fwww.ideal.es%2Fgranada%2Fv%2F20110801% 2Fgranada%2Fgranadino-llevo-cine-china-20110801.html.

Carner, J.*Lluna i llanterna*. Barcelona: Edicions Proa. 1935.

Cixous, Hélène.*La risa de medusa*. Barcelona: Anthropos Editorial. 1995.

Darío, R.*Azul*. Madrid: Espasa-Calpe, S. A. 1977.

Darío, R.*Prosas profanas*. Madrid: Espasa-Calpe, S.A. 1979.

De Aguilar, J.*El intérprete chino. Colección de frases sencillas y analizadas para aprender el idioma oficial de China arregladas al castellano*. Ma-drid: Imprenta de Manuel Anoz. 1861.

DeJuan, M. (trad.). *Segunda antología de la poesía china*. Madrid: Alianza Editorial. 2007.

DeJuan, M. *La China que ayer viví y la China que hoy entreví* [Kindle versión]. Madrid: La Línea del Horizonte Ediciones.Recuperado de ama-zon.es. 2021.

De Mentaberry, A.*Impresiones de un viaje a la China*. Madrid: Miraguano Ediciones. 2008.

Díaz-Plaja，G.*Modernismo frente a noventa y ocho*. Madrid：Espasa-Calpe，
S. A. 1979.

Ferreres，R. "La mujer y la melancolía en los modernistas". En Litvak，
L. *El Modernismo*. Madrid：Taurus. 1975b，pp.171-183.

Ferreres，R. "Los límites del Modernismo y la generación del Noventa y
ocho". En Litvak，L. *El Modernismo*. Madrid：Taurus.1975c，pp.29-49.

Ferreres，R. *Verlaine y los modernistas españoles*. Madrid：Editorial
Gredos. 1975a.

Folch Fornesa，M. D. "Se hizo camino al andar：cómo se trenzaron las relac-
iones entre China y España". En Ríos，X. (coord.)：*Las relaciones hispa-
no-chinas：historia y futuro*. Madrid：Catarata. 2013，pp.11-38.

Folch Fornesa，M. D. "Sinological Materials in Some Spanish Libraries". En
*Europe Studies China. Papers from an International Conference on the
History of Modern Sinology*. London，Han-Shan-Tang. 1995.

García Lorca，F. Obras completas de Federico Garía Lorca［Digital
version］. Ebooklasicos. 2021.

García Sanchiz，F.*La ciudad milagrosa（Shanghai）*. Madrid：V.H. Sanz
Calleja. 1926.

Garrido，F.*Viajes del chino Dagar-Li-Kao por los países bárbaros de Euro-
pa，España，Francia，Inglaterra y otros*. Madrid：Manuel Minuesa de
los Ríos. 1880.

Gayton，G.*Manuel Machado y los poetas simbolistas franceses*. Valencia：
Editorial Bello. 1975.

Gómez Carrillo，E.*De Marsella á Tokio：sensaciónes de Egipto，la India，
la China y el Japón*. París：Garnier Hermanos. 1912.

González de Valle，L. T. *La canonización del diablo：Baudelaire y la
estética moderna en España*. Madrid：Editorial Verbum，S.L. 2002.

González Gonzalo，A. J. "Entre teosofía y Orientalismo. La religión china
según Luis Vlera（1870—1927）".*Boletín de la Asociación Española de
Orientalistas*，Año 43. 2007，pp. 181-209.

Gubern，R.*Proyector de luna：la generación del 27 y el cine*. Barcelona：
Anagrama. 1999.

Gullón，R.*Direcciones del Modernismo*. Madrid：Alianza. 1990.

Gullón，R.*El modernismo visto por los modernistas*. Barcelona：Guadarra-ma. 1980.

Hou，J. *Historia de la traducción de la literatura hispánica en China* (1915-2020). Veracruz：México. 2020.

Inman Fox，E. "Introducción". En Azorín. *Castilla*. Barcelona：Austral. 2014.

Lee，L. O-F.*Shanghai Modern：The Flowering of a New Urban Culture in China*，1930—1945. United States of America：Harvard University Press. 1999.

Lev，L. "Valle-Inclán como bricoleur：topografías del deseo en las sonatas". En Aznar，S.，Rodríguez，J. (eds). *Valle-Inclán y su obra*. Bar-celona：Sant Cugat del Vallés，Associació d'Idees (Coleección "El gato ne-gro"). 1995，pp. 269-273.

Litvak，L.*El sendero del tigre：Exotismo en la literatura española de fina-les del siglo XIX* (1880—1913). Madrid：Taurus. 1986.

Llopesa，R. "Orientalismo y Modernismo".*Anales de Literatura Hispano-americana* (25). 1996，pp. 171-180.

Mainer，J. C. "Introducción". Baroja，P. *Vidas sombrías*. Madrid：Biblioteca Nueva，S. L. 1998，pp. 1-21.

Mainer，J. C. *Historia de la literature española：Vol. 6，modernidad y na-cionalismo*，1900—1939. Barcelona：Crítica. 2010.

Mainer，J. C. *Historia mínima de la literatura española*. Madrid：Turner Publicaciones S. L. 2014.

Manent，M. *Com un núvol lleguer. Més interpretacions de la lírica xinesa*. Barcelona：Edicions Proa. 1967.

Manent，M.*L'Aire daurat. Interpretacions de poesia xinesa*. Barcelona：Atenes. 1928.

Martín Ramos，J. J.*¿Qué es el Modernismo? La encuesta de 《el nuevo mer-curio》*. Madrid：Huerga y Fierro Editores. 2016.

Menent，M. *El color de la vida：interpretaciones de la poesía china*. Barce-lona：M. M. Borrat. 1942.

Mestres,A. *Poesia Xinesa*. Barcelona：Llibreria de Salvador Bonavia. 1925.

Miner，E. "Estudios comparados interculturales". En Angenot，M.*et al*.

Teoría literaria. México: Siglo XXI Editores. 2002, pp. 183-205.

Ojeda Marin, A.*Cinco historias de la conexión española con la Indlia, Birmania y China: Desde la imprenta a la igualdad de género (investigación y debate)*. Madrid: Los Libros de la Catarata. 2020.

Ollé, M. "Chinese vicinity and literary exotism".*452°f. Revista de Teoría de la Literatura y Literatura Comparada* (13) .2015, pp. 167 – 187.

Ortega Spottorno, J. "Marcela de Juan: coraje e inteligencia".*El País*. 23 de septiembre de 1981.

Ortega y Gasset, J.*El espectador I y II*, Madrid, Alianza Editorial. 2016.

Platas Tasende, A. M. *Diccionario de términos literarios*. Madrid: Espasa. 2007.

Rodríguez, J. M.*Hana o la flor del cerezo*. Valencia: Pre-Textos. 2007.

Romero López, D.*Una relectura del "fin de siglo" en el marco de la literatura comparada: teoría y praxis*. Bern: Peter Lang. 1998.

Schulman, I. A. *El proyecto inconcluso: la vigencia del Modernismo*. México: Siglo XXI. 2002.

Unamuno, M. D. *Niebla*. Edición de Mario J. Valdés. Madrid: Cátedra. 1996.

Valera, J. "Carta-Prólogo". Darío, R.*Azul*. Madrid: Espasa-Calpe. 1977.

Valle-inclán, R. d. "Excitantes", conferencia pronunciada en el Teatro Nacional de Buenos Aires el día 28 de junio de 1910. Recogida en el "Apéndice I" de Obdulia Guerrero,*Valle-Inclán y el novecientos*. Madrid: EMESA. 1977, pp. 143-144.

Valle-inclán, R. d. *Poesías Completas*. Prólogo de Luis T. González y José Manuel Pereiro Otero. Madrid: Visor Libros. 2017a.

Valle-Inclán, R. d. *Obras completas. II (Narrativa)*. Madrid: Fundación José Antonio. 2017b.

Valle-Inclán, R. d. *Ligazón & La pipa de Kif*. Madrid: Círculo de Bellas Artes. 2017c.

Valle Inclán, R. d. *Sonata de primavera. Sonata de estío. Memorias del Marqués de Bradomón*. Introducción de Gimferrer. Madrid: Espasa Calpe. 1989.

Vargas Llosa, M.*Las discretas ficciones de Azorín*. Madrid: Real Academia

Española. 1996.

Villanueva，D. *Valle-Inclán，novelista del modernismo*. Tirant lo Blanch. 2005.

Waley，A. *A Hundred and Seventy Chinese Poems*. 1919. In Wikisource. Retrieved 12:22，October 23，2022，from https://en.wikisource.org/wiki/A _Hundred_and_Seventy_Chinese_Poems/Bibliographical_Notes..

Wang，D. D-W. *Fin-de-Siècle Splendor：Repressed Modernities of Late Qing Fiction*，1849—1911. Stanford University Press. 1997.

Yu，P. "'Your Alabaster in This Porcelain'：Judith Gautier's *Le livre de jade*". *Publications of the Modern Language Association of America*，122（2），2007，pp. 464-482.

Zhang，Y. "La evolución de las imágenes chinas en la poesía de Lorca". *CLAC*（74），2018，pp.133-146.

中文文献.

阿尔培特等.《西班牙革命诗歌选》.黄药眠译. 重庆:中外出版社,1950.

阿莱克桑德雷.《无名的民军》.戴望舒.《戴望舒全集·诗歌卷》.北京:中国青年出版社,1999,第 565-567 页.

阿松森·马黛奥.《一位街头诗人(代序)》.阿尔贝蒂.《中国在微笑》.赵振江译. 石家庄:河北教育出版社,2009,第 1-11 页.

阿索林.《卡斯蒂利亚的花园》.徐曾惠、樊瑞华译. 北京:作家出版社,1988.

阿索林.《西班牙小景》.徐霞村、戴望舒译. 福州:福建人民出版社,1982.

阿左林.《塞万提斯的未婚妻》.戴望舒译. 桑农编. 北京:三联书店,2013.

阿左林.《著名的衰落:阿左林小品集》.林一安译. 广州:花城出版社,2018.

艾青.《望舒的诗》.载《戴望舒诗集》.成都:四川人民出版社,1983.

爱德华·W. 萨义德.《东方学》.北京:三联书店,2021.

巴金.《巴金全集(第十二卷)》.北京:人民文学出版社,1989.

北岛.《罗尔迦:橄榄树林里的一阵悲风》.洛尔迦.《船在海上,马在山中——洛尔迦诗集》.戴望舒译. 昆明:云南出版集团,2020,第 113-172 页.

北塔.《让灯守着我:戴望舒传》.北京:九州出版社,2020.

卞之琳.《卞之琳文集·中》.合肥:安徽教育出版社,2002.

卞之琳.《西窗集》.南昌:江西出版社,1982.

陈玉刚主编.《中国翻译文学史稿》.北京:中国对外翻译出版公司,1989.

陈众议.《塞万提斯学术史研究》.南京:译林出版社,2014.

陈众议.《塞万提斯研究文集》.南京:译林出版社,2014.

呈弋洋.《鉴外寄象:中国文学在西班牙的翻译与传播研究》.北京:商务印书馆,2021.

戴望舒.《〈塞万提斯的未婚妻〉小引》.载阿索林.《塞万提斯的未婚妻》.戴望舒译.桑农编.北京:三联书店,2013.

戴望舒.《〈西万提斯的未婚妻〉译本小引》.阿左林.《塞万提斯的未婚妻》.戴望舒译.桑农编.北京:三联书店,2013,第195页.

戴望舒.《戴望舒全集·散文卷》.北京:中国青年出版社,1999b.

戴望舒.《戴望舒全集·诗歌卷》.北京:中国青年出版社,1999a.

戴望舒.《戴望舒全集·小说卷》.北京:中国青年出版社,1999c.

戴望舒.《戴望舒选集》.北京:人民文学出版社,2005.

戴望舒.《戴望舒译诗集》.长沙:湖南人民出版社,1983.

戴望舒.《戴望舒作品集(二)》.北京:现代出版社,2018.

杜德拉·本杰明·德.《本杰明行纪》.李大伟译.上海:商务印书馆,2021.

段若川.《布拉斯科·伊巴涅斯的"中国缘"》.载《中华读书报》.2014年4月2日,第18页.

何其芳.《给艾青先生的一封信——何其芳谈〈画梦录〉和我的道路》.载《文艺阵地》,1940:4(7),1421-1432.

何其芳.《何其芳全集(1)》.石家庄:河北人民出版社,2000.

何其芳.《何其芳全集(6)》.石家庄:河北人民出版社,2000.

胡兰成.《中国文学史话》.上海:上海社会科学院出版社,2003.

黄药眠.《写在卷首》.载阿尔培特等:《西班牙革命诗歌选》,黄药眠译.重庆:中外出版社,1950,第1-3页.

加西亚·洛尔卡.《加西亚·洛尔卡诗选》.赵振江译.北京:人民文学出版社,2022.

拉菲尔·阿尔贝蒂.《保卫马德里》.戴望舒.《戴望舒全集·诗歌卷》.北京:中国青年出版社,1999.

拉菲尔·阿尔贝蒂.《中国在微笑》.赵振江译.石家庄:河北教育出版社,2009.

李欧梵.《上海摩登——一种新都市文化在中国(1930—1945)》.杭州:浙江大学出版社,2017.

林一安.《译者序》.阿左林.《著名的衰落:阿左林小品集》.林一安译.广州:花城出版社,2018,第1-8页.

鲁文·达里奥.《达里奥散文选》.刘玉树译.天津:百苑文艺出版社,2012.

鲁文·达里奥.《鲁文·达里奥短篇小说选》.戴永沪译.桂林:漓江出版社,
　　2013.

鲁文·达里奥.《生命与希望之歌》.赵振江译.北京:商务印书馆,2021.

鲁迅、胡适、蔡元培、周作人等.《中国新文学大系 1917—1927》.天津:天津人
　　民出版社,2009.

鲁迅.《鲁迅全集·第十八卷》.北京:北京日报出版社,2014e.

鲁迅.《〈放浪者伊利沙辟台〉和〈跋司珂族的人们〉译后附记》.载《鲁迅译文集》
　　第八卷.北京:人民文学出版社,1958,第 296 页.

鲁迅.《编年体鲁迅著作全集》.福州:福建教育出版社,2006.

鲁迅.《鲁迅全集·第七卷》.北京:北京日报出版社,2014a.

鲁迅.《鲁迅全集·第五卷》.北京:北京日报出版社,2014b.

鲁迅.《鲁迅译著编年全集·10》.人民出版社.2009.

鲁迅.《鲁迅译著编年全集·十七》.北京:人民文学出版社,2014d.

鲁迅.《野草》.南京:江苏凤凰文艺出版社.2018.

鲁迅.《鲁迅全集·第十卷》.北京日报出版社.2014c.

洛尔迦.《船在海上,马在山中——洛尔迦诗集》.戴望舒译.昆明:云南出版集
　　团,2020.

洛尔迦.《小小的死亡之歌——洛尔迦诗选》,戴望舒译.北京:人民文学出版
　　社,2016.

马可·波罗.《马可波罗行记》.冯承钧译.上海:上海古籍出版社,2020.

马泰·卡林内斯库.《现代性的五幅面孔:现代主义、先锋主义、颓废、媚俗艺
　　术、后现代主义 》.南京:译林出版社,2015.

曼德维尔·约翰.《曼德维尔游记》.郭泽民、葛桂录译.上海:上海书店出版社,
　　2010.

茅盾.《民间艺术形式》.载《文艺丛刊 1 集(脚印)》,1947:11.

茅盾.《〈热情之花〉译者序言》.载《小说月报》,1923:14 (7).

茅盾.《两个西班牙人》.载《文学周报》,1923:85.

茅盾.《茅盾全集》(第三十二卷).北京:人民文学出版社,2001a.

茅盾.《茅盾全集》(第三十三卷).北京:人民文学出版社,2001b.

茅盾.《茅盾全集》(第三十一卷).北京:人民文学出版社,2001c.

茅盾.《西班牙文坛近况》.载《小说月报》,1922:13 (6).

茅盾.《西班牙文坛近况》.载《小说月报》,1923:14 (4).

茅盾.《西班牙戏曲家 Sierra》. 载《小说月报》,1923：14 (7).

茅盾.《西班牙现代作家巴洛伽》. 载《小说月报》,1923：14 (5).

茅盾.《伊本纳兹》. 载《贡献》,1928：2 (1).

穆时英.《穆时英精品选》. 北京：中国书籍出版社,2017.

穆时英.《穆时英全集(第二卷)》. 北京：北京十月文艺出版社,2008.

尼采.《查拉图斯特拉如是说》. 文竹译. 北京：中国华侨出版社,2017.

皮奥·巴罗哈.《巴罗哈小说散文选》. 戴永沪译. 桂林：漓江出版社,2021.

皮奥·巴罗哈.《山民牧场》,鲁迅译. 载鲁迅.《鲁迅全集·第十八卷》. 北京：北京日报出版社,2014,315 页-379 页.

钱理群.《丰富的痛苦：堂吉诃德与哈姆雷特的东移》[电子书]. 北京：生活·读书·新知三联书店,2015.

塞万提斯.《堂吉诃德》. 图孟超译. 南京：译林出版社,2002.

桑农.《新编序》. 阿左林.《塞万提斯的未婚妻》. 戴望舒译. 桑农编. 北京：三联书店,2013,第 1-3 页.

沈胜衣.《阿索林,一个四月的农人》. 载《中华读书报》.2014 年 4 月 23 日 11版.

施蛰存.《原编者后记》. 载洛尔迦.《小小的死亡之歌》. 戴望舒译. 北京：人民文学出版社,2016,第 117-120 页.

史书美.《现代的诱惑：书写半殖民地中国的现代主义(1917—1937)》. 南京：江苏人民出版社,2012.

孙春霆.《伊巴涅斯评传》. 载伊巴涅斯.《醉男醉女——伊巴涅斯短篇小说集》. 戴望舒译. 北京：天地出版社,2018 年,第 117-151 页.

孙春霆.《伊本纳兹》. 载《小说月报》.1928：19(5).

孙康宜、宇文所安.《剑桥中国文学史(下卷 1375—1949)》. 北京：生活·读书·新知,2014.

唐弢.《晦庵书话》[电子书]. 北京：三联书店,1998.

唐弢.《唐弢杂文选》. 北京：北京人民出版社,1955.

汪曾祺.《人生有趣》. 天津：天津人民出版社,2020.

汪曾祺.《说说唱唱》. 北京：作家出版社,2016.

汪曾祺.《汪曾祺全集(第六卷)》. 北京：北京师范大学出版社,1998.

王德威.《想象中国的方法：历史·小说·叙事》. 天津：百花文艺出版社,2017.

王佐良.《论契合——比较文学研究集》. 北京：外语教学与研究出版社,2016.

乌纳穆诺.《迷雾》. 朱景冬译. 南京：译林出版社,2016.

夏尔·波德莱尔.《恶之华》. 郭宏安译. 北京:商务印书馆,2019.

谢天振、查明建主编.《中国现代翻译文学史(1898—1949)》. 上海:上海外语教育出版社,2004.

徐霞村.《现代南欧文学概观》. 上海:神州国光社,1930.

严家炎.《中国现代小说流派史》. 北京:人民文学出版社,1995.

姚风.《以最合适的方式走进洛尔迦——〈梦游人谣〉》. 载《创作与评论》.2014:9(197).

姚锡佩.《周氏兄弟的堂吉诃德观》.《鲁迅研究资料》第 22 辑. 北京:中国文联出版公司,1989.

伊巴涅斯.《醉男醉女——伊巴涅斯短篇小说集》. 戴望舒译. 北京:天地出版社,2018.

郁达夫.《郁达夫集·小说卷》. 广州:花城出版社,2003.

张铠.《中国与西班牙关系史》. 北京:五洲传播出版社,2013.

张闻天.《热情之花》. 载《小说月报》.1923:14 (7).

赵丽宏.《遥远的叹息》. 上海:东方出版中心,2019.

赵振江、腾威.《中国-西班牙语国家卷》. 济南:山东教育出版社,2015.

赵振江.《西班牙 20 世纪诗歌研究》. 北京:北京大学出版社,2017.

赵振江.《序言》. 载鲁文·达里奥《生命与希望之歌》. 赵振江译. 北京:商务印书馆,2021.

赵振江.《中国西班牙文化交流史》. 北京:北京国际文化出版公司,2020.

周作人.《西班牙的古城》. 阿左林.《塞万提斯的未婚妻》. 戴望舒译. 桑农编. 北京:三联书店,2013,第 196-198 页.

周作人.《看云集》. 石家庄:河北教育出版社,2002a.

周作人.《欧洲文学史》. 石家庄:河北教育出版社,2002b.